Felicity Green

EICHENWEISEN

Das Geheimnis von Connemara
Buch 1

2. Auflage, 2018
© Felicity Green
www.felicitygreen.com
Felicity Green, Jestetten
Felicitygreenauthor@hotmail.com

Umschlaggestaltung: CirceCorp design – Carolina Fiandri, circecorpdesign.com
Coverbild: Depositphotos © heckmannoleck, FlexDreams, DanFLCreativo
Korrektorat: Wolma Krefting, bueropia.de
Satz: Corinna Rindlisbacher, ebokks.de

www.felicitygreen.com

Herstellung und Verlag: BoD - Books on Demand, Norderstedt

ISBN: 9783744881449

kapitel eins

Ich kam langsam zu mir und war völlig desorientiert. Meine Lippen formten die Worte, die in meinem Kopf entstanden. Das war schwer genug und ich hatte nicht die Energie, darüber nachzudenken, was ich sagte oder wie es sich anhörte. Heraus kam ein krächzendes:»Wo bin ich?«

Meine Eltern schauten mich mit sorgenvollen Mienen und Tränen in den Augen an. Ich lag in einem Bett, das nicht meins war. Das Zimmer, in dem ich mich befand, war weiß gestrichen und spartanisch eingerichtet. Ich sah alles nur undeutlich und mein Kopf schmerzte dumpf.

»Alice«, flüsterte meine Mutter. Weitere aufgeregte Worte folgten, die ich nicht verstehen konnte. Als ich auf ihre Hand hinunterblickte, die meine umschloss, sah ich Schläuche an meinem Handgelenk. Alles um mich herum wurde noch verschwommener. Wieder sagte meine Mutter etwas, diesmal mit Nachdruck. Dann schwand mein Bewusstsein. Erschöpft ließ ich mich gerne von der Dunkelheit übermannen und versank in einen traumlosen Schlaf.

Als ich wieder aufwachte, konnte ich klarer sehen. Meine Eltern und ein Mann im weißen Kittel schauten auf mich herunter. Der dumpfe Schmerz in meinem Kopf war zu einem leichten Pochen mutiert und meinem Verstand gelang es nun, Schlussfolgerungen darüber zu ziehen, wo ich war.

»Was ist passiert?«, rief ich panisch.

Meine Mutter schüttelte den Kopf und fing an zu weinen. Mein Vater wandte sich dem Arzt zu und sprach mit gerunzelter Stirn. Der Arzt schaute mich mit ernsten Augen an, sagte auch etwas in der fremden Sprache und deutete auf seine Lippen. »Ich höre Sie gut«, rief ich laut, als ob er der Schwerhörige wäre. Und dann leiser, frustrierter: »Ich verstehe einfach nicht, was Sie sagen.« Wir starrten uns alle schweigend an. Obwohl ich die Worte nicht verstehen konnte, so gelang es mir doch, in den Augen des Arztes und meiner Eltern die verschiedenen Emotionen zu lesen. Besorgnis, Verwirrung ... Angst. Doch Angst vor was – vor mir? So kam es mir einen flüchtigen Augenblick lang vor. Ich warf den Kopf auf dem Kissen hin und her, als ob ich so abschütteln könnte, was sich anscheinend wie Spinnenweben um meinen Verstand gelegt hatte.

Der Arzt redete in beruhigendem Ton auf meine Eltern ein und begleitete sie aus dem Zimmer. Ich schaute ihnen hilflos nach, dann richtete ich mich auf und bewegte meine Gliedmaßen. Nichts tat wirklich weh, abgesehen von meinem Kopf und dem rechten Oberschenkel, der sich wund anfühlte. Ich wollte hier nicht bleiben, ahnungslos, was mit mir geschah, nicht wissend, wo meine Eltern hingegangen waren. Ich wollte nach Hause, in meinem Bett schlafen, und dann zu der Vertrautheit eines gemeinsamen Frühstücks mit meiner Familie wieder aufwachen, wo diese Episode mit einer einfachen Erklärung lachend als schlechter Traum abgetan wurde.

Als ich gerade meine zittrigen Beine über den Rand des Bettes manövriert hatte, kam eine Krankenschwester in mein Zimmer. Sie redete auf mich ein, und ich schaute sie nur fragend an, begriff aber schließlich, dass sie mir dabei behilflich sein wollte, mich in den Rollstuhl zu setzen. In den folgenden Stunden sah ich meine Eltern nicht, sondern ließ etliche Untersuchungen über mich ergehen. Man schob mich in eine Röhre, die ich schon einmal im Fernsehen gesehen hatte, und ich daher eine vage Ahnung hatte, dass dieses Gerät Aufnahmen von meinem Gehirn machte. Immer wieder versuchten Ärzte und Krankenschwestern sich verständlich zu machen, indem sie langsam sprachen und ihre Worte mit Handgesten unterstrichen. Die Verwirrung, welche die fremde Sprache in meinem Hirn auslöste, war einfach zu groß. Ich musste immer wieder an die Redewendung »im falschen Film« denken, denn genauso kam ich mir vor. Nur hatte jemand vergessen, die Untertitel anzuschalten. Bei dem absurden Gedanken fing ich laut an zu kichern. Die Krankenschwester, die mir gerade dabei half, mich wieder anzuziehen, warf mir einen komischen Blick zu. Schnell legte ich die Hand auf den Mund. Oh Gott, vielleicht war ich dabei, den Verstand zu verlieren. Ich gewann wieder Kontrolle über mich, doch sofort fing mein Kopf stärker an zu schmerzen. Der Schmerz wurde immer schlimmer, je mehr ich Krankenschwestern und Ärzten angestrengt lauschte, versuchte ihre Lippen zu lesen, und immer frustrierter mit dem Kopf schütteln musste, also begann ich die Stimmen auszublenden. Während ich die Untersuchungen wie eine Puppe über mich ergehen ließ, versuchte ich mich daran zu erinnern, wieso ich hier war und was geschehen war. Als ich von Raum zu Raum geschoben wurde, erkannte ich das Krankenhaus wieder, in dem ich auch geboren wurde. Vor ein paar Jahren hatten wir hier meine Oma nach ihrem ersten Schlaganfall besucht und gerade erst vor ein paar Monaten mussten wir meine Mutter in die Notaufnahme bringen, weil sie sich beim Brotschneiden beinahe die Fingerkuppe abgeschnitten hatte.

Das Letzte, woran ich mich erinnerte, war die große Erleichterung darüber, dass ich meine letzte Abiturklausur gerade hinter mich gebracht hatte. Lisa, Melinda und ich waren total aufgekratzt und sind aus dem Schulgebäude gerannt wie die kleinen Kinder.

Ich hielt mich an der Erinnerung fest wie an einem Anker. Wann war das gewesen? Es kam mir wie gestern vor, doch wie lange lag ich wohl schon im Krankenhaus? Angesichts der Gedächtnislücke überkam mich die Panik und ich spürte, wie es schwieriger wurde, Luft in meine Lungen zu bekommen. Also schloss ich die Augen und versetzte mich wieder in diesen glücklichen Moment zurück. Nachdem ich ein paarmal tief ein- und ausgeatmet hatte, spielte sich tatsächlich vor meinem inneren Auge ab, was als Nächstes passiert war.

Wir wollten zum Supermarkt um die Ecke gehen, eine Flasche Sekt kaufen, uns in den Park setzen und darauf anstoßen, dass der Abi-Stress endlich vorbei war. Schnell rannten wir über die Straße, um zum Supermarkt zu gelangen. Dann: quietschende Reifen. Ein Schrei. Wer war das? Lisa, Melinda? Oder ich? Ich konnte im Kopf die Geräusche hören, doch die Richtung nicht orten. Alles geriet auf einmal durcheinander, als ob ich in einem Wirbelsturm gefangen wäre, der sich immer schneller um mich herum drehte, bis undurchdringliche, undifferenzierte Dunkelheit mich übermannte. Es wurde erst wieder Licht, als ich in meinem Krankenhausbett aufwachte.

Ich riss erschrocken die Augen auf, beim Gedanken daran, wie viel Zeit wohl wirklich dazwischen vergangen sein mochte. Ich schaute mich um, während mich eine Krankenschwester durch den Flur schob. Am Ende des Korridors konnte ich das Zeichen für die Toiletten sehen. Ich zeigte darauf und machte der jungen Schwester, die ein sonniges Gemüt zu haben schien und durch nichts aus der Ruhe zu bringen war, deutlich, dass ich dorthin wollte. Sie half mir mit dem Rollstuhl in die Behindertentoilette und ich gab ihr zu verstehen, dass ich ohne ihre Hilfe klarkam. Als sie die Tür hinter sich zufallen ließ, beugte ich mich näher zum Spiegel, der sich auf Augenhöhe befand. Ich konnte spüren, wie Erleichterung in Wellen über meinen Körper rollte, als ich mein Gesicht im Spiegel wiedererkannte. Es war etwas blasser, etwas abgezehrter vielleicht, aber doch immer noch dasselbe Gesicht, das mich auch in meiner Erinnerung im Spiegel zurück angeschaut hat. Meine glatten dunkelbraunen Haare waren zu derselben schulterlangen Frisur geschnitten, die ich mir ein paar Wochen vor dem Abi zugelegt hatte. Blaugrüne Augen, eine kurze, gerade Nase, ein kleiner Mund mit vollen Lippen. Ich war noch immer ich, Alice Lohmann, achtzehn Jahre, Fast-Abiturientin. Zumindest sah ich so aus. Ich führte meine Hand zum Gesicht und tastete es ab, erleichtert, warme Haut zu spüren und noch erleichterter, als mein Spiegelbild es mir nachtat. Ich konnte beobachten, wie mir eine Träne aus dem rechten Auge lief und spürte dann, wie sie auf meine Hand tropfte, die ich immer noch an die Wange hielt.

Es kam mir nun alles etwas weniger unwirklich vor. Aber wieso nur konnte ich mich mit niemandem verständigen? Meine Gedanken übersetzen sich mühelos in Sprache, meine Lippen formten die Worte, ich konnte alle akustisch verstehen ... Ich stoppte mich selbst, als ich merkte, wie meine Überlegungen sich im Kreis drehten und das Pochen in meinem Kopf wieder lauter wurde. Ich versuchte, mich mit handfesten Tatsachen zu beruhigen und untersuchte meinen Oberschenkel, der leicht schmerzte. Die Hautabschürfungen an der Seite waren mit dunklem Schorf verkrustet, der an manchen Stellen schon abgefallen war und neue rosa glänzende Haut zeigte. Ich atmete etwas befreiter ein und aus – lange konnte es nicht her sein, dass ich den Unfall gehabt hatte.

Als ich wieder aus der Toilette kam, wartete die Krankenschwester geduldig auf mich. Sie schob mich etwas weiter und stellte mich dann allein in einem Korridor ab, sagte etwas, das ich – natürlich – nicht verstand, und verschwand dann um die Ecke. Ein paar Minuten vergingen und sie kam nicht wieder. Jetzt wurde ich langsam wütend. Ich wollte wissen, was mit mir geschehen war. Das Gefühl der Ohnmacht stieg in mir hoch, je mehr ich über meine letzten Erinnerungen nachdachte und desto unverständlicher mir mein »Sprachproblem« erschien. Ich wollte einfach nur, dass mir jemand meine Situation erklärte, wie auch immer wir uns verständigen würden. Stattdessen ließ man mich hier allein. Heiße Wuttränen stiegen in mir hoch und sammelten sich in meinen Augen. Gerade als ich meine Eltern um die Ecke biegen und auf mich zukommen sah, gerade als ich im Begriff war, auf sie zuzustolpern, mich in ihre Arme zu werfen und sie lautstark anzuflehen, mir doch zu helfen, gerade in dem Moment drang ein Gesprächsfetzen zu mir durch.

»... Sie bitten, etwas vorsichtig ...«

In meinem Kopf machte es klick. Ich sprang auf und taumelte in die Richtung, aus der die Worte kamen. Mit wackligen Beinen tastete ich mich, so schnell ich konnte, an der Wand entlang. Aus dem Augenwinkel sah ich, wie meine Eltern ihre Schritte beschleunigten und mir etwas zuriefen. Ich verstand sie immer noch nicht. Aber ich hörte eine männliche Stimme, die ich auf keinen Fall verlieren durfte, gleich hier um die Ecke sagen:»… reisen können Sie leider noch nicht.«

Die Stimme hatte einen ganz anderen Klang als die in meinem Kopf, und doch verstand ich sie. Mir wurde heiß. Jetzt sah ich einen Arzt, der mit einem alten Mann im Bademantel redete. In meiner Aufregung stürzte ich vornüber und wäre hingefallen, wenn mich der Arzt nicht aufgefangen hätte. Er redete auf mich ein, wieder in der Sprache, die ich nicht verstand. Dem älteren Mann, offensichtlich ein Patient, entfuhr es jedoch:»Junge Frau!« Mir wurde bewusst, dass diese seine Sprache nicht meine Muttersprache war, sondern eine Sprache, die ich vor längerer Zeit gelernte hatte und gut verstehen konnte. Die Synapsen in meinem Gehirn knüpften eine weitere Verbindung, während ich mich aufrichtete. Englisch! Der Mann sprach nicht Deutsch, sondern Englisch. Ich kramte hektisch in meinem Gedächtnis herum und formte die Worte, die mir in den Sinn kamen, mit meinem Mund. Erst schien es schwierig, doch dann wurde es immer leichter.

»Bitte helfen Sie mir«, sagte ich auf Englisch.»Mich versteht keiner. Ich muss wissen, was los ist, bitte!«

Mittlerweile hatten meine Eltern zu uns aufgeschlossen, hielten mich bei den Armen und redeten mir zu.

»Nein, ich verstehe doch nicht«, rief ich aufgeregt und wandte mich an Arzt und Patienten.»Ich verstehe keinen, aber Sie beide verstehe ich. Bitte, bitte, so helfen Sie mir doch.« Mir liefen die Tränen über das Gesicht.

Der alte Mann schaute mich verwirrt an.

»Bitte entschuldigen Sie«, sagte der Arzt zu ihm.»Ich komme später noch mal zu Ihnen, wenn das in Ordnung ist.«

»Ja, kümmern Sie sich doch erst mal um die junge Dame, die ist ja ganz außer sich«, murmelte dieser bestürzt.

Jetzt war auch der Arzt zu uns gestoßen, der bei mir gewesen war, als ich im Krankenbett aufgewacht war. Die Ärzte tauschten sich aus, während meine Mutter mich in den Arm nahm und mir über das Haar streichelte. Ich lehnte mich gegen sie, denn das Stehen strengte mich an und ich war völlig erschöpft.

»Setzen wir uns doch erst mal«, sagte der Arzt, der Englisch sprach, zu mir. »Mein Name ist Doktor Moor. Das ist Doktor Brandt.« Er deutete auf eine nahe Sitzgruppe. Wir nahmen Platz und ich verwendete nun all meine Energie darauf, jetzt kommunizieren zu können.

»Bitte, bitte, sagen Sie mir doch, was mit mir passiert ist!«, unterbrach ich die Ärzte ungeduldig, die wohl weiter Informationen austauschten.

Doktor Brandt erklärte mir in gebrochenem Englisch, dass ich drei Wochen lang im Koma lag, nachdem ich einen Verkehrsunfall überlebt hatte.

»Aber warum kann mich niemand verstehen?«

Die beiden Ärzte wechselten einen langen, unmissverständlichen Blick. Jetzt fing meine Mutter an zu weinen und mein Vater nahm ihre Hand.

»Anscheinend verstehen und sprechen Sie kein Deutsch mehr«, antwortete Dr. Moor. »Doktor Brandt sagt mir, dass Sie, seit Sie aufgewacht sind, eine Sprache sprechen, die keiner verstehen oder gar zuordnen kann. Ein Kauderwelsch, womöglich. Man nahm an, durch den Unfall hätten Sie eine Kopfverletzung erlitten, die das Sprachzentrum in Ihrem Gehirn beeinträchtigte. Doch jetzt sind wir überrascht, denn Englisch scheinen Sie gut zu verstehen und zu sprechen. Erklären Sie uns doch bitte, wie Sie sich dabei fühlen, wenn Sie Deutsch sprechen wollen.«

»Es ist schwer zu erklären«, sagte ich und musste mich sehr anstrengen, um das Wirrwarr in meinem Kopf zu analysieren und den anderen verständlich zu machen. »Ich dachte, dass ich Deutsch spreche. Zumindest bis ich merkte, dass mich niemand versteht … Und jetzt, wo ich Englisch spreche, da wird mir bewusst, ich dachte bloß, es wäre Deutsch, weil ich nicht über die Worte nachgedacht habe. Sie kamen sozusagen ungefiltert, wie … wie meine Muttersprache. Wenn ich jetzt bewusst deutsche Worte formulieren soll, dann ist mein Verstand blank. Die deutschen Wörter wollen mir nicht einfallen. Kein Wunder, denn ich kann euch, die ihr Deutsch sprecht, auch nicht verstehen. Wenn ich diese Sprache spreche, hingegen …«, und nun fing ich an, in der Sprache zu sprechen, die mir ganz natürlich über die Lippen kam, »dann fühlt es sich einfach ganz normal an, ich muss nicht darüber nachdenken.« Ich wiederholte den letzten Satz auf Englisch, und fügte verzweifelt an: »Ich kann aber nicht definieren, welche Sprache es ist.«

Dr. Moor hatte auf einmal ein paar hektische kreisrunde rote Flecken auf den Wangen. »Ich bin mir fast sicher, das ist wirklich kein Kauderwelsch, sondern eine Sprache, und ich glaub, ich weiß auch welche, aber das würde mich doch sehr wundern …« Er legte seine Stirn in Falten. »Bitte entschuldigen Sie mich doch kurz«, sagte er schließlich und stand auf. »Ich versuche, einen Bekannten zu erreichen, der uns vielleicht helfen kann.«

Dr. Brandt sagte etwas zu Dr. Moor. Dieser nickte und ging den Korridor hinunter, während er sein Handy aus der Tasche zog.

Dr. Brandt schaute auf einige Dokumente, die er in der Hand hielt. Ich nahm an, dass es sich dabei um meine Krankenakte handelte.

»Alice, es gibt keine körperliche Ursache, die wir für diese … hmm … Sache verantwortlich machen können. Wir würden Sie gerne noch für einen Tag zur Beobachtung hierbehalten, und sicherstellen, dass Sie wieder ganz zu Kräften kommen, aber abgesehen davon … geht es Ihnen rein körperlich gut.« Er sagte etwas zu meinen Eltern, und ich nahm an, dass er dasselbe auf Deutsch für sie wiederholte. Dr. Brandt mochte einige Fachausdrücke auf Englisch mehr können als sie – seine Aussprache war miserabel –, aber meine Eltern hatten ihn bestimmt genauso gut verstanden wie ich. Sie sagten nichts, doch ich musste mich zurückhalten, ihm vor lauter Ungeduld nicht ins Wort zu fallen. Meine Eltern nickten eifrig, sichtlich erleichtert, dass es mir gut genug ging, um bald nach Hause zu kommen.

»Ich möchte keine Vermutungen anstellen, bevor wir Untersuchungsergebnisse haben, die etwas aufschlussreicher sind, aber ich habe schon von Fällen gehört, wo Kopftrauma- oder Schlaganfallpatienten plötzlich eine andere Sprache sprechen«, fuhr Dr. Brandt fort, nachdem mein Vater ihm versichert hatte, dass sie sein Englisch verstanden. »Man nennt das Aphasie. Es handelt sich jedoch meist um eine Sprache, die der Patient in der Kindheit gesprochen hat, oder zumindest eine Sprache, die der Patient durch Großeltern, andere Verwandte oder Bekannte sozusagen miterlebt und unbewusst gelernt hat.«

Meine Eltern schauten mich verwirrt an. Ich war mein ganzes Leben hier in Deutschland, hier in dieser Stadt gewesen, von ein paar Ferienreisen und einem Schulaustausch mal abgesehen. Ich hatte Englisch und Französisch in der Schule gelernt, aber sonst … meine Eltern und Großeltern waren deutsche Muttersprachler. Wann hätte ich eine andere Sprache lernen sollen – bewusst oder unbewusst?

Bevor wir uns weiter damit beschäftigen konnten, wurden wir von Dr. Moor unterbrochen, der eiligen Schrittes auf uns zukam, das Handy in der Hand. »Ich habe hier einen Bekannten am Apparat«, rief er uns aufgeregt zu. »Ich möchte gerne, dass Sie mit ihm auf … also, in der Sprache sprechen, die Ihnen natürlich über die Lippen kommt.«

Ich nahm das Telefon in die Hand. »Guten Tag«, sagte ich ohne nachzudenken. »Mein Name ist Alice. Mit wem spreche ich, bitte?«, fügte ich etwas zögerlicher hinzu, da mir nicht einfiel, was ich sonst zu meinem unbekannten Gesprächspartner sagen sollte. Eine kleine Pause entstand.

»Guten Tag, hier spricht Professor Heany«, antwortete mir eine männliche Stimme in meiner Sprache. Mit starkem Akzent und sehr gebrochen zwar, aber zweifelsohne in meiner Sprache! Ich jauchzte innerlich. Ein warmes Gefühl breitete sich in mir aus, der Gegenpol zu dieser befremdlichen, beklemmenden Situation, in der ich mich seit dem Aufwachen befunden hatte. Es fühlte sich an wie … wie zu Hause. Das kann nicht sein, dachte ich mir, du irrst. Doch das Bauchgefühl blieb. Ich fing an, drauflos zu plaudern. »Woher kommen Sie, wo befinden Sie sich gerade?«

»Einen Moment, bitte, ich spreche nicht so gut«, sagte Professor Heany radebrechend und fuhr dann auf Englisch fort: »Bitte geben Sie mir doch wieder Doktor Moor, Alice.«

Enttäuscht überreichte ich das Handy wieder Doktor Moor. Dieser sprach kurz mit Professor Heany.

»Alles, klar, wir telefonieren später wieder, nachdem ich das hier besprochen habe«, beendete er das Gespräch und legte auf. Er schaute in unsere fragenden Gesichter und schwieg einen Moment. Dann sagte er: »Alice spricht fließend Irisch.«

kapitel zwei

Am nächsten Tag holten mich meine Eltern aus dem Krankenhaus ab. Sie waren sichtlich froh, dass es mir wieder gut genug ging, um nach Hause zu kommen, aber trotzdem wirkte ihre gute Laune etwas aufgesetzt. Die Anspannung in ihren Gesichtern ließ sich nicht ganz verstecken. Es war nur eine Nacht vergangen, aber es fühlte sich eher so an, als ob wir uns Jahre nicht gesehen hätten – Jahre, in denen wir uns fremd geworden waren. Diese seltsame *Unvertrautheit*, die zwischen uns stand, ging aber nicht nur von ihnen aus. Gestern noch waren wir alle so aufgewühlt gewesen. Bei ihnen hatte sicherlich die Erleichterung überwogen, dass mir körperlich nichts fehlte. Ich war so mit meiner Unfähigkeit beschäftigt gewesen, mich verständlich zu machen und andere zu verstehen. Nachdem wir gehört hatten, welche Sprache ich redete, als wir das Problem, wenn nicht erklären, dann zumindest näher definieren konnten, war uns wohl allen ein Stein vom Herzen gefallen. Als wir uns voneinander verabschiedeten, hatten meine Eltern sicher genauso gedacht wie ich, dass wir und die Ärzte schon bald darauf kommen würden, wieso ich Irisch sprach und wie man dieses »Leiden« wieder heilen könne. Doch die Verwirrung über meinen Zustand wurde nicht weniger, je länger man darüber nachdachte, im Gegenteil. Es gab keine logische Erklärung dafür. Und so wurde mein Verhalten für meine Eltern befremdlich, nehme ich an. Aber auch ich fühlte mich immer fremder, je mehr ich mich damit auseinandersetzte.

Dass sich etwas zwischen uns geschoben hatte, war im Krankenhaus noch zu überspielen gewesen. Wir hatten noch eine Besprechung mit den Ärzten. Formalitäten waren zu erledigen gewesen. Doch jetzt im Auto war das betretene Schweigen unerträglich. Mein Vater schaltete das Radio ein. Ich dankte dem Himmel, dass es anfing zu regnen. Die leise Musik und das Trommeln der Regentropfen auf die Scheiben verschmolzen zu einer Geräuschkulisse, die diese ungemütliche Stille zwischen uns zumindest ein wenig maskierte.

Ich sah aus dem Fenster und nahm meine Heimatstadt, die an mir vorbeizog, wie ein mit Wasserfarben gemaltes Bild in Grautönen war. Je näher wir unserem Haus kamen, desto weniger freute ich mich darauf, wieder daheim zu sein. Meine Vorahnung bekräftigte sich, als wir in unsere Einfahrt einbogen. Auch das Haus, in dem ich aufgewachsen war, kam mir vor, als ob ich es mit den Augen einer Fremden sehen würde.

Stillschweigend gingen wir hinein. Zögerlich legte mein Vater die Schlüssel auf die Anrichte im Flur. Für einen Moment standen wir dort unschlüssig herum. Ich kam meiner Mutter zuvor, die, wie ich mir denken konnte, im Begriff war, geschäftig in die Küche zu eilen und uns an den Küchentisch zu scheuchen.

»Ich leg mich etwas hin«, sagte ich auf Englisch und deutete die Treppe hoch zu meinem Zimmer.

»Magst du nicht erst was essen?«, fragte meine Mutter enttäuscht. »Ich hab dir deine Lieblings-Muffins gebacken. Schokolade und Himbeeren«, fügte sie hinzu, als ob ich im Koma vergessen hätte, welche Muffins ich am liebsten mochte.

»Danke, später vielleicht, ich habe jetzt keinen Hunger«, murmelte ich und ging die Treppe hoch, um mich in mein Zimmer zu flüchten.

Dort angelangt lehnte ich mich erleichtert gegen die Tür, nachdem ich sie fest hinter mir zugemacht hatte, und schloss die Augen. Ich atmete ein paar Mal tief ein und aus. Hier, in meinem eigenen Reich, fühlte ich mich schon etwas befreiter.

Ich wollte die Augen gar nicht wieder aufmachen, um die Illusion nicht zu zerstören, zwang mich aber trotzdem dazu. Langsam schritt ich durch das Zimmer und sah mich um, als ob ich es zum ersten Mal betrat. Es war gemütlich, hier unter dem Dach, mit der holzvertäfelten Decke und den weiß verputzten Wänden. Meine Mutter hatte mein Bett mit der lilafarbenen Garnitur bezogen, die mir am besten gefiel, hatte es aber nicht lassen können, aufzuräumen, weshalb mein Zimmer ungewohnt ordentlich aussah.

Einzig die Bilder, die an der Wand hingen und die ich um den großen Wandspiegel geklebt hatte, lösten in mir ein beklemmendes Gefühl aus. Sie zeigten eine lachende Alice inmitten ihrer Freunde und ihrer Familie, mit der es mir schwerfiel, mich zu identifizieren. Wieder konnte ich dieses Gefühl nicht abschütteln, dass Jahre, nicht nur Wochen, vergangen waren, seit ich diese Fotos das letzte Mal betrachtet hatte. Die nostalgische Melancholie, die sich in mir breitmachte, veranlasste mich fast dazu, die Bilder abzuhängen. Doch ich verdrängte diesen Impuls. Ich wollte schließlich, dass es mir wieder besser ging, dass ich mich wieder wie die fröhliche Alice auf den Fotos fühlen würde. Es half sicher nichts, mich davon abzukapseln.

Ich schaute aus dem Mansardenfenster. Der Ausblick auf unseren Garten war mir so schmerzhaft vertraut, dass mir fast die Tränen kamen. Der Rasen war länger nicht gemäht worden, aber die Blumenbeete sahen so ordentlich aus, wie ich sie in Erinnerung hatte. Im Garten stand immer noch meine alte Schaukel, für die ich schon seit Jahren zu groß war. Jedes Jahr nach meinem Geburtstag sprach mein Vater davon, sie endlich mal abzubauen. Ich widerstand dem Drang, die Treppe hinunterzulaufen, um ihn zu bitten, die Schaukel stehen zu lassen. Irgendwie hatte ich das Gefühl, dass ich es nicht ertragen könnte, aus dem Fenster zu schauen und die Schaukel auf einmal nicht mehr zu sehen. Jetzt gab sie mir Antrieb dazu, mich nicht dieser Melancholie hinzugeben, sondern dafür kämpfen zu wollen, dass mein Leben wieder so werden würde wie vor dem Koma.

Entschlossen trat ich vom Fenster weg und sah mich wieder im

Zimmer um – diesmal suchte ich etwas Bestimmtes. Auf meinem Schreibtisch lagen noch Schulbücher, mit deren Hilfe ich mich auf die letzte Abi-Klausur vorbereitet hatte. Englisch. Das würde mir jetzt nicht helfen, denn die Sprache sprach ich schließlich gut. Wie schon vor dem Koma. Das brachte mich auf eine andere Idee. Ich ging zu meinem überfüllten Bücherregal rüber. Ich las gerne und viel, deshalb waren mir die meisten Bücher auch vom Umschlag her bekannt, ohne dass ich jetzt Autorennamen und Buchtitel wirklich *lesen* konnte. Das war ein so surreales Gefühl, dass mir fast schwindlig wurde davon. Ich nahm einen oft gelesenen Harry-Potter-Band aus dem Regal und schlug ihn auf. Die mir fremden deutschen Buchstaben verschwammen vor meinen Augen, als mir die Tränen kamen. Mir wurde auf einmal richtig bewusst, dass ich nicht mehr lesen konnte. Zumindest keine Bücher in deutscher Sprache, in *meiner* Sprache! Wahrscheinlich würde ich Irisch lesen können, kam mir dumpf der Gedanke. Doch ich war noch nicht bereit, meinen Laptop anzumachen, und das herauszufinden. Denn das würde mein Zimmer, meine Bücher, mein Leben nur noch wieder ein kleines bisschen fremder machen.

Ganz unten im Regal standen die Kinderbücher, die ich nie übers Herz gebracht hatte wegzugeben. Mein Blick fiel auf ein Buch, das eine ganz besondere Bedeutung für mich hatte, und ich wusste auf einmal, dass es mir helfen würde, wieder zu mir zurückzufinden. *Heidi* von Johanna Spyri.

Als ich noch ein kleines Kind war und gerade dabei war, lesen zu lernen, hatte mir meine Mutter jeden Abend aus diesem Buch vorgelesen. Immer wieder hatte ich sie dazu angehalten, die Geschichten über Heidi, die zu ihrem Großvater, dem Alm-Öhi, auf die Alp kommt, und die Abenteuer, die sie zusammen mit ihrem Freund, dem Geißenpeter erlebt, vorzulesen. Ich konnte zu dem Zeitpunkt zwar schon die Buchstaben aneinanderreihen, aber es dauerte mir einfach zu lange, bis sich das Wort für mich erschloss und die Wörter sich flüssig zu Sätzen zusammenfügten. Meine Mutter konnte hingegen so schön erzählen.

Doch eines Abends waren meine Eltern nicht da. Ich brannte

darauf, zu wissen, wie es mit der Geschichte weiterging. Vor lauter Ungeduld schnappte ich mir das Buch und strengte mich ganz besonders an. Wie durch ein Wunder machte der Buchstabensalat auf einmal Sinn, und ganz natürlich wurden daraus Wörter und Sätze. Ich konnte lesen!

Das Buch begeisterte mich so sehr, dass ich es im Laufe der Jahre immer wieder las. Mittlerweile kannte ich es fast auswendig. Jetzt nahm ich es also wieder zur Hand und schlug es auf. Nicht am Anfang, sondern an der Stelle, an der ich als kleines Kind, das nicht lesen konnte, auch weitergelesen hatte. Ich konnte mich immer so gut daran erinnern, weil es eine Ausgabe war, die Schwarz-weiß-Fotos enthielt. Die Stelle, die ich suchte, war genau auf der gegenüberliegenden Seite des Fotos, auf dem Heidi auf den Heuboden klettert, der in der Hütte ihres Großvaters ihre Schlafstelle sein wird.

Wenn ich mich sehr anstrengen würde, könnte ich mich erinnern, was dort stand. Ich legte mich auf mein Bett und versuchte zu lesen. Anfänglich kam ich mir wieder vor, als ob ich wie eine Erstklässlerin mühselig die Buchstaben aneinanderfügte. Eine sehr frustrierende Angelegenheit. Mehrmals war ich drauf und dran, das Buch ungeduldig in die Ecke zu schmeißen. Aber ich musste es doch schaffen können, die deutsche Sprache, die laut den Ärzten irgendwo in meinem Hirn vergraben war, wieder an die Oberfläche meines Bewusstseins gelangen zu lassen. Ich wollte einfach bloß, dass alles wieder so war wie vor dem Unfall, und ich war mir sicher, dass sich das bewerkstelligen ließe, wenn ich nur wieder meine Muttersprache zurückgewinnen und mit allen kommunizieren könnte.

Ich verlor jegliches Zeitgefühl; keine Ahnung, wie lange es dauerte, bis ich endlich den ersten Abschnitt zusammenbrachte und die Worte wieder etwas Sinn ergaben.

In der Ecke vorüber des Großvaters Lagerstätte war eine kleine Leiter aufgerichtet; Heidi kletterte hinauf und langte auf dem Heuboden an. Da lag ein frischer, duftender Heuhaufen oben, und durch eine runde Luke sah man weit ins Tal hinab.

»Hier will ich schlafen«, rief Heidi hinunter, »hier ist's schön!
Komm und sieh einmal, wie schön es hier ist, Großvater!«
»Weiß schon«, tönte es von unten herauf.

Irgendwann muss ich erschöpft eingeschlafen sein, denn als ich wieder die Augen aufmachte, war es in meinem Zimmer dämmrig. Zwischenzeitlich musste meine Mutter hereingekommen sein, denn das Buch lag nicht irgendwo aufgeschlagen im Bett, sondern geschlossen auf meinem Nachttisch. Sie hatte einen Zettel zwischen die Seiten gesteckt, vermutlich dort, wo es aufgeschlagen war. Neben dem Buch stand ein Glas Milch und ein Teller mit einem Schoko-Himbeer-Muffin darauf. Ich nahm einen Schluck aus dem Glas, um den schlechten Geschmack aus meinem Mund zu vertreiben und biss dann vom Muffin ab. Er schmeckte köstlich; genauso, wie ich ihn in Erinnerung hatte. Zum ersten Mal, seit ich im Krankenhausbett aufgewacht war, spürte ich einen Funken Hoffnung in mir aufkeimen. Hungrig nahm ich noch einen Bissen und beschloss, dass der Muffin sogar noch besser schmeckte als früher. Kauend stand ich auf und schaute aus dem Fenster. Mit einem Lächeln musste ich feststellen, dass die Schaukel immer noch im Garten stand. Mit einem Mal wusste ich, dass alles wieder gut werden würde.

kapitel drei

»Ich bin einfach nur froh, dass unserem Mädchen nichts Schlimmes passiert ist, Anne. Sie ist dabei, wieder Deutsch zu lernen und bald wird alles sein wie früher. Dann können wir zur Normalität zurückkehren und den Unfall und die schreckliche Zeit hinter uns lassen.«

»Aber Frank, man kann doch nicht einfach ignorieren, dass Alice plötzlich eine Sprache spricht, mit der sie noch nie zuvor in Kontakt gekommen ist …«

Meine Eltern stritten sich schon wieder. Ich saß oben auf der Treppe und hörte ihnen zu. Mittlerweile verstand ich auch wieder, worüber sie sich stritten. Ich war jetzt schon einige Wochen wieder zu Hause, und anfänglich hatte ich nur anhand ihrer Tonlage und der Lautstärke ihrer Unterhaltung vernommen, dass sie sich nicht einig waren. Dass es um den Umgang mit meiner Krankheit und meine Genesung ging, dass es meine Schuld war, dafür brauchte ich die Sprache nicht zu verstehen.

Vor meinem Unfall waren die beiden ein Herz und eine Seele gewesen. Fast schon zu harmonisch war mir unser Familienleben vorgekommen. Als Kind fand ich das natürlich gut, aber später hat es mich genervt. Meine Freundinnen fanden meine Eltern immer klasse und waren gern zu Besuch hier gewesen. Ich hatte dahingegen darüber gestöhnt und gejammert, dass wir alles zusammen machen mussten, Familienabende einplanten und dergleichen, und hatte mir mehr Freiraum gewünscht. Besonders in den letzten Jahren war ich jedoch insgeheim froh darüber gewesen, dass sich meine Eltern nicht dauernd Gemeinheiten an den Kopf warfen, wie Melindas Eltern zum Beispiel, die mittlerweile geschieden waren. Aber, gemäß dem Klischee, merkt man immer erst, was man an etwas hat, wenn man es nicht mehr hat.

In den ersten Tagen nach meinem Krankenhausaufenthalt hatte ich also wie heute auf der Treppe gesessen und mir gewünscht, dass mir nie etwas passiert wäre. Nicht, weil es mir schlecht ging, sondern weil mich die Schuldgefühle plagten, für den Bruch in der Beziehung meiner Eltern verantwortlich zu sein. Wenn ich doch wenigstens verstehen würde, was sie sagten, so hatte ich zu dem Zeitpunkt noch gedacht, dann könnte ich mich am Gespräch beteiligen und ihnen versichern, dass doch alles in Ordnung war und es keinen Grund dafür gab, sich zu streiten. Seit einiger Zeit nun verstand ich wieder Deutsch. Trotzdem konnte ich nicht aufstehen und meine Eltern beruhigen. Etwas war dazwischengekommen in den letzten Wochen, in denen die Kommunikation so schwierig gewesen war, das es mir unmöglich machte, sie einfach in die Arme zu nehmen und zu sagen: Es wird alles wieder gut.

Ich hätte am Anfang nicht gedacht, dass es so schwierig werden würde. Kommunikation an sich fand ja schließlich statt. Meine Eltern konnten Englisch sprechen – beide hatten es in der Schule gelernt und meine Mutter musste es in ihrem Beruf als Industriekauffrau öfter anwenden. Mein Vater hatte während des Studiums ein Jahr in Amerika verbracht. Aber es war doch schwierig für sie, immer nach den richtigen Worten zu suchen und sich nicht ungezwungen mit ihrer Tochter unterhalten zu können. Und ich verlor leicht die Geduld, wenn ich etwas umständlich umschreiben musste. Dass mein Englisch viel besser war, als ich es in der Schule gelernt hatte, darüber verlor niemand ein Wort. Vielleicht konnten meine Eltern es nicht beurteilen, vielleicht wollten sie sich auch damit nicht beschäftigen, wo es schon genug noch sonderbarere Dinge gab, mit denen wir uns auseinandersetzen mussten.

Lisa und Melinda, die mit mir im Englisch-Leistungskurs gewesen waren, hatten es aber gemerkt. Das schien ihnen komischer vorzukommen als meine Irisch-Kenntnisse, von denen sie ja nichts verstanden. Auf einmal war da eine ungewohnte Barriere zwischen meiner Umwelt und mir. Da meine sonderbare »Krankheit« auch meine Eltern entzweite, kam es mir vor, als ob wir seit dem Tag, an dem ich im Krankenhaus aufgewacht war, uns alle drei immer weiter voneinander entfernen würden.

Anfänglich war ich davon überzeugt gewesen, dass sich doch alles wieder zum Alten wenden würde, sobald ich meine Muttersprache wieder erlernt hatte. Deshalb stürzte ich mich förmlich in die Sprachtherapiestunden. Mir wurde erklärt, dass ich die deutsche Sprache nicht neu lernen müsste wie eine Fremdsprache, weil ich sie nie wirklich verlernt hatte, sondern dass es lediglich darum ging, meine Sprachkenntnisse aus dem Unterbewusstsein förmlich wieder auszugraben. Und so begann ich in relativ kurzer Zeit wieder Deutsch zu verstehen. Als ich mein *Heidi*-Buch erneut ohne große Mühe in einem durchlesen konnte, freute ich mich wie ein Schneekönig. Mit dem Sprechen tat ich mich noch etwas schwer. Zuerst waren es die, so schien es mir, ungewohnten Silben, die ich einfach nicht aussprechen konnte. Mit viel Übung gelang mir auch das bald einigermaßen. Trotzdem kam es mir wie eine fremde Sprache vor.

Seit ich Deutsch wieder sprach, unterhielt ich mich mit meinen Eltern natürlich auch wieder in meiner Muttersprache. Beide waren so erleichtert gewesen, endlich normal mit mir reden zu können; ich konnte ihre Gesichtszüge entspannen sehen, wenn wir uns unterhielten. Doch unsere Gespräche waren trotzdem nicht wie früher. Die Barriere war unsichtbar, und obwohl wir sie alle fühlten, wollte keiner wahrhaben, dass es sie immer noch gab. Was auch immer zwischen uns stand, es wuchs stetig weiter. Und deshalb konnte ich jetzt auch nicht aufstehen und zu meinen Eltern in die Küche gehen, sondern saß stattdessen wie angewurzelt auf der Treppe.

»Vielleicht sollten wir es doch mal mit dieser Rückführungstherapie versuchen ...«, fing meine Mutter wieder an. Ich zuckte zusammen, denn ich wusste, dass mein Vater explodieren würde. Und die befürchtete Reaktion ließ nicht lange auf sich warten. »Rückführungstherapie, so ein Humbug! Nach vorne schauen, das sollten wir! Alice macht großartige Fortschritte und darauf sollten wir uns konzentrieren. Du glaubst doch wohl nicht im Ernst, dass unsere Tochter in einem früheren Leben Irisch gesprochen hat und dass das jetzt durch das Trauma wieder irgendwie zu ihr zurückgekommen ist. Als Nächstes kommst du mir noch damit, dass sie von einem irischen Geist besessen ist, der durch sie in Zungen spricht, und den wir ihr mittels eines Exorzismus austreiben müssen. Das ist nämlich auch so eine hanebüchene Theorie, die manche Leute bei Fällen wie Alices aufstellen. Dabei gibt es viele mögliche wissenschaftliche und rationale Erklärungen dafür, die einfach nicht bewiesen sind, weil Hirnforschung noch so ein junges Forschungsgebiet ist. Ich kann dir da wissenschaftliche Artikel zeigen ...«

»Aber Frank«, versuchte meine Mutter ihn zu unterbrechen.

»Man muss der Sache doch auf den Grund gehen. Und wir können doch wirklich die Möglichkeit ausschließen, dass Alice die Sprache als Kind irgendwo aufgeschnappt und intuitiv gelernt hat, eine Hypothese, von der deine Artikel ausgehen. Dieser Professor Heany bestätigt doch, dass Alice Irisch fließend spricht, und das besser als manche seiner Landsleute, die es in der Schule gelernt haben. Und wir hatten noch nie selber Kontakt mit Iren oder der irischen Sprache. Wir waren dort noch nie im Urlaub und es ist doch sehr unwahrscheinlich, dass sie hier bei uns mit einer solch seltenen Sprache mal über längeren Zeitraum in Berührung gekommen ist. Es ist mir völlig egal, ob es sich wissenschaftlich schimpft oder nicht, wir müssen doch von der Realität ausgehen ...«

»Genau Anne, bei der Realität sollten wir bleiben und nicht irgendwelche esoterischen ...«

Ich hatte genug gehört, stand auf und legte mich in meinem Zimmer aufs Bett. Ich zog meinen Laptop heran und stellte ihn an. Früher hatte ich ihn hauptsächlich dafür gebraucht, um mit meinen Freunden zu chatten. Es war eine meiner Lieblingsbeschäftigungen gewesen. Mein Vater hatte immer scherzend gefragt, was wir uns denn am Abend noch zu sagen hätten, wo wir uns doch den ganzen Tag schon sahen. Und wenn man schon noch etwas zu besprechen hatte, ob man dann nicht einfach kurz telefonieren könnte. Meine Mutter hatte dann immer lachend abgewinkt und gesagt: »Du bist zu alt, um das zu verstehen, Frank.« Das war ein Insiderwitz zwischen den beiden, weil mein Vater ganze acht Jahre älter war als meine Mutter. »Und außerdem, als junges Mädchen habe ich mit meinen Freundinnen nie ›kurz‹ telefoniert. Sei froh, dass es all diese neumodische Technik gibt, wie du sie nennst, dass sie uns nicht andauernd die Leitung blockiert.«

Jetzt hatte ich gar keine Lust mehr mit Lisa, Melinda oder anderen aus meiner Klasse zu chatten. Ich hatte meinen Chat sogar so eingestellt, dass andere nicht sehen konnten, wenn ich online war. Melinda fragte die ganze Zeit, wie es mir ging, und ob ich über den Unfall reden wollte, so als ob sie ständig Einfühlsamkeit beweisen müsste. Das war ja sehr nett, aber lästig, denn ich wollte auch mal an etwas anderes denken. Lisa hingegen tat so, als ob nichts vorgefallen wäre. So auch einige andere meiner Freunde. Sie gaben sich betont normal. Das war mir grundsätzlich lieber, wenn ich nicht häufig merken würde, dass es nur aufgesetzt war. Die meisten von ihnen meinten es wirklich gut, das wusste ich ja. Aber trotzdem kam keine ungezwungene Unterhaltung zustande. Andere behandelten mich, als hätte ich durch den Unfall meinen Verstand komplett verloren und redeten mit mir, als ob ich schwachsinnig sei. Und während direkt nach meinem Unfall meine exotische Krankheit Thema in allen Netzwerken gewesen war – was ich einfach nur peinlich fand – und ich unzählige Fragen hatte beantworten müssen, so war das Interesse an mir seitdem zurückgegangen. Das war mir lieber so und ich zog mich ganz zurück. Es gab nichts Neues zu berichten, denn ich erlebte ja nicht viel. Abgesehen von meinen Therapiestunden machte ich keine neuen Erfahrungen. Erst dachte ich, es wäre spannend und ablenkend, wenn ich von meinen Freundinnen den neuesten

Klatsch und Tratsch hören würde. Doch es langweilte mich bald und schien mir unbedeutend.

Also öffnete ich jetzt nicht mehr die Seiten, die früher zu meinen Favoriten gehört hatten, sondern gab stattdessen ein paar Suchbegriffe in Google ein. Nachdem ich etwas über Rückführungstherapie gelesen hatte, schaute ich mir einige Bilder von Irland an. Die grünen Landschaften lösten ein unbeschreibliches Gefühl in meinem Inneren aus. Eine Sehnsucht, gekoppelt mit innerer Ruhe und Entspannung. Doch bildete ich mir das vielleicht nur ein? Wer war schließlich nicht angetan von grasgrünen Hügeln, und auf wen wirkten solche Naturbilder nicht beruhigend? Konnte ich mich auf solche Bauchgefühle überhaupt noch verlassen? Wahrscheinlich hatte mein Vater recht. Wer wusste schon, was es für eine wissenschaftliche Erklärung dafür gab, was in den Tiefen meines Gehirns so durcheinandergeraten war. Wahrscheinlich würde ich es nie erfahren und das Beste wäre es, nach vorne zu schauen.

Frustriert klappte ich meinen Laptop zu und schaltete das Licht aus. Doch während ich mit offenen Augen im Dunkeln lag und den gedämpften Stimmen meiner Eltern lauschte, konnte ich den Gedanken nicht abschütteln, dass der Unfall etwas in mir geweckt hatte, das alles verändern sollte. Dass ich es in Wirklichkeit nicht einfach so abschütteln durfte, sondern daran festhalten sollte. Dass die neue alte Sprache erst ein Anfang war, und dass es viel mehr zu entdecken gab.

kapitel vier

In Gedanken zählte ich rückwärts von 300. So richtig entspannen konnte ich nicht, auch wenn Dr. Zucker sich noch so viel Mühe gab, meinen Körper durch Suggestion in den Zustand der Tiefenentspannung zu versetzen. Zumindest hatte ich auf Wikipedia gelesen, dass das wohl richtig war, was er hier machte. Allerdings glaubte ich auch nicht wirklich daran, dass er mich in einen Trancezustand bringen konnte, und noch weniger überzeugt war ich davon, dass ich mich dabei an ein früheres Leben erinnern würde, in dem ich Irisch sprach.

Doch mein Vater hatte sich zähneknirschend auf den Vorschlag meiner Mutter eingelassen, es doch wenigstens einmal mit der Rückführungstherapie zu versuchen. Nachdem er sich ausführlich über Dr. Zucker informiert und mit dessen akademischer Laufbahn auseinandergesetzt hatte, räumte er ein, dass eine Sitzung mit einem solch renommierten Psychiater sicher nicht schaden könnte, Rückführung hin oder her. Schließlich war ihm auch aufgefallen, dass ich mich mit der Zeit nicht wohler zu fühlen schien, mich immer mehr in mein Zimmer zurückzog und wenig Kontakt mit Freunden hatte. Was ihm am meisten Sorgen machte, so hörte ich ihn eines Abends zu meiner Mutter sagen, war, dass ich nicht mehr, wie vor dem Unfall, begeistert von meinen Zukunftsträumen berichtete: an einer Uni in einer größeren Stadt, Freiburg, vielleicht sogar Hamburg oder Berlin, zu studieren. Ich hatte es kaum abwarten können, von zu Hause auszuziehen, mit Lisa und Melinda eine WG aufzumachen … Davon redete ich nun gar nicht mehr. Und so war ich zu Dr. Zucker gekommen, der mir bei unserem ersten Gespräch ganz vernünftig vorgekommen war. Doch nun, während ich mit geschlossenen Augen dalag und versuchte, mich zu konzentrieren, war ich mir längst wieder unsicher. Dann sag ich eben nach dieser Sitzung, dass das hier keinen Sinn und Papa recht hat, dachte ich mir und gab auf, mich so anzustrengen. Dr. Zuckers angenehme Stimme driftete an mir vorbei. Ich hätte gar nicht sagen können, wie viel Zeit von dem Moment an verstrichen war, doch mit einem Mal wurden meine Sinne wieder wach. Ich nahm Dr. Zuckers Stimme nur noch als ein Flüstern war, und hatte stattdessen den unverwechselbaren Duft von salziger Meeresluft in der Nase. Der Geruch kam mir so vertraut vor, dass er mich erst mal völlig aus dem Gleichgewicht brachte und ich alles um mich herum vergaß. Dr. Zuckers Stimme trat nun ganz in den Hintergrund. Als ich mich wieder auf sie besinnen wollte, konnte ich sie nicht vom Geräusch der wogenden Wellen unterscheiden, die am Strand brachen – der Rhythmus schien derselbe zu sein. Je mehr ich mich darauf fokussierte, desto mehr gewannen die Wellen Oberhand. Dann drang doch eine Stimme zu mir durch. Sie hatte einen ganz anderen Klang als die von Dr. Zucker.

»Ciara«, rief sie mich. Eine männliche Stimme, sie hörte sich jung an und irisch. Mein Herz machte einen Sprung. Ich erkannte sie; sie schien so vertraut.

Ich schaute mich um. Sandstrand, Felsen, ein blauer Himmel, der sich im Meer spiegelte.

Die Stimme rief nun lauter. »Ciara!«

Es war mir sofort klar gewesen, dass er mich mit diesem Namen rief. Eine Tatsache, die ich in diesem Moment nicht einmal infrage stellte, und über die ich mich erst später wundern würde. Ich drehte mich zu ihm um.

Er stand jetzt vor mir. Seine grünen, leicht schräggestellten Augen blickten liebevoll in meine. Ich hatte das mir so wohlbekannte

Verlangen, ihm das sandblonde Haar aus der Stirn zu streichen. Im hellen Licht der hochstehenden Sonne konnte ich blasse kleine Sommersprossen auf der geraden Nase erkennen. Er lächelte, sodass sich zwei Grübchen auf seiner linken Wange bildeten, die sein Grinsen etwas schief aussehen ließen und es damit noch unwiderstehlicher machten. Mir wurde ganz warm ums Herz, als mir dieses Lächeln (zum hundertsten, tausensten Mal?) vor Augen führte, dass sein sonst so perfekt proportioniertes Gesicht damit einen Makel hatte, der es für mich einfach noch perfekter machte. Er stand so dicht vor mir, dass ich dem Impuls nachgab, ihn zu umarmen. Doch als ich es versuchte, da rückte er von mir fort, als würde er von einem unsichtbaren Band gezogen. Seine grünen Augen verdunkelten sich und seine Stirn legte sich sorgenvoll in Falten. »Ciara« rief er. »Tu es nicht, komm zurück. Komm zu mir zurück.«

Ich versuchte ihm zu folgen, aber ich kam nicht von der Stelle. »Bleib hier«, rief ich, doch er entfernte sich immer weiter, immer schneller, bis er ein kleiner Punkt am Horizont war. Ich schlug um mich, in der Anstrengung, mich von der unsichtbaren Macht zu befreien, die mich festhielt.

»Nein«, schrie ich nun, so laut ich konnte: »Dylan!«

kapicel fünf

Bedacht stellte ich die Auflaufform mit der Gemüselasagne auf den Tisch. Papa lächelte glücklich und griff nach dem Glas Rotwein, das ich ihm eingeschenkt hatte. Auch meine Mutter strahlte, als sie mir zusah, wie ich die Portionen auf unseren Tellern verteilte. »Wie schön, dass du mal wieder gekocht hast, Alice«, sagte sie. »Wir freuen uns so.«

Mein Vater sprach einen Toast aus: »Auf die Zukunft, auf dass wir sie gemeinsam glücklich und gesund verbringen können.«

Es war das erste Mal seit meinem Unfall, dass ich gekocht hatte, ja das erste Mal, dass ich überhaupt Interesse am gemeinsamen Abendessen zeigte. Bisher hatte ich mein Essen auf dem Teller herumgeschoben, ab und zu einen Alibi-Happen in den Mund gesteckt, und war sofort wieder aufgestanden und wieder hoch in mein Zimmer gegangen, sobald meine Eltern fertig waren.

»Ich muss sagen, dass ich äußerst skeptisch war, was diese Rückführungstherapie anging«, plauderte mein Vater, auch zum ersten Mal seit Wochen wieder in ungezwungenem Ton. »Aber anscheinend hilft es ja doch irgendwie.«

Ich steckte eine Gabel voll Lasagne in den Mund. »Achtung, heiß«, warnte ich sie. Ich hatte zwar immer noch keinen Appetit, doch das sollten meine Eltern nicht merken.

»Genau«, sagte meine Mutter. »Erzähl doch mal von den Therapiestunden. Habt ihr schon etwas herausgefunden, das deine Irisch-Kenntnisse erklären könnte?«

Mein Vater runzelte die Stirn und kaute langsamer. Ich ahnte, dass er es eigentlich gar nicht so genau wissen wollte, sondern nur froh war, dass es mir augenscheinlich wieder besser ging und dass ich in naher Zukunft – in seinen Augen – wieder ganz die Alte sein würde.

»Och, eigentlich nicht viel«, sagte ich beschwichtigend. »Es sind praktisch immer dieselben zwei Orte, an denen ich mich wiederfinde, nachdem Dr. Zucker mich in Trance versetzt hat. Einmal an einem felsigen Strand – es ist eine Art Bucht, nicht weit weg von einem kleinen Hafen, und gegenüber sehe ich eine Bergformation. Dann stehe ich noch inmitten einer grünen Landschaft vor einem Hügel.«

»Und, sieht es aus wie Irland?« fragte meine Mutter aufgeregt.

Sie tat mir in diesem Moment noch mehr leid als Papa. Sie wollte unbedingt eine Erklärung finden, weil sie wohl spürte, dass es wichtig für mich war. Ich kannte meine Mutter gut genug, um zu wissen, dass sie glaubte, nur wenn ich mit dem Grund für meine Krankheit konfrontiert werden würde, könnte auch die Heilung eintreten. Dabei konnte ich ihr die volle Wahrheit nicht sagen: dass ich nicht geheilt werden wollte. Papa hörte ganz auf zu kauen und legte verärgert das Besteck zur Seite.

»Kann schon sein«, sagte ich betont unbekümmert. »Vielleicht, aber dummerweise werde ich in den Therapiestunden niemals an ein Ortsschild zurückgeführt«, versuchte ich einen Witz zu machen. Keiner lachte, aber wenigstens griff mein Vater wieder zur Gabel. »Doktor Zucker hat mich Zeichnungen anfertigen lassen, wartet kurz, ich zeige sie euch.«

Ich stand auf, ging zu meinem Rucksack im Wohnzimmer und zog die Zeichnungen heraus. Die Bilder ließen nicht erahnen, wo die Orte waren, die darauf abgebildet waren. Wahrscheinlich könnte es jeder erdenkliche Küstenstreifen sein. Ich war mir sicher, sie würden auch meinen Eltern nichts sagten. Für mich hatte nicht die Landschaft an sich Bedeutung, sondern mehr das Gefühl, das ich hatte, wenn ich da war – die Luft, die Gerüche, der Wind. Das war es, das mich innerlich aufwühlte. Es war unbeschreiblich und nicht auf Papier zu bannen.

Dr. Zucker versuchte immer, mich an Details heranzuführen, die Aufschluss darüber geben würden, wo ich mich befand, in welchem Zeitalter, wie ich selber aussah. Ich konnte ihm sagen, dass mein Körper sich jung und nicht gebrechlich anfühlte, dass ich ein Kleid und Lederstiefel sah, wenn ich an mir herunterschaute, dass ich die Kleidung für altmodisch hielt, aber nicht altertümlich. Doch worauf ich nicht näher einging und wovon ich meinen Eltern nichts erzählte: All das war mir in dem Moment völlig egal. Denn es zählte nur das Gefühl, dass er bei mir war. Sein Gesicht, das konnte ich bis ins Detail beschreiben. Ich hütete mich aber, das zu tun. Was würde man davon halten? Eine romantische Schwärmerei, eine Träumerei vom Märchenprinzen, der voll und ganz meiner Fantasie entsprungen war. Keiner würde mir glauben, dass ich mir das nicht ausgedacht hatte. Dr. Zucker hatte mich gefragt, wer Dylan war, warum ich seinen Namen gerufen hatte, doch ich gab vor, mich nicht erinnern zu können. Für mich schien es nicht fremd, sondern selbstverständlich, dass wir Dylan und Ciara waren. Ich wusste, dass ich das anderen nicht erklären konnte – ich konnte es mir ja nicht einmal selber erklären.

»Hier«, sagte ich und legte die beiden Zeichnungen auf den Tisch neben die Lasagne. Sie waren mir besonders gut gelungen. Aber im Zeichnen war ich schon immer gut gewesen. Mein Vater sah erleichtert und meine Mutter enttäuscht aus.

»Das kommt mir nicht bekannt vor, dir, Frank?«, fragte Mama. Papa schüttelte den Kopf. »Noch nie gesehen.«

Ich zuckte mit den Schultern und steckte die Zeichnungen wieder weg.

»Ich glaube, dass weitere Therapiestunden mit Dr. Zucker nichts mehr bringen werden«, sagte ich wie beiläufig, während ich die Lasagne auf meinem Teller geschäftig in Stücke schnitt.

»Aber wieso?« Meine Mutter schaute mich fragend an. »Es scheint doch etwas dabei herauszukommen. Kleine Schritte, aber dennoch …«

»Anne, wenn sie selber sogar meint, es bringt nichts«, unterbrach mein Vater sie.

»Also, es ist so …«, versuchte ich den Streit zu unterbinden, den ich kommen sah. »Ich habe nicht das Gefühl, dass es mir irgendwelche weiteren Antworten geben wird.« Das war strikt genommen nicht gelogen. Was ich unausgesprochen ließ, war, dass ich schon alles wusste, was wichtig war. Ich hatte es längst gesehen, in der ersten Sitzung: Dylan. Und seitdem träumte ich jede Nacht vom ihm. Es fühlte sich genau wie der Trancezustand an. Ich brauchte Dr. Zucker nicht mehr, denn die eine Sitzung hatte mich dahin geführt, wo er zu finden war.

»Gib doch der Sache noch etwas Zeit, vielleicht kommen die Antworten ja noch«, räumte meine Mutter ein.

»Wieso denn?«, rief mein Vater. »Ich finde Alices Einstellung sehr vernünftig. Schließlich weiß man ja auch gar nicht, was diese Bilder, die sie bei der Rückführung gesehen hat, überhaupt sind. Erinnerungen, Fantasien … sie könnten doch von überall herkommen, aus dem Unterbewusstsein oder auch aus dem Fernsehen. Ich finde, du versteifst dich da zu sehr auf diese Theorie mit der Wiedergeburt, Anne, die ich gelinde gesagt lächerlich finde.«

Bevor meine Mutter verärgert antworten konnte, rief ich dazwischen: »Geholfen hat es mir auf jeden Fall. Ich konnte mir einiges, vielleicht auch bislang Unterbewusstes, durch den Kopf gehen lassen. Ich gebe Papa aber recht, Mama. Ich weiß nicht, was genau das ist, was ich da sehe – Träume, Erinnerungen, ein früheres Leben … vielleicht werden weder ich noch Dr. Zucker je sagen können, was es ist. Womöglich ist das *Was* auch egal. Auf jeden Fall glaube ich nicht, dass ich in einer Arztpraxis mehr darüber herausfinden werde. Aber Papa …«, ich atmete tief ein und nahm einen Schluck Wasser, »was auch immer der Hintergrund ist, ich komme nicht an der Tatsache vorbei, dass ich auf einmal Irisch spreche. Und ich würde gerne mehr über diese Sprache erfahren. Professor Heany, mit dem ich damals im Krankenhaus telefoniert hatte, der hat einem Kollegen am Trinity College in Dublin von mir erzählt. Der Kollege unterrichtet dort irische Sprache und Literatur. Professor O'Tool, so heißt er, hat mir eine Mail geschrieben und wir haben letztens telefoniert. Er hat mich nach Dublin eingeladen und mich gebeten, das mit euch zu besprechen. Ich würde gerne gehen.«

Als ich fertig war, war es so still in der Küche, als hätte der Blitz eingeschlagen. Mama schaute mich prüfend an. Papa sah auf seinen Teller. Ich trank noch einen Schluck Wasser.

»Ich habe sowieso nächsten Monat ein paar Tage Urlaub eingetragen«, sagte Mama nach einer Weile. »Gib mir doch die Telefonnummer von Professor O'Tool, ich spreche mit ihm und dann fahren wir zusammen.«

»Auf gar keinen Fall«, donnerte Papa los. »Was versprichst du dir denn davon, Alice? Ich dachte, wir können endlich darüber reden, was aus deinen Zukunftsplänen wird. Es wird langsam Zeit, sich auf Studienplätze zu bewerben. Stattdessen willst du jetzt nach Irland reisen? Wieso?«

Er klang so, als hätte ich meine Bitte nur vorgetragen, um ihn zu verletzen.

»Das machen wir dann auch, versprochen, Papa. Nach Irland. Ich habe nur das Gefühl, ich muss da hin, verstehst du? Und Professor O'Tool, er möchte meinen Dialekt analysieren. Vielleicht gibt das Aufschluss darüber, wo ich die Sprachkenntnisse herhabe, vielleicht auch nicht. Aber ich spreche nun mal diese Sprache, wo immer das auch herkommt, ich möchte sie anwenden, mich damit befassen.« Ich sah meinem Vater in die Augen. »Es ist mir einfach total wichtig nach Irland zu fahren. Bitte, Papa.«

Mein Vater stand wortlos auf und verließ die Küche.

kapicel sechs

Ich stand in meinem Zimmer im Bed & Breakfast und schaute aus dem Fenster mit Blick auf St. Stephen's Green. Ich versuchte, meine Enttäuschung zu verarbeiten, denn Dublin war anders, als ich es mir vorgestellt hatte. Ich hatte gedacht, es wäre irgendwie heimeliger und gemütlicher, dabei unterschied es sich nicht so sehr von den Städten, die ich in England während meines Schüleraustausches gesehen hatte. Ganz gespannt war ich auf die tausend Erinnerungen an Dylan gewesen, von denen ich mir erhofft hatte, dass sie sofort über mich hereinbrechen würden, sobald ich den grünen, irischen Boden betrat. Tja, Pustekuchen. Auch das heimatliche Gefühl aus den Träumen und Therapiestunden wollte sich einfach nicht einstellen.

Papa hatte sich letzten Endes dazu durchgerungen, mitzukommen und die Reise einfach einen Urlaub genannt. Deshalb wollte er es sich auch nicht nehmen lassen, ein schönes B & B zu buchen. Ich hatte den James Joyce Room, meine Eltern befanden sich gegenüber im Zimmer Molly Malone. Am ersten Abend – wir waren gerade angekommen – hatten wir uns mit Professor O'Tool zum Essen getroffen.

Der Professor brachte seine Frau Vera und Tochter Bridget mit, die in meinem Alter war. Die Begegnung war deshalb sehr ungezwungen. Wir unterhielten uns hauptsächlich auf Englisch – ab und zu spielte ich für meine Eltern den Dolmetscher. Doch ich hatte auch die Gelegenheit, mich mit Professor O'Tool etwas auf Irisch zu unterhalten. Vera und Bridget konnten es meiner Auffassung nach nicht besonders gut. Sie erklärten mir, dass es in der Schule unterrichtet wurde und dass sie mit ihren Kenntnissen als fließend irischsprachig galten. Ich war darüber sehr erstaunt. Selbst Professor O'Tool, anscheinend ein Experte der Sprache, hörte sich in meinen Ohren etwas holprig an. Allerdings lag das wohl auch an seinem Dialekt, der sich von meinem unterschied. Er konnte mir direkt sagen, dass mein Dialekt aus dem Westen Irlands kam, aus der Connaught-Gegend.

Als meine Mutter die Theorie mit der Wiedergeburt unterbreitete, war Bridget ganz Ohr. Ihre blonden Locken hüpften vor lauter Begeisterung auf und ab. Doch der Professor war sich da etwas uneins mit seiner Tochter.

»Ob ich dieser Wiedergeburtstheorie zustimmen kann, das weiß ich nicht«, unterbrach er mit einer abwinkenden Bewegung. »Irisch ist ja keine tote Sprache. Sie wird noch gesprochen, in manchen Gegenden sogar im täglichen Gebrauch. Englisch gilt dort als Fremdsprache. Man bezeichnet diese Regionen als *Gaeltacht*. In der Gegend, aus der Alices Dialekt meines Erachtens entspringt, nördlich von Galway, da gibt es einige Orte, wo Irisch die vorherrschende Sprache ist. Sie kann es also durchaus doch in diesem Leben gelernt haben.«

Bridget schaute enttäuscht, doch bei meinem Vater hatte Professor O'Tool seitdem einen Stein im Brett. Er war angetan von den logischen Ausführungen des gebildeten Professors. Und meine Mutter freute sich einfach darüber, dass wir uns endlich auf der richtigen Spur befanden. Andererseits war sie natürlich auch erleichtert, dass mein Dad immer weniger mit einer tiefen Falte zwischen den Augen herumlief.

Heute, als wir die Stadt besichtigt hatten, hatte er sich fast so verhalten, als ob es tatsächlich ein normaler Urlaub für uns wäre. Wir hatten nach dem Essen bei Gourmet Burger Kitchen noch einer traditionellen irischen Band in der Temple Bar gelauscht. Die Rhythmen, die Lieder und die Musik waren bisher das Einzige, was mich auf dieselbe heimatliche Weise berührt hatte, wie ich es aus den Therapiestunden und Träumen kannte.

St. Stephen's Green wurde nun ins Dunkel getaucht, und ich

schaltete das Licht im Zimmer aus und legte mich aufs Bett. Ich hatte gerade die Augen zugemacht, da spielte in meinem Kopf ähnliche Musik wie die, der wir heute Abend zugehört hatten. Und ich befand mich in Dylans Armen, schaute in seine grünen Augen. Und wir drehten uns, drehten uns zur Musik …

***

Wir hatten abgemacht, uns am nächsten Tag nach dem Frühstück mit Professor O'Tool am Trinity College zu treffen.

Nachdem er uns den Campus und sein Büro gezeigt hatte, sprach ich dort einige Texte auf Irisch auf Band, sodass er diese analysieren konnte. Dann besichtigten wir mit dem Professor das *Book of Kells*, das in der alten Bücherei auf dem Trinity-College-Gelände ausgestellt war. Er konnte uns einiges über das über tausend Jahre alte Buch erzählen, das wir nicht vom Audioführer erfahren hätten. Der Professor war ein toller Fremdenführer und verstand es, sein Wissen in lustige Anekdoten zu packen. So erzählte er zum Beispiel, dass es durchaus üblich war, dass Kopisten im Mittelalter – also die Mönche, welche die kirchlichen und wissenschaftlichen Schriftwerke vervielfältigten – den Schriftstücken ihre persönliche Note verliehen. Kleine Zeichnungen, Gedichte oder auch Bemerkungen über die Arbeitsbedingungen und Arbeitskollegen in den Randspalten waren keine Seltenheit. Ein Manuskript aus dem achten Jahrhundert, das wahrscheinlich auf der Insel Reichenau im Bodensee entstanden ist, enthielt beispielsweise ein Gedicht über die Katze des Kopisten, die auf den Namen Pangur Ban hörte:

Ich und mein Kater Pangur Ban
haben eine ganz ähnliche Pflicht
Er ist der Mäusejagd zugetan
Ich jag Worte, bis der Tag anbricht.

Papa war begeistert von der Ausstellung und stellte viele Fragen. Auch ich bewunderte das aufwendig verzierte Schriftbild der

Evangelien in bunten Farben. Die Flechtwerkmuster, so Professor O'Tool, waren traditionelle keltische Muster. Noch beeindruckender waren meines Erachtens die Ornamente, die Mensch- und Tiermotive zeigten.

Doch all das war nichts gegen das, was uns als Nächstes in der Bibliothek erwartete. Denn anschließend gingen wir einen Stock höher, in den sogenannten Long Room, der 200.000 der ältesten Bücher der Bibliothek enthielt. Wir kamen aus dem Staunen nicht mehr heraus – so viele wertvolle, bis zur Decke gestapelte uralte Bücher hatte ich noch nie gesehen. Selbst Mama war überwältigt, die sonst nicht viel für Bücher übrighatte. Dieser Raum erfüllte mich mit Ehrfurcht. Interessant war auch die Ausstellung, die momentan im Long Room stattfand. Professor O'Tool erklärte, dass diese regelmäßig wechselten. Es ging um Illustrationen zu irischen Mythen und Sagen. Da ich mich fürs Zeichnen interessierte, beugte ich mich fasziniert über die Glasvitrinen, die Bücher und Illustrationen enthielten. Ich war etwa bis zur Mitte des Raums vorgedrungen, als mir schwarz vor Augen wurde. Ich musste mich an der Vitrine festhalten, um nicht zu Boden zu gleiten.

»Alice«, hörte ich meine Mutter rufen, aber es klang dumpf, so als ob ich mich unter Wasser befand. Ich fühlte, wie ein paar Hände mir unter die Arme griffen und mich zu einer der Holzbänke geleiteten, die vor den Bücherregalen standen. Ich setzte mich und atmete tief ein und aus. Es ging mir sogleich wieder besser.

»Alles in Ordnung?«, fragte mein Vater besorgt. Ich nickte und stand dann langsam wieder auf. Die paar Schritte zur Vitrine legte ich mit wackligen Beinen zurück.

»Vorsichtig«, sagte Mama. »Was ist denn?«

Ich schaute auf das Buch hinunter, das aufgeschlagen unter dem Glas des Schaukastens lag. Tatsächlich sah ich die Zeichnung genauso wie beim ersten Mal. Ich hatte mich nicht getäuscht oder mir etwas eingebildet. Stumm zeigte ich einfach mit zittrigem Finger auf die Illustration.

»O mein Gott«, entfuhr es meiner Mutter.

Mein Vater sog scharf die Luft ein.

Sie hatten es beide sofort wiedererkannt.

Hier, in einem alten irischen Buch befand sich die exakte Kopie einer der Zeichnungen, die ich vor ein paar Wochen angefertigt hatte, um zu zeigen, was ich bei meinen Rückführungen gesehen hatte. Blickwinkel, Motiv, sogar der Zeichenstil waren exakt gleich. Ich war mir sicher: Diese Illustration, die hatte ich gezeichnet.

***

Schweigend saßen wir im Arts Café gegenüber der Bibliothek. Professor O'Tool hatte mir zur Beruhigung erstmal eine Tasse Kamillentee gebracht, bevor mein Vater ihn darüber aufklärte, warum wir alle so aufgewühlt waren. Meine Mutter hatte im Long Room die Geistesgegenwart besessen, sich Titel und Autor des Buches zu notieren.

»Das alles kann ja nur eins bedeuten«, meinte mein Vater und klang dabei so unbeschwert, wie schon lange nicht mehr. »Du musst irgendwann einmal das Buch gesehen haben und die Illustrationen unbewusst bis ins kleinste Detail im Gedächtnis gespeichert haben. Genauso muss es gewesen sein.«

Meine Mutter legte die Stirn in Falten. »Ich kann mich nicht erinnern, jemals zuvor dieses Buch gesehen zu haben. Aber es ist natürlich durchaus möglich, dass du das Buch als Kind gelesen oder zumindest die Bilder darin gesehen hast. Man müsste prüfen, ob es eine deutsche Ausgabe von dem Buch gibt … unwahrscheinlich, aber noch unwahrscheinlicher erscheint mir, dass sich eine irische Ausgabe in deinem Umfeld befand. Aber möglich ist es natürlich …«

»Ich kann mich nicht an dieses Buch erinnern«, sagte ich.

»Die Ärzte haben uns das ja erklärt, und ich habe auch ein bisschen recherchiert«, schaltete sich mein Vater ein. »Es kann durchaus sein, dass man sich an Sachen erinnert, sehr gut erinnert, sogar solche, bei denen man sich gar nicht bewusst ist, dass man sie jemals gesehen hat.«

Ich dachte daran, dass ich beim Anblick des Buches in der Vitrine das Bauchgefühl gehabt hatte, ich hätte die Zeichnungen selber gemacht und diese dann vor ein paar Wochen reproduziert, also nicht, als wären sie das Werk einer anderen Person, das ich kopiert hätte. Aber so ein irrationales Gefühl zu erklären schien mir unmöglich, also schwieg ich.

»Wir können also annehmen«, fuhr mein Vater fort, »dass du irgendwann, als du jünger warst, zu einem Zeitpunkt, als wir nicht dabei waren – im Kindergarten, in der Grundschule, bei Spielkameraden – dieses Buch gesehen hast. Es ist die einfachste Erklärung, die am meisten Sinn ergibt, und es beweist, dass du dir die ganze Sache nicht im Koma erträumt hast, oder gar …«, Papa schaute Mama streng an, »in einem früheren Leben erlebt hast oder sonstiger Humbug. Das hier ist logisch.«

»Hm«, sagte meine Mutter nachdenklich. »Und wenn das möglich ist, dass du dich nach vielen Jahren an etwas so gut erinnerst, dass du es bis ins Detail nachmalen kannst, vielleicht ist es dann auch möglich, dass du dir auf dieselbe Weise die irische Sprache gemerkt hast. Wir hätten ja auch schwören können, dass du noch nie dieses alte Buch mit irischen Mythen und Sagen gelesen hast. Anscheinend hast du es aber. Es ist nicht allzu weit hergeholt, dass du da, wo du dieses Buch gesehen hast, dir Bücher zur irischen Sprache angeschaut hast. Ich kann mir zwar sehr schlecht vorstellen, dass du diese außergewöhnliche Sprache dadurch so gut gelernt hast, besonders die spezifische Aussprache …, aber die Ärzte sagten ja, dass das Gehirn zu unglaublichen Sachen fähig ist.«

Ich starrte auf meine Tasse und schwieg.

Unsere Unterhaltung hatte auf Deutsch stattgefunden. Professor O'Tool verstand, dass wir etwas Wichtiges diskutieren mussten, und hatte uns ausreden lassen, ohne nachzufragen, über was wir redeten. Jetzt erklärten ihm meine Eltern so gut sie konnten auf Englisch, was vorgefallen war und warum es mich so aufgewühlt hatte. Ich wollte bislang nichts dazu sagen, weil ich Angst hatte, ich würde die Enttäuschung in meiner Stimme nicht verbergen können. Ich war nicht enttäuscht darüber, dass meine Träume, Erinnerungen und Gefühle nicht aus einem früheren Leben stammten – das war mir ziemlich egal. Ich hatte von Anfang an diese Theorie angezweifelt, sondern mich nur an einem Strohhalm festgeklammert, um eine Erklärung für das zu finden, was mir passiert war. Ich war natürlich enttäuscht darüber, dass Dylan in dieser logischen Erklärung außen vor war – entsprang er wirklich nur meiner Fantasie? Den Gedanken daran konnte ich kaum ertragen und verdrängte ihn so schnell ich konnte. Aber mich beschäftigte noch etwas anderes. Mein Vater hatte in seiner Freude zugegeben, er sei erleichtert darüber, dass das alles nicht nur in meinem Kopf war. Ich hätte nicht gedacht, dass meine Eltern diesen Gedanken überhaupt hegten. Ich war davon ausgegangen, dass sie die Echtheit meiner Gefühle und Erlebnisse nicht anzweifelten. Nicht nur, weil schließlich meine Fähigkeit, Irisch zu sprechen, real war, sondern auch, weil ich geglaubt hatte, sie würden mir vertrauen. Ich hatte mir nicht eingestehen wollen, dass einige meiner Freunde glaubten, ich sei nicht mehr ganz richtig im Kopf – aus diesem Grund vermied ich wohl auch ihre Gesellschaft –, aber ich hätte nie gedacht, dass meine Eltern vielleicht dachten, meine Krankheit wäre rein psychischer Natur. Ich konnte spüren, wie mir die Röte ins Gesicht stieg. Wenn sie nur wüssten, wie wirklich das alles für mich war! Aber wenn sie schon das anzweifelten, was ich ihnen erzählt hatte, wenn das sie schon dazu veranlasste, an meiner psychischen Gesundheit zu zweifeln, was würden sie dann erst von mir denken, wenn ich sie in alles einweihte? Dass ich komplett gestört wäre, wahrscheinlich! Nein, es war wohl besser, wenn ich das meiste, was ich dachte und fühlte, für mich behalten würde.

Ich blickte von meinem letzten Schluck Tee auf, den ich am Boden meiner Tasse kreisen ließ. Das Café war gefüllt mit jungen Menschen, die sorglos und unbeschwert erschienen. In diesem Moment wünschte ich mir nichts sehnlicher, als zu ihnen zu gehören. Ich wollte unter Menschen sein, die nicht dauernd daran dachten, was mir passiert war, wenn sie mich ansahen. Bei denen ich mich nicht fragen musste, ob sie mich für geisteskrank hielten. Und für die ich nicht ständig vorgeben musste, die alte Alice zu sein, die ich wirklich nicht mehr war. Wenn ich an die Rückfahrt nach Hause dachte, wurden meine Gedanken noch düsterer. Zu Hause würde ich immer aufpassen müssen, was ich sagte, und versuchen, die Themen zu umschiffen, die einen Streit zwischen meinen Eltern entfachten. Ich hasste es, dass sie sich ständig meinetwegen in der Wolle hatten. Und meinen Freunden musste ich auch etwas vorspielen oder mich wie ein rohes Ei behandeln lassen. Immer diese Blicke – mal verstohlen, mal bohrend, von all denen, die wussten, was passiert war. Und so etwas verbreitete sich wie ein Lauffeuer. Selbst wenn ich in Freiburg oder gar in Berlin an der Uni studieren würde, selbst wenn Melinda und Lisa nicht dabei wären, irgendwer aus meinem Umfeld würde vielleicht auch dort sein, auch wenn er oder sie nur über fünf Ecken von meiner »Krankheit« gehört hatte.

Plötzlich kam mir eine Idee. Ich sah mich nochmal im Café um und zum ersten Mal seit Langem breitete sich ein echtes Lächeln auf meinem Gesicht aus. Es war ein hervorragender Einfall – es würde etwas Geschick und Arbeit bedeuten, ihn umzusetzen, doch ein bisschen Zeit hatte ich noch dafür. Ich würde gründlich darüber nachdenken.

»Es ist einfach erstaunlich, einfach nur erstaunlich«, hörte ich Professor O'Tool sagen, als ich aus meiner inneren Welt wieder aufgetaucht war. Der Professor schüttelte den Kopf. »Ich kann mir einfach nicht vorstellen, dass es möglich ist, *unterbewusst* einen spezifischen Dialekt einer so seltenen Sprache, die auch noch aus einer anderen Sprachfamilie kommt, auf solch perfekte Weise zu erlernen.«

»Erstaunlich, ja«, stimmte mein Vater zu. »Aber es ist die einzig wissenschaftliche Erklärung.«

»Es kann nicht anders sein, da haben Sie wohl recht.«

»Hm«, meldete meine Mutter ihre Zweifel an. »So ganz zufrieden bin ich mit der Erklärung nicht. Und ich finde, man sollte dem noch ein bisschen nachgehen, wo wir schon mal hier sind.«

»Jetzt lass es doch gut sein, Anne«, sagte mein Vater und rollte mit den Augen. »Was soll das bringen, wenn das die wissenschaftliche Erklärung ist, wie ich von Anfang an vermutet habe? Sogar

Experten der Hirnforschung können nicht in allen Einzelheiten verstehen, was im Gehirn da wohl abläuft. Dann verstehen wir es ganz sicher nicht. Besprechen wir es doch in Deutschland noch mal mit Alices Ärzten. Jetzt machen wir einfach ein paar Tage Urlaub und nutzen die Zeit, um über Alices Zukunft zu reden.«

»Wir können doch beides tun«, unterbrach ich, um einen Streit zu vermeiden. »Mama hat ja schon den Titel des Buches notiert. Das können wir versuchen zu finden. Und die Bandaufnahmen für Professor O'Tool habe ich schon gemacht. Die kann er, wie geplant, untersuchen. Und währenddessen machen wir ein bisschen Sightseeing. Wenn es euch nichts ausmacht, dann würde ich mich auch noch gerne mit Bridget treffen«, fügte ich schüchtern an, wohl wissend, dass ich damit punkten würde. Mein Mangel an sozialen Kontakten seit dem Unfall bekümmerte meine Eltern sehr.

»Klar doch, mein Schatz«, sagte Papa.

»Und ich versuche gerne, ein Exemplar des Buches zu finden«, bot der Professor an. »Ich finde das wahrscheinlich am besten über ein modernes Antiquariat.«

Mama gab ihm den Zettel mit den Informationen, die sie notiert hatte. »Das wäre wirklich nett«, sagte sie.

Währenddessen holte ich mein Handy aus der Tasche und suchte Bridgets Nummer heraus, die sie mir während unseres gemeinsamen Familienessens gegeben hatte. Ich schrieb ihr eine SMS und schlug ein Treffen am nächsten Tag vor. Ich deutete an, dass ich was Wichtiges mit ihr zu besprechen hätte. Ich kannte das Mädchen mit den widerspenstigen Locken und der Stupsnase kaum, doch etwas sagte mir, dass ich ihr vertrauen konnte, und dass sie sich für meinen geheimen Plan begeistern würde.

kapitel sieben

Ich saß an meinem Schreibtisch, umgeben von mehreren Stapeln Bücher. Draußen war der schönste Sonnenschein und ich wusste, meine Mutter war enttäuscht, dass ich nicht mit den Mädels am See oder Eis essen war, eben das machte, was wir sonst immer zusammen in den Sommerferien unternommen hatten. Ich schob vor, dass ich für mein TOEFL-Zertifikat büffeln wollte und sagte, ich würde später noch rausgehen. Dass ich dann wahrscheinlich nur alleine mit dem Rad herumfahren würde, erzählte ich meiner Mutter natürlich nicht.

Seit einem unangenehmen Gespräch mit Melinda hatte ich momentan überhaupt keinen Kontakt mehr mit meinen besten Freundinnen.

»Du meldest dich überhaupt nicht mehr«, hatte sich Melinda beschwert, als sie auf unserer Festnetznummer angerufen und mich damit ausnahmsweise erwischt hatte. Ich konnte ja schlecht meiner Mutter, die den Anruf entgegengenommen hatte, sagen, ich will nicht mit ihr reden.

»Ich hatte zu tun«, murmelte ich nach einem kurzen Schweigen.

»Lisa findet auch, dass du dich total verändert hast, seit dem Unfall.«

Ich biss mir auf die Unterlippe. Dann quetschte ich durch zusammengebissene Zähne hervor:»Ja, weißt du, Melinda, drei Wochen im Koma zu liegen, geht nicht einfach so spurlos an einem vorbei. Sorry, dass ich andere Probleme habe, als ein Kleid für den Abi-Ball auszusuchen.«

Meine scharfe Bemerkung tat mir natürlich sofort leid, als ich hörte, dass Melinda mit den Tränen kämpfte. Ja, Melinda und Lisa hatten mir ungefähr fünfzig Nachrichten zum Thema Abi-Ball hinterlassen. Einfach nur nervig. Aber sie meinten es nicht böse, das wusste ich.

»Ich habe voll oft versucht, mit dir darüber zu reden, was mit dem Unfall und dem Koma und so passiert ist«, antwortete Melinda. »Aber man kann gar nicht mit dir reden. Du bist wie ausgewechselt. Meine Mama hat deine Mutter beim Einkaufen getroffen. Sie meint, deine Mutter sieht total fertig aus. Sie hat es wohl nicht so offen gesagt, aber meine Mama hatte den Eindruck, dass auch deine Eltern gar nicht mehr wissen, wie sie an dich rankommen sollen.«

»Bist du fertig?«, antwortete ich kalt, um meine innere Wut zu kontrollieren. Was bildete sich Melindas Mutter überhaupt ein, sich ein Urteil darüber zu bilden? Hatte ihre Familie keine eigenen Probleme?

»Na gut«, seufzte Melinda traurig. »Ich sag dir was: Wenn du wieder die alte Alice bist und wieder Lust hast, unsere Freundin zu sein, wie früher, dann melde *du* dich bei *uns*, okay?«

Dann hatte sie einfach aufgelegt.

Jedenfalls waren die TOEFL-Test-Übungsbücher, die auf meinem Schreibtisch lagen, mein Alibi dafür, allein in meinem Zimmer zu hocken. Was meine Eltern mit ihren mittelmäßigen Englischkenntnissen nicht wirklich einschätzen konnten: Ich musste für den Test eigentlich gar nicht lernen. Schließlich hatte sich auch mein Englisch während des Komas verbessert – wie auch immer das zu erklären war –, und so reichte es völlig aus, diese Kenntnisse während der Englischstunden im Rahmen des Schnellkurses für den TOEFL-Test aufzufrischen. Unter den Schulbüchern waren noch einige andere versteckt: Bücher über Irland, über die irische Sprache – und, noch in braunes Packpapier eingepackt, das

Buch, das heute in einem Paket aus Irland angekommen war. Ich hatte es am Mittag in Empfang genommen – meine Eltern waren auf der Arbeit gewesen und ich gerade auf dem Sprung zum Englischunterricht. Schnell war ich die Treppe wieder hinaufgelaufen und hatte das Paket unter ein paar Bücher geschoben. Zwar hatte ich es sehnlichst erwartet, doch etwas in mir war erleichtert, dass ich mir noch ein wenig Zeit dafür nehmen musste. Nachdem ich also wieder nach Hause gekommen war, hatte ich noch in Ruhe mit meinen Eltern Kaffee getrunken und ein Stück Erdbeerkuchen verdrückt. Es hatte mir sogar geschmeckt – meine Eltern waren so froh, zu sehen, dass mein Appetit zurückgekommen war.

Wieder auf meinem Zimmer hatte ich das Paket dann sorgfältig geöffnet. Neben dem eingewickelten Buch enthielt es auch noch einen Briefumschlag, auf dem in unordentlicher Handschrift auf Englisch *Für Alice persönlich* geschrieben stand. Den Brief machte ich zuerst auf. Meine Augen flogen zur Unterschrift – wie ich schon vermutet hatte, war er von Bridget.

Liebe Alice,

ich konnte Papa davon überzeugen, dass ich unbedingt noch einen wichtigen Brief mit beilegen musste, obwohl er sich daraufhin augenzwinkert erkundigte, was denn nicht in den unzähligen E-Mails gesagt werden könnte, die wir ständig austauschen. Dabei weiß er, was es ist!
Manche Sachen sind so wichtig, dass sie es verdienen, in einem Brief mitgeteilt zu werden, findest du nicht auch? Deshalb habe ich mir ein Blatt von Mamas cremefarbenem dickem Briefpapier stibitzt und den Federhalter gespitzt (okay, einen schönen Kuli herausgesucht). Leider kann ich Trommelwirbel in einem Brief nicht effektiv darstellen, denn der wäre jetzt angebracht:
Dad wollte es dir erst erzählen, wenn du kommst, aber ich hab die offizielle Genehmigung, es schon zu sagen. Dad hat mithilfe von ein paar Kollegen an der Westküste recht genau

feststellen können, wo dein Dialekt herkommt. Connemara hatte mein schlauer Papa ja sowieso schon vermutet und jetzt wissen wir recht sicher, dass der Dialekt aus Roundstone und Umgebung stammt. Das Interessante daran ist, dass das Bild aus dem Buch, das du gezeichnet hattest, bevor du die Illustration im Long Room gesehen hast, aus der Perspektive des Hafens in Roundstone gemalt wurde. Die Berge im Hintergrund sind die Twelve Bens.

Ich stand auf, um das Fenster zu öffnen. Mir war auf einmal sehr warm geworden, als ob ich erst jetzt mit einem Schlag die Wirkung der heißen Temperaturen zu spüren bekam. Ich zog mein T-Shirt aus und streifte ein leichtes Trägershirt über, das über der Stuhllehne hing. Ich wusste nicht genau, was es zu bedeuten hatte, aber auf einmal schienen mir meine neu erlernten Fähigkeiten, diese neuen Gefühle, die ich hatte – ja, die neue Person, die ich seit dem Koma war, ging es mir in dem Moment durch den Kopf – nicht mehr ganz so abstrakt und abstrus. Auf einmal konnte ich sie an etwas festmachen, waren sie lokalisierbar, an einen konkreten Ort gebunden. Zwei vormals rätselhafte Dinge, mein Dialekt und die Zeichnung, waren zwar noch nicht erklärbar, aber zumindest passten sie zusammen wie Puzzleteile. Beide Sachen, an sich merkwürdig, unglaubhaft und unbegreiflich, führten zu diesem einem Ort, Roundstone. Ich schöpfte Hoffnung, dass weitere Puzzleteile dazu passen würden, und sich hinterher ein Bild ergeben würde, das alles erklärte. Wo würde es mich hinführen? Zu Ciara? Mein Herz klopfte wie verrückt, als ich daran dachte, dass es mich auch zu Dylan führen könnte. Ich atmete tief ein, setzte mich, und nahm Bridgets Brief erneut zur Hand.

Ich kann mir vorstellen, dass das alles schon super aufregend für dich sein muss. Aber beruhig dich, denn das wahrhaft Aufregende kommt noch. Ich konnte Dad dazu überreden, in der Woche, bevor die Uni anfängt, einen kleinen Trip nach Roundstone zu machen. Er hatte zwar den Einwand, dass es ja so gedacht war, dass du früher kommst, um dich in Dublin einzugewöhnen, aber dann konnte ich doch an seine berufsbedingte Neugierde appellieren. Er kann es gar nicht erwarten, dass er deinen Dialekt vor Ort mit den Einwohnern von Roundstone vergleichen kann. Mama kommt natürlich auch mit. Wir haben ein Cottage in der Nähe von Roundstone gemietet und fahren mit dem Auto hin. Na, was hältst du davon? Ich freue mich total. So oder so wird es sicher ein toller Trip. Wer weiß, vielleicht passiert das Unmögliche und du triffst dort auf Dylan?

An dieser Stelle musste ich nun schmunzeln, obwohl ich bisher atemlos und mit offenem Mund gelesen hatte. Selbst ich würde mir in den wildesten Träumen nicht vorstellen, dass das passieren könnte. Na gut, um ehrlich zu sein, *hatte* ich es mir natürlich in den wildesten Träumen vorgestellt. Bridget war die Einzige, die über Dylan Bescheid wusste. Wir hatten uns während des Urlaubs noch ein paarmal getroffen und ich hatte es ihr geradeheraus erzählt. Bridget nahm ohne Vorbehalte an, was ich ihr erzählte. Der Grund dafür war nicht Naivität – obwohl einige Menschen Bridget vielleicht als naiv einschätzen würden –, sondern vielmehr ihre Unkompliziertheit und volles Vertrauen darin, dass alles in der Welt aus irgendeinem Grund durchaus existieren könnte, auch wenn es sich noch so verrückt anhörte. Aber ich war mir natürlich auch darüber bewusst, dass ich mit Bridget völlig ich selbst sein konnte, die Person also, die aus dem Koma aufgewacht war, und nicht vortäuschen musste, die Alice vor dem Koma zu sein. Das war für mich eine große Erleichterung.

Ich las noch das P.S. unter Bridgets geschwungener Unterschrift.

Mit deinen Kursen klappt alles wunderbar. Dad hat alles geregelt – schick einfach noch dein TOEFL-Zertifikat an das Admission Office – eine reine Formalität.
Trinity College, wir kommen, Baby!

Ich legte den Brief beiseite und wusste gar nicht, worüber ich mich zuerst freuen sollte. Der Trip nach Roundstone bereitete mir jetzt schon Herzklopfen. Einerseits brannte ich darauf hinzufahren. Alle Zeichen deuteten dorthin. Doch was, wenn es dort nichts zu entdecken gäbe? Was, wenn es mir dort so gehen würde wie in Dublin, das in mir keine besondere Gefühlsregung ausgelöst hatte – wenn Roundstone mein Herz auch nicht berühren würde, ich mich dort auch nicht zu Hause fühlen würde? Ich hatte Angst, dort herausfinden zu müssen, dass die Leere in meinem Inneren niemals wieder gefüllt würde. Ich widerstand der Versuchung, im Internet nach dem Ort zu suchen, mir Bilder anzuschauen. Ich würde Roundstone ganz unvorbereitet auf mich wirken lassen, und dann würde ich es wissen, dachte ich. Alles oder nichts.

Wie auch immer, mein Leben würde danach weitergehen – und zwar mein Leben als Studentin am Trinity College. Was für ein großes und aufregendes Abenteuer. Ich glaubte mittlerweile auch, was ich meinem Vater immer sagte, um ihn davon zu überzeugen, dass es die richtige Entscheidung war: Was auch immer der Grund für meine neuen und ungewöhnlichen Sprachtalente war, seit dem Koma hatte ich sie nun mal. Natürlich waren meine Vor-Koma-Pläne andere gewesen, aber es war doch nur logisch und vernünftig, das Beste aus den Kenntnissen zu machen, und die Chance zu ergreifen, ein ungewöhnliches Studium an einer Top-Uni abzuschießen, das mich von anderen deutschen Universitätsabsolventen deutlich abgrenzen würde. Nun würde ich also einen Bachelor in Geschichte und Irish Studies machen. Letzteres war eine Mischung aus irischer Sprache und Kulturgeschichte. Professor O'Tool hatte sich natürlich für mich eingesetzt, sonst wäre das sicher nicht so kurzfristig möglich gewesen. Dank Bridget, welche die entscheidende Rolle meiner Verbündeten gespielt und auf ihren Vater Einfluss genommen hatte. Den Plan hatten wir damals noch in Dublin ausgeheckt.

Dass Irland jetzt auf einmal die erste Wahl für mich war, schien mir selbstverständlich. Doch ich hatte damals im Café auf dem Campus-Gelände auch die Vision gehabt, eine normale Studentin zu sein, ohne spezielle Vorgeschichte. Ich war immer noch davon überzeugt, dass das in Deutschland nicht möglich gewesen wäre. Und nach dem Telefonat mit Melinda ganz besonders. In Irland würde niemand außer den O'Tools von meiner Vergangenheit wissen – es sei denn, ich entschied mich dafür, sie jemandem anzuvertrauen.

Wider Erwarten hatte sich meine Mutter nicht so einfach überzeugen lassen wie mein Vater. Er sah schnell ein, dass es eine großartige Möglichkeit für mich war, am Trinity College zu studieren. Hauptsächlich war er aber auch einfach nur froh, dass ich überhaupt Zukunftspläne schmiedete und Ambitionen kundtat. Meine Mama sagte immer nur: »Es ist so weit weg, Alice.«

Dann, eines Abends, als ich sie wieder darauf ansprach, legte sie das Geschirrhandtuch zur Seite, das sie gerade zum Abtrocknen verwendet hatte, drehte sich um und sah mich an. »Ich war dafür, nach Irland zu fahren. Ich bin dafür und ich ermutige dich, dass du den merkwürdigen Umständen deiner Krankheit auf den Grund gehst. Ich dachte, wir könnten das zusammen schaffen, als Familie. Wie du weißt, ist das schwierig genug, aber ich dachte, es ist es wert. Dass es nicht alles wieder so werden kann wie vor deinem Koma, war mir die ganze Zeit klar. Aber ich dachte, wenn wir es zusammen durchstehen, gemeinsam alles durcharbeiten, was mit dir geschehen ist, wie auch immer du oder wir am Ende dabei herauskommen, wir stehen es als Einheit durch. Doch nun sieht es so aus, als ob es nicht mehr darum geht, das zu bewahren, was dir, was uns, immer am wichtigsten war. Es sieht so aus, als ob du uns zurücklässt. Als ob wir gar keine Familie mehr sind.«

Sie schaute aus dem Fenster. Ihre Augen waren nicht feucht, sondern ganz klar, als ob sie diese Gedanken oft und lange im stillen Kämmerlein geplagt und zum Weinen gebracht hatten, und nun, da sie sie ausgesprochen hatte, keine Tränen mehr dafür übrig waren.

Ich stand vom Küchentisch auf und nahm meine Mutter in den Arm. »Mama. Vielleicht muss ich es einfach für mich alleine herausfinden. Aber eines verspreche ich dir: Was ich auch herausfinden werde, wir werden immer eine Familie sein.«

Ich konnte selber nicht wirklich glauben, was ich sagte, aber als ich meine Mama im Arm hielt, da wünschte ich mir nichts sehnlicher, als dass ich das Versprechen halten könnte, das ich ihr gab.

Letztlich ließ sich auch meine Mama davon überzeugen, dass ich nach Dublin gehen sollte. Ausschlaggebend war wahrscheinlich, dass ich im ersten Semester nicht im Studentenheim, sondern bei den O'Tools wohnen würde. Vera hatte länger mit meiner Mutter telefoniert. Und so hatte sich mein und Bridgets Plan gefestigt. Wir beide würden in wenigen Wochen mit dem Studium anfangen.

Die vielen Neuigkeiten aus dem Brief hatten mich in so tiefe Gedanken gestürzt, dass ich fast das Buch dabei vergessen hatte. Jetzt wickelte ich es aus dem braunen Papier aus. Vorsichtig hielt ich es in den Händen. Von Bridget hatte ich erfahren, dass es nicht ganz einfach für Professor O'Tool gewesen war, dieses Buch für einen erschwinglichen Preis zu ergattern. Nicht ohne Grund war es Teil einer Ausstellung gewesen: Es enthielt Zeichnungen von verschiedenen Künstlern, die im Laufe der Zeit bekannt geworden waren. Er konnte es schließlich über ein Antiquariat beziehen.

Wie viel er dafür bezahlt hatte, wollte er nicht verraten. Ich machte mir eine gedankliche Notiz, meine Eltern zu bitten, die erste Zahlung an die O'Tools, die ihre Ausgaben als Gastfamilie kompensieren sollte, etwas großzügiger ausfallen zu lassen. Ich strich mit den Fingern über den Einband. *Mündlich überlieferte Sagen und Mythen – Westirland* las ich da auf Irisch. Und kleiner, rechts unter der altmodisch aussehenden Schrift des Titels, stand *Herausgegeben von Brian Flanahan*. Ich merkte, wie sich trotz der Hitze des Tages die Härchen auf meinen Armen aufstellten. Gespannt öffnete ich den Einband und blätterte eine Seite weiter. Dort las ich, dass das Buch 1952 erschienen war.

Wie ich schon im Long Room gesehen hatte, waren die Texte auf Irisch. Ich blätterte langsam und bedächtig die Seiten um. Eine der Zeichnungen erkannte ich von der Ausstellung wieder. Schließlich kam ich zu »meiner« Geschichte. Als die Seite mit der Zeichnung offen vor mir lag, pochte das Blut in meinen Schläfen so laut, dass ich keine anderen Geräusche mehr aufnehmen konnte. Ich beugte mich weiter nach vorn, um die Einzelheiten zu studieren. Ich konnte erkennen, dass das Motiv in dünnen schwarzen Strichen gezeichnet worden war, im Original wahrscheinlich in schwarzer Tinte. Die, die ich vor Wochen nach der Rückführungstherapie angefertigt hatte, waren Bleistiftzeichnungen. Sie waren viel skizzenhafter, die im Buch viel detaillierter. Aber es war eindeutig dasselbe Motiv, dieselbe Perspektive, genau der gleiche Winkel. Als ob meine Bleistiftzeichnung eine Blaupause für diese Zeichnung gewesen wäre – nur, dass das Buch etwa sechzig Jahre zuvor erschienen war, und ich mit hundertprozentiger Sicherheit sagen konnte, dass Alice Lohmann dieses Buch niemals in den Händen gehalten hatte. Ich konnte meinen Blick fast nicht von der Zeichnung reißen. Doch blätterte ich wieder eine Seite zurück, um den Anfang der Geschichte zu finden, die meine Zeichnung illustrierte. Ich las gebannt, aber nach einigen Sätzen war ich mir sicher, dass ich die Geschichte noch nie vorher gehört hatte. Roundstone wurde darin nicht namentlich erwähnt. Es war eine Geschichte über eine verzauberte Insel, die nur alle paar Jahre vor der Küste Connemaras auftauchte. Angeblich war es der Eingang zur Anderswelt, der Welt der Feen, doch sobald man glaubte, sie mit dem Boot erreicht zu haben, verschwand sie wie eine Fata Morgana.

Als ich die Geschichte zu Ende gelesen hatte, blätterte ich noch einmal zum Vorwort des Herausgebers. Dort stand, dass die Bilder die Orte illustrierten, an denen Brian Flanahan die Geschichten erzählt worden waren. Er war wohl in Westirland herumgereist, um mündlich überlieferte regionale Sagen und Mythen zu sammeln und aufzuschreiben. Die Zeichnungen, so las ich weiter, stammten ebenfalls von Künstlern aus der Region. Noch einmal blätterte ich das ganze Buch durch, bis ich ganz am Ende angelangt war. Dort stand eine Liste mit den Künstlern als Copyright-Angabe. Ich fuhr mit dem Zeigefinger die Seite herunter, bis ich beim Titel »meiner« Geschichte angelangt war. Es war mir, als würde das Blut in meinen Schläfen plötzlich schlagartig aufhören zu pochen, und für eine ewigwährende Sekunde war es totenstill, bevor mir schwarz vor den Augen wurde. Ich hielt mich mit beiden Händen an der Schreibtischplatte fest und atmete dreimal bewusst ein und aus. Dann riss ich die Augen auf und fand langsam wieder meine Stelle auf der Seite. Ich hatte es mir nicht eingebildet. Dort stand es schwarz auf weiß. Der Name der Person, welche die Zeichnungen gemalt hatte, war: Ciara Buchanan.

kapicel achc

Es war mir nicht so leicht gefallen, wie ich eigentlich gedacht hätte, mich von meinen Eltern am Flughafen zu verabschieden. In den letzten Wochen hatte bei mir einfach nur die Erleichterung überwogen, mein Leben als die Person weiterleben zu können, als die ich mich jetzt, nach meinem Unfall, fühlte. Sowie auch die Freude darüber, dass sich alles so fügte, wie ich es geplant hatte. Natürlich spielte dabei eine Rolle, dass ich hoffte, Dylan zu finden – aber vornehmlich wollte, nein, musste ich Ciara finden. Ich konnte mir nicht vorstellen, hier weiter Alice sein zu sollen, die alte Alice. Ich wusste, ich musste sie zurücklassen, sonst würde ich todunglücklich werden. Meine Freunde, die sie vermissten, taten mir leid. Aber es ging mir nicht nah. Es fühlte sich in etwa so an, als ob jemand, den man nicht besonders gut kennt, einen schweren Verlust erlitten hat: Die Person tut einem leid, aber man ist nicht persönlich betroffen. Ich hatte gedacht, ich würde bei meinen Eltern Ähnliches empfinden, denn Erleichterung, Vorfreude und natürlich ein bisschen Nervosität hatten bei mir im Vordergrund gestanden.

Doch wie sie dastanden, als ich den Koffer aufgegeben hatte und mit der Bordkarte in der Hand auf sie zuging – bei dem Anblick schossen mir die Tränen in die Augen. Mein Vater hatte die Hände hinter dem Rücken verschränkt und wippte auf den Gummisohlen seiner Turnschuhe auf und ab. Er war stolz auf seine Tochter, die

Studentin am Trinity College, die sich nach dem schrecklichen Unfall wieder gefangen hatte. Und so verabschiedete er sich von ihr mit geschwellter Brust, wollte sich aber gleichzeitig nicht anmerken lassen, dass er trotz alledem sein kleines Mädchen lieber hier behalten hätte. Meine Mama machte große Augen, riss sie ganz weit auf, was sie immer tat, wenn sie versuchte, nicht zu weinen. Sie drehte aus Nervosität am Ehering. Auch sie war stolz, doch bei ihr überwog die Aufregung – fast war sie ein wenig neidisch auf die Tochter, die diese abenteuerliche Reise ins Ausland vor sich hatte. Auch sie wollte ihr Mädchen lieber hierbehalten – oder besser noch mitkommen. Ich brauchte keine Gedankenleserin zu sein, denn ich kannte ihre Körpersprache so gut, ich wusste wie sie fühlten. Jetzt war Ciara in weite Ferne gerückt, und ich war wieder Alice – ihre Alice. Und ich fühlte mich, als ob die Rollen getauscht worden waren. Meine Eltern schienen klein und verletzlich, als ob ich sie beschützen müsste. Als ob ich auf einmal die Erwachsene war. Bei der Verabschiedung konnte ich mich noch zusammenreißen, aber ich weinte bis zum Boarding, und auch im Flieger kamen mir immer wieder die Tränen hoch. Irgendwann schlief ich erschöpft ein, bekam gar nicht mit, wie Getränke und Snacks angeboten wurden, und als ich aufwachte, ging es mir besser.

Als Professor O'Tool, Vera und Bridget mir freudig zuwinkten, sobald ich in die Ankunftshalle kam, da waren die Freude und Aufregung vollends zurück. Nach einer geschwätzigen Bridget beim Abendessen – es gab Fischpie, und als ich verkündete, dass ich Vegetarierin war, aber Fisch aß, war die Erleichterung groß –, einer ausführlichen Tour von Vera durch das enge, aber gemütliche Häuschen der O'Tools und vielen Instruktionen vom Professor, die morgige Reise betreffend, schlief ich todmüde in meinem kleinem Zimmer ein und konnte mich gerade so noch dazu aufraffen, vorher eine SMS an meine Eltern zu schicken, um ihnen mitzuteilen, dass ich gut angekommen war.

***

Am nächsten Morgen wachte ich davon auf, dass die Sonne meine Nasenspitze kitzelte – was in Dublin wohl eher selten vorkommen sollte –, und kurz darauf wurde ich vollends aus meinen Träumen gerissen, als ich Bridget und Vera vor meiner Tür flüstern hörte.

»Meinst du, sie ist schon wach?«

»Weck sie nicht auf«, antwortete Vera, »wir müssen erst in ein, zwei Stunden los.«

»Ich bin wach!«, rief ich so vergnügt, wie ich mich selbst kaum kannte. Anscheinend fühlte ich mich hier wohl, so unbefangen, wie ich tat. Ich hatte Vera verdutzt, aber nicht Bridget, die strahlend die Tür aufriss: »Morgen! Wenn die vegetarische Dame keinen Bacon zum Frühstück speist, mag sie dann wohl Rührei auf Toast?«

»Die Dame wäre über Rührei auf Toast sehr erfreut – aber erst muss sie unter die Dusche«, antwortete ich.

Vera hatte schon ein Handtuch für mich in der Hand, und nachdem es mir gelungen war, gemäß ihren gestrigen Anweisungen Temperatur und Wasserdruck in der Dusche einzustellen – die irischen Sanitäreinrichtungen kamen mir im Vergleich zu den deutschen gelinde gesagt altmodisch vor –, kam ich im Bad gut klar. Ich duschte schnell, bürstete die nassen Haare, die ich an einem warmen Tag wie diesem an der Luft trocknen lassen würde, putzte mir die Zähne, cremte mein Gesicht mit getönter Feuchtigkeitscreme ein, trug etwas Puder und Wimperntusche auf, entledigte mich des Handtuchs und zog Unterwäsche, Jeans und T-Shirt über, die ich vorher mit ins Bad genommen hatte. Keine zehn Minuten, nachdem ich aus dem Bett getaumelt war, saß ich am Frühstückstisch.

»Du bist aber schnell«, staunte Bridget. Ein Blick in ihr Gesicht sagte mir, dass sie auf ihre »Kriegsbemalung« wohl etwas mehr Zeit verwendete als ich. »Dann hau ich mal die Eier in die Pfanne.«

»Keine Eile«, entgegnete ich. »Aber ein Kaffee wäre ganz toll.«

Während Vera mir einen einschenkte, lugte Professor O'Tool hinter der Zeitung hervor. »Ich hoffe, du hast gut geschlafen und vor allem geträumt. Du weißt ja, was man in der ersten Nacht in einem neuen Heim träumt, bewahrheitet sich.«

Ich spürte, wie mir die Röte ins Gesicht stieg und versteckte mein Gesicht mehr oder weniger erfolgreich hinter meiner Tasse Kaffee.

»Sehr gut geschlafen, danke, das Bett ist sehr bequem«, brummelte ich. Ich hatte natürlich von Dylan geträumt, wie er mein Gesicht in seinen Händen hielt, mich minutenlang nur ansah und dann küsste. In der Tat traumhaft.

»Hmm«, sagte Bridget mit einem Schmunzeln, als sie mir den Teller Rührei vor die Nase stellte. »Deinem Lächeln nach zu urteilen, muss es ein ganz *besonders* toller Traum gewesen sein, was?«

»Nein«, sagte ich hastig, »ich freue mich nur, dass dein Dad Heim gesagt hat, denn ich fühle mich auch schon ganz zu Hause hier.« Das war nicht einmal gelogen.

Nachdem wir gemeinsam den Abwasch erledigt, meinen Koffer umgepackt und alles ins Auto verstaut hatten, ging die Reise weiter. Richtung Connemara. Und meine Aufregung kehrte zurück.

kapitel neun

Ich lag in einem Cottage in der Nähe von Roundstone in meinem Bett und konnte nicht schlafen. Der Temperatur nach zu urteilen, kam ich mir wie an einem Ort am Mittelmeer vor, nicht wie in Irland. Es war schwül und warm – ich hatte das Fenster in meinem Zimmer weit aufgerissen und lag nur im Trägertop und Schlafshorts auf der Decke. Und nicht nur die Außentemperaturen waren das Problem, auch innerlich fühlte ich mich wie im Delirium. Hier im Dunkeln still im Zimmer zu liegen und den Insekten draußen zu lauschen, war alles, was ich gerade aushalten konnte.

Die Ankunft in Connemara an der irischen Westküste war das glatte Gegenteil von dem gewesen, was ich während meines Besuchs in Dublin erlebt hatte. Als ich dort mit meinen Eltern angekommen war, war ich enttäuscht gewesen, dass mir das Land und die Stadt gar nicht wie die Heimat vorkamen, die ich in Deutschland verloren hatte. Hier wünschte ich fast, es gäbe ein Mittelmaß – ich stellte mir eine vage, angenehme Gefühlswallung vor, ein beruhigendes, aber bestimmtes Hier-gehöre-ich-hin-Gefühl.

Stattdessen überrollten mich die Emotionen in Connemara wie eine Welle – und darin zu ertrinken schien mir ein gefährlich süßer Tod. Ich hatte noch nie irgendwelche Drogen genommen, noch nicht mal an einem Joint gezogen, aber so stellte ich es mir vor. Die Farben wurden leuchtender, die Gerüche intensiver, die Geräusche lebendiger. Ich kam mir vor, als hätte ich unter einer Glasglocke gelebt und nun war die Glasglocke weggenommen worden. Alles was vorher so dumpf zu mir durchgedrungen war, war jetzt plötzlich lebendig. Manchmal träumt man einen so realistischen Traum, dass man, wenn man aufwacht, sich erst einmal sammeln muss und dann traurig und ein wenig verwirrt merkt: Schade, es war nur ein Traum. Das Erlebnis des heutigen Nachmittags war wie ein solcher Traum. Allerdings wusste ich, dass ich aus dem hier nicht wieder aufwachen würde.

Als ich am Nachmittag in der Bucht von Roundstone gestanden und genau auf das Motiv meiner Zeichnung aus dem Buch geblickt hatte, da war mir so gewesen, als schwebte ich über mir und blickte auf mich herab. Erst jetzt, nachdem ich zur Ruhe gekommen war, als ich etwas Abstand hatte, darüber nachzudenken, fiel mir auf, dass es sich trotzdem nicht wie eine Erinnerung oder ein Déjà-vu angefühlt hatte. Es war nicht so, als ob ich auf einmal Visionen oder Erinnerungen oder Ähnliches von einer Vergangenheit hatte, in der ich Ciara war. Ich war einfach … richtig hier, an diesem Ort. Meine Intuition sagte mir, dass ich auf der richtigen Spur war, aber ich wusste längst noch nicht, was für eine Spur das sein sollte. Es war, als ob mein Körper, mein Blut, mein Herz wussten, was Sache war, aber mein Verstand noch nicht zu ihnen aufgeschlossen hatte.

Die O'Tools nahmen alles auf ihre individuelle Weise gelassen. Ich war froh, dass ich nicht mit meinen Eltern hier war, die sich Sorgen gemacht oder mein Verhalten befremdlich gefunden hätten. Vera war schon um mich besorgt; ich merkte, wie sie mich mit gerunzelter Stirn beobachtete. Aber sie schien genug Vertrauen in die ganze Sache zu haben, sodass sie mich mehr oder weniger in Ruhe ließ, und pragmatisch blieb. Sie gab mir was zu trinken, drückte mir irgendwann ein Sandwich in die Hand und zog mir den Cardigan aus, als es wärmer wurde. Währenddessen ging ich wohl mit großen Augen und seligem Lächeln im Ort umher und unterhielt mich mit Professor O'Tool über den Ort, die Landschaft und anderes auf Irisch. Das zumindest erzählte mir Bridget, die es als ihre Aufgabe erkoren hatte, alles zu beobachten, und es in einem späteren Gespräch mit mir genau auseinanderzunehmen.

Ich fühlte mich, als wäre mein Fieber etwas gesunken, als wir in dem Cottage wenige Meilen außerhalb von Roundstone ankamen und unser Gepäck hineintrugen. Zum ersten Mal seit Stunden war ich mir wieder der Familie um mich herum ganz bewusst. Vera hatte – von mir völlig unbemerkt – in Roundstone Lebensmittel eingekauft und machte sich daran, das Abendessen vorzubereiten: Spaghetti mit Tomatensoße, frischer Parmesan und Knoblauchbrot. Ich ging ins Bad und hielt mein Gesicht unter kaltes Wasser im Waschbecken. Diese Erfrischung ließ mich vollends wieder »aufwachen«. Ich schaute auf und sah mein Gesicht im Spiegel an. Meine Augen waren genauso blaugrün wie vorher, meine Gesichtszüge sahen aus wie immer, aber irgendetwas schien mir anders ...

Ich ging wieder in die Küche und betrachtete die Familie O'Tool. Ich hatte das sonderbare Gefühl, das man manchmal hat, wenn man einen über den Durst getrunken hat und sich nicht erinnern kann, ob man etwas Peinliches gesagt oder getan hat. Ich grinste schüchtern. Doch Bridget lachte lustig zurück und schob mir ein Messer und ein Holzbrett rüber. »Hier, ich schneide die Zwiebeln, du die Tomaten.«

Meine Hände machten sich automatisch an das vertraute Gemüseschnippseln, und Küchenutensilien und Tomaten kamen mir wie ein Rettungsanker vor, der mich in der Realität festmachte.

»Also«, sagte ich. »Ich bin ganz Ohr. Erzählt mir von diesem Nachmittag, wie ihr ihn erlebt habt, dann sage ich euch, wie es mir ergangen ist.«

Und so ging die Diskussion los, die über das Abendessen hinweg und weit darüber hinaus andauerte.

Der Professor, Vera und Bridget erzählten davon, wie ich immer ruhiger geworden war, als wir in Roundstone ankamen, und eine Weile gar nichts sagte und nur große Augen machte. Ich bewegte mich wohl wie ein Schlafwandler durch die Straßen – die Analogie kam von Bridget, die aufgeregt erzählte, wieso der Vergleich so passend war, während sie mit ihrer spaghettibeladenden Gabel fuchtelte und Tomatensauce herumspritzte.

»Du hast nicht mitbekommen, was wir gesagt haben, zumindest hast du nicht reagiert. Deine Pupillen waren ganz groß und geweitet. Aber trotzdem hast du dich sicher durch die Straßen bewegt – man wusste, dass dir nichts passieren würde, wie bei einem Schlafwandler eben.«

Ich stand auf und wischte Tomatensauce mit einem Lappen von meinem T-Shirt.

»Oh, sorry«, sagte Bridget zerknirscht.

»Macht nichts, das T-Shirt ist schließlich auch rot«, lächelte ich.

Professor O'Tool hatte länger nichts gesagt.

»Du hast auf jeden Fall so einiges über diesen Ort gewusst«, mischte er sich nun ein. »Du hast drauflos geplaudert und wie eine Fremdenführerin vom historischen Roundstone erzählt. Es war unheimlich interessant.«

»Und unheimlich unheimlich«, fiel Vera ihm ins Wort. »Ihr habt so schnell geredet und ich habe nicht alles verstanden, aber Alice, du kanntest die Namen von Leuten, die in den Häusern mal gewohnt haben, und hast Anekdoten erzählt von Gegebenheiten, die direkt nach dem zweiten Weltkrieg passiert sind.«

Bridget war nun so aufgeregt, dass sie das Aufwickeln der Spaghetti endgültig aufgab und Gabel und Löffel fallen ließ.

»Erzähl ihnen von Ciara Buchanan«, flüsterte sie.

Mir stieg die Hitze ins Gesicht; es hatte sicher schon die Farbe meines T-Shirts angenommen. Ich war Bridget nicht böse, irgendwann mussten wir es ansprechen, denn wenn wir hier mit den Nachforschungen weiterkommen wollten, würde es nur mit der Hilfe der O'Tools gehen. Aber mir war es trotzdem peinlich. Es hörte sich einfach wie eine Teenager-Träumerei an. Was würden sie von mir denken? Wenigstens hatte Bridget nicht Dylan erwähnt.

Ich erzählte von Ciara Buchanans Zeichnungen in dem Buch, das der Professor für mich gefunden hatte – auch dass ich den Namen bei den Rückführungssessions zum ersten Mal gehört hatte. Der Professor und Vera waren weitaus skeptischer als ihre Tochter, das merkte ich sofort. Aber sie zweifelten meine Behauptungen auch nicht an und auf ihre logisch-pragmatische Art waren sie sofort bereit, bei den Nachforschungen zu helfen, um herauszufinden, was dahintersteckte.

Sie reagierten anders als meine Eltern – in Reflexion dachte ich, dass das wahrscheinlich daran lag, dass meine Geschichte sie nicht so persönlich betraf.

»Es passt alles zeitlich mit den Sachen zusammen, die du vorhin erzählt hast. Frühe neunzehnhundertfünfziger Jahre … es sollte doch möglich sein, dass wir etwas über Ciara Buchanan herausbekommen. Wenn sie hier gewohnt hat, dann gibt es bestimmt einen Eintrag im Kirchenbuch«, warf Vera ein. »Wir sollten ein paar ältere Leute direkt fragen, ob sie sich erinnern.« Und so war langsam ein Plan entstanden, wie wir am nächsten Tag vorgehen würden.

∗∗∗

Jetzt lag ich erschöpft im Bett, aber an Schlaf war nicht zu denken. Zu viele Gedanken schwirrten mir im Kopf herum. Ich sah zu, wie sich die Vorhänge bewegten, als der Wind draußen zunahm. Ich hörte ein entferntes Donnergrollen und bald darauf fielen die ersten Regentropfen. Ich kam gar nicht auf die Idee, das Fenster zu schließen, sondern freute mich über die frische, vom Regen abgekühlte Luft, die jetzt in mein Zimmer drang. Ein Blitz leuchtete auf und erhellte die grüne Hecke vor meinem Fenster. Ich hatte Gewitter schon immer gerne gemocht – was sicher mit der Geschichte meiner Geburt zusammenhing – und schaute dem Spektakel draußen zu. Es ließ mich entspannen und ich merkte, wie der Schlaf mich doch langsam übermannte.

»Als deine Mutter in den Wehen lag, da tobte draußen ein gehöriger Sturm.« So fing mein Vater immer an Geburtstagen an zu erzählen. Früher war mir das total peinlich gewesen, wenn er die Geschichte im Beisein meiner Freunde zum Besten gegeben hatte. Aber mittlerweile gehörte es für mich irgendwie zum Geburtstag dazu. Mir wurde ganz weh im Herzen, als ich an meinen Papa dachte, und wie seine Augen aufleuchteten, wenn er davon erzählte. »Die Schreie deiner Mutter gingen im Donnerwetter unter«, fuhr er gewöhnlich fort. »Du warst nämlich eine schwere Geburt – im doppelten Sinne des Wortes.« Das war für mich das Stichwort, mit den Augen zu rollen und genervt zu sagen: »Papa, also echt!«

»Und dann schlug ein mächtiger Blitz ein, direkt in den großen Baum, der vor dem Zimmerfenster stand, als deine Mutter gerade versuchte, dich zu gebären«, kam er dann so richtig in Fahrt. »Das Zimmer leuchtete auf, das Gebäude wankte, und genau in dem Augenblick erblicktest du das Licht der Welt.«

Während meine Augenlider schwerer wurden und ich mich in Gedanken bei meiner Familie und den unbeschwerten Geburtstagsfeiern meiner Kindheit befand, war mir dumpf bewusst, wie das Gewitter immer näher kam. Donner folgte nun fast unmittelbar auf Blitz.

Ich riss meine Augen schlagartig wieder ganz auf. Der Blitz hatte mein Fenster erhellt, doch statt der Hecke, die ich sonst sah, hatte er die Gestalt und das Gesicht eines Mannes hell erleuchtet. Da stand jemand vor meinem Fenster! Oder hatte ich das geträumt? Ich war jetzt hellwach. Das Zimmer war nun stockdunkel, nur das Fenster ein graues Rechteck, an dem sich meine Augen orientieren konnten. Sturm und Regen übertönten mein zaghaftes »Wer ist da?« Etwas Dunkles schob sich vor das Fenster. Da bewegte sich eindeutig was. Kletterte jemand von draußen in mein Zimmer? Wie gelähmt saß ich im Bett und wagte nicht einmal zu blinzeln. Meine Augen brannten, während ich das dunkle Wesen anstarrte. Nein, wurde mir bewusst, es waren nur die Vorhänge, die sich im Wind gewölbt hatten. Erleichtert atmete ich aus. Die Sekunden vor dem Blitz kamen mir wie Minuten vor. Gebannt starrte ich aufs Fenster. Wieder erleuchtete es der Blitz für einen kurzen Moment. Diesmal war ich mir sicher, dass ich es mir nicht eingebildet hatte. Jemand stand draußen vor meinem Fenster und schaute hinein – und das Gesicht kannte ich aus meinen Träumen. Es war Dylan.

Ich kniff mir in die Wange, um sicherzugehen, dass ich nicht tatsächlich nur träumte. Ich war wach. Trotzdem kam ich mir wie ein Schlafwandler vor, als ich langsam aufstand und mich auf das Fenster zubewegte. »Dylan«, rief ich und wurde wieder übertönt vom nächsten Donnerschlag. Ich befand mich mitten im Raum, als der nächste Blitz aufleuchtete – er war etwas weiter weg und sein Licht daher schwächer, aber das Bild hätte nicht deutlicher sein können, das sich vor meinen Augen auftat: Die grünen Augen, das blonde Haar dunkel gefärbt vom Regen, die Wangengrübchen – er war es.

»Dylan«, rief ich wieder und stürzte zum Fenster. Es war dunkel, aber jetzt war ich näher dran und ich sah, wie die Gestalt sich bewegte. Was auch immer meine Glieder so gelähmt und meine Bewegungen steif und ungelenk gemacht hatte (wahrscheinlich die Angst, musste ich zugeben), jetzt machte ich einen Satz nach vorn, streckte die Hände durch das offene Fenster – und bekam nur Regen zu fassen. Er war nicht mehr da. Ich schwang ohne zu zögern ein Bein über das Fensterbrett und war fix auf der anderen Seite. Innerhalb von zwei Sekunden war ich komplett durchnässt. Doch das war meine zweite Sorge, denn wie ich mich auch verzweifelt drehte und wendete, ich konnte ihn nirgends sehen. Direkt vor mir war die hohe Hecke, rechts ging es Richtung Parkplatz und Haustür, links lief der Weg am Cottage vorbei und führte zu den Feldern dahinter. Ich wollte schon nach rechts zur Straße, als ich links eine Bewegung sah. Ja, in der Ferne bewegte sich eindeutig was, was größer als ein Ast und beweglicher als ein Busch erschien. Schnurstracks lief ich darauf zu. Ich merkte gar nicht, dass ich barfuß war und die Steine und Stöcke sich in meine Fußsohlen bohrten. Ich merkte auch den Regen nicht mehr, der in Strömen an mir herunterlief. Das einzige, was mich daran gerade störte, war, dass er mir die klare Sicht versperrte.

Wieder ein Blitz: Ich sah, dass ich auf dem richtigem Pfad war. Eine Gestalt lief vor mir her. »Dylan«, rief ich immer wieder, während ich rannte, bis mir die Luft ausblieb. Ich lief einfach weiter, über Felder und Ackerwege, ohne nach rechts und links zu schauen. Mittlerweile sah ich nichts mehr. Heiße Tränen liefen mir über das Gesicht, während ich langsamer wurde. Sie vermischten sich mit den Regentropfen. Etwas brachte mich zu Fall, doch ich landete auf weichem Gras. Der Schreck des Sturzes ließ mich wieder zur Vernunft kommen. Ich saß, nur mit Trägershirt und Shorts bekleidet, irgendwo in Connemara in strömendem Regen und Gewitter auf einer Wiese.

Und ich hatte gerade Dylan gesehen, da war ich mir sicher. Vorsichtig stand ich auf. Mein Knie schmerzte etwas, aber ich hatte mir wohl nicht weiter wehgetan. Panisch schaute ich mich um. Wo war das Cottage? Ich sah nur Wiesen, Steinmauern und Hecken. Aus welcher Richtung war ich gekommen? War ich diesen Hügel hinuntergelaufen? Schnell rannte ich ihn wieder hoch. Jetzt merkte ich, wie mir die Fußsohlen wehtaten. Doch mehr Sorgen machte ich mir darum, wieder zurückzufinden. Wenigstens hatte sich mittlerweile das Gewitter entfernt und der Regen ließ nach. Auf der Anhöhe konnte ich das Cottage nicht sehen. Ich sah gar keine Häuser oder so etwas wie beleuchtete Fenster. Was hatte ich getan, war ich völlig verrückt geworden? Da entdeckte ich auf einmal einen Lichtstrahl, der sich auf und ab bewegte. Konnte das vielleicht ein Fahrrad sein oder ein Motorrad? Ich hatte keine Angst, sondern war nur erleichtert. Ich rief so laut ich mit meiner heiseren Stimme konnte und lief auf das Licht zu. Es schien mir auch entgegenzukommen. Als ich näher kam, erkannte ich, dass es ein Mensch mit einer Taschenlampe war. Jetzt wurde mir doch mulmig. Wer lief hier nachts mit einer Taschenlampe herum? Der Strahl blendete mich und ich riss die Arme hoch, um meine Augen abzuschirmen.

»Alice! Gott sei Dank«. Es war Professor O'Tool. Ich lief schnell auf ihn zu.

»Um Gottes willen, was ist passiert?«

Ich sagte nichts, sondern fiel ihm nur in die Arme. Er hatte Gummistiefel und eine gelbe Ölhaut an, die er jetzt über den Kopf zog und mir umlegte. Dann gab er mir die Taschenlampe in die Hand, die ich vor lauter Zittern kaum halten konnte, und zog sein Handy aus der Tasche. Der Regen war mittlerweile nur noch ein Nieseln, aber ich merkte jetzt, wie kalt mir war.

»Ich habe sie gefunden«, sagte der Professor ins Telefon. »Kommando zurück und wieder zur Hütte.« Dann eilten wir den Berg hinauf und auf der anderen Seite wieder hinunter, bogen um die Ecke, an einer Hecke vorbei. Das war dieselbe Hecke, die etwas weiter unten an meinem Fenster vorbeiführte. Wir waren nicht weit vom Cottage. Ich musste im Kreis gelaufen – oder geführt worden sein? Doch dann dachte ich nicht mehr darüber nach, denn Bridget und Vera, auch in Regenjacken und mit Taschenlampen in der Hand, kamen mir entgegen und redeten auf mich ein.

***

Kurze Zeit später saß ich in eine Decke eingewickelt auf der Couch, eine Tasse Kakao in den Händen. Trotzdem schlotterte ich immer noch vor Kälte. Vera tupfte eine Jodtinktur auf die abgeschürfte Haut an meinen Füßen und sagte gar nichts. Professor O'Tool ging auf und ab. Schließlich hielt er an und sagte: »Müssen wir deine Eltern anrufen, Alice?«

Bislang hatte ich an so etwas gar nicht gedacht. Ich hatte auf Bridgets mehrmalig wiederholte Frage hin, was passiert sei, nur stumm den Kopf geschüttelt. Es war mir klar, dass jegliche Erklärung völlig abwegig klingen würde. Wer steigt schon mitten in der Nacht bei strömendem Regen und Gewitter einfach barfuß und kaum bekleidet aus dem Fenster und läuft in der Gegend herum? Ich dachte kurz darüber nach, was ich als möglichen Grund angeben könnte. Albtraum, Schlafwandeln … Dann schüttelte ich unweigerlich den Kopf. Die O'Tools waren so verständnisvoll und kümmerten sich toll um mich. Ich wollte sie nicht anlügen.

»Ich würde es gerne erklären können«, begann ich krächzend – mein Hals tat mir weh. »Aber ich kann es nicht. Es tut mir leid. Ich verstehe es, wenn ihr das Gefühl habt, ihr müsst meine Eltern anrufen. Aber sie können ja da, wo sie sind, auch nichts tun. Sie würden sich wahrscheinlich nur aufregen. Bitte ruft sie nicht an. Ich verspreche auch, dass ich so etwas nie wieder tue.«

Vera war mit der Behandlung meiner Füße fertig.

»Gut!«, sagte sie. »Wir wollen dir vertrauen. Bitte enttäusche uns nicht.« Sie packte die Sachen zusammen, die sie in der kleinen Erste-Hilfe-Tasche gefunden hatte.

»Gehen wir ins Bett. Bridget, vielleicht ist es besser, wenn du heute bei Alice schläfst, was meint ihr?«

Ich nickte nur stumm.

Später lagen Bridget und ich nebeneinander im Bett. Der Regen war nun nur noch ein sanftes Plätschern, das sachte gegen das mittlerweile geschlossene Fenster trommelte. Obwohl es mich mehr anstrengte, als in normaler Lautstärke zu reden, flüsterte ich so leise ich konnte, was in dieser Nacht geschehen war. Als ich Bridget davon berichtete, dass ich verzweifelt nach Dylan gerufen hatte, ihn aber nicht mehr hatte sehen können, liefen mir die Tränen über das Gesicht. In dem Moment wurde mir klar, dass ich ihn verloren hatte. Jetzt begriff ich erst, dass ich Dylan wirklich getroffen hatte – dass er wirklich da gewesen war. Er existierte in Fleisch und Blut. Das blonde Haar war kürzer, als ich es in Träumen und den Rückführungen gesehen hatte. Dunkel gefärbt vom Regen lag es dicht am Kopf an. Im Licht des Blitzes hatte ich klar die leicht schräggestellten grünen Augen erkannt, die gerade Nase. Eine minimale Reaktion in seinen Augen, der Schreck, dass ich ihn gesehen hatte. Er musste mich in der Stadt erblickt haben und mir irgendwie zum Cottage gefolgt sein. Ich konnte es mir nicht anders erklären. Er hatte nicht beabsichtigt, dass ich ihn zu Gesicht bekam. Warum?

Bridget sagte lange nichts, nachdem ich meine Geschichte fertig erzählt hatte. Es war das erste Mal, seit ich sie kannte, dass es ihr die Sprache verschlagen hatte. Ich blieb auch stumm. Nach einer Weile, als ich schon am Einschlafen war und dachte, dass Bridget längst auch schon schlief, hörte ich sie noch sagen: »Du wirst ihn wiedersehen, Alice. Das spüre ich einfach.«

***

Am nächsten Tag wachte ich mit starken Halsschmerzen und leichtem Fieber auf, woraufhin Vera mir Bettruhe verordnete. Proteste meinerseits, dass wir doch so viel für heute geplant hatten, was die Nachforschungen zu Ciara Buchanan anging, ließ sie nicht zu. Sie würden einfach schon mal ohne mich anfangen, meinte sie, und ich würde hierbleiben, bis ich mich besser fühlte. Der einzige Grund, warum ich einwilligte war, dass ich mir erhoffte, Dylan würde mir noch mal einen Besuch abstatten, solange ich allein im Cottage anzutreffen war. Aber ich hatte umsonst gehofft. Er tauchte nicht auf. Ich schlief sporadisch und langweilte mich furchtbar. Gegen Mittag kam Vera mit Lutschtabletten für den Hals und Kräutertee zurück und sagte, dass sie gute Fortschritte gemacht hatten und dass sie mir am Abend alles darüber berichten würden.

Am Nachmittag ging es mir deutlich besser, das Fieber war weg und der Hals schmerzte auch nicht mehr so sehr. Als ich mir in der Küche gerade ein Glas Saft eingoss, klopfte es an der Tür. Ich hatte gesehen, dass Veras Schlüssel auf dem Küchentresen lag und wusste nicht, wie viele Schlüssel die O'Tools zum Cottage hatten. Es war also durchaus möglich, dass sie es waren. Ich ging auf die Tür zu. Durch das Milchglas erblickte ich nur eine dunkle Gestalt. Ich hatte die Hoffnung eigentlich schon fast aufgegeben, aber wenn es nun tatsächlich Dylan war?

Mir klopfte das Herz bis zum Hals, als ich langsam die Tür aufmachte. Dylan war es nicht.

Stattdessen stand dort eine große schlanke Frau mit wallenden roten Haaren, die ich ungefähr auf vierzig schätzte. Sie hatte sehr helle Haut und hellblaue Augen. Den Ausdruck darin konnte ich nicht richtig deuten: War es Schreck oder Überraschung? Bevor ich weiter darüber nachdenken konnte, schenkte sie mir ein strahlendes Lächeln und sagte: »Hier wohnen die O'Tools, richtig?«

»Ähm … ja«, stotterte ich. »Sie sind gerade nicht da.«

»Und du bist?«, fragte sie, immer noch lächelnd.

»Alice.«

»Alice … aha.«

Als sie nicht weiter sprach, fragte ich: »Kann ich Ihnen vielleicht helfen?«

»Sicher, dürfte ich kurz hereinkommen? Mein Name ist Maggie und ich arbeite für die Mitchells, die den O'Tools das Cottage vermietet haben. Sie haben mich gebeten vorbeizuschauen, ob mit dem Abfluss in der Spüle alles in Ordnung ist. Er wurde vorgestern repariert und wir hatten noch keine Gelegenheit, uns die Arbeit anzuschauen.«

Die Frau sah sicherlich nicht wie eine Hausmeisterin aus. Sie trug ein etwas altmodisch wirkendes Kleid aus einem ungefärbten Naturstoff. Sie wartete geduldig, bis ich überlegt hatte. »Ich kann auch noch mal wiederkommen«, meinte sie schließlich.

Ach, dachte ich, soll sie doch einen Blick unter die Spüle werfen, was konnte es schon schaden. Weil ich mein Glas Saft auf dem Küchentresen stehen sah, fühlte ich mich genötigt, ihr auch etwas zu trinken anzubieten.

»Gerne«, strahlte sie. »Eine Tasse Tee?«

Ich bereitete den Tee zu, während sie sich am Abfluss unter der Spüle zu schaffen machte.

»Ja«, sagte sie nach einer Weile. »Sieht alles gut aus.«

Ich reichte ihr die Tasse Tee. »Also, die Mitchells vermieten mehrere Cottages hier in der Gegend, nehme ich an, und Sie sind ihre …?«, begann ich den Small Talk.

»Ich bin ihr Mädchen für alles«, lächelte sie. »Administration, Buchhaltung, ab und zu Reinigungskraft, wenn die Firma, die sonst hier sauber macht, auf die Schnelle nicht kann, und so weiter.«

»Aha.« Ich wusste nicht weiter.

»Meine Schwester arbeitet in einem Pub im Ort«, sagte sie, »und sie erzählte mir, dass die O'Tools sich im ganzen Ort nach einer Ciara Buchanan erkundigen.«

»Ja, das mag sein«, erwiderte ich zögerlich. »Wieso, sagt Ihnen der Name etwas?«

»Ach, ich dachte der Name kommt mir bekannt vor.«

Mein Herz schlug etwas schneller. »Wirklich?«

»Ja, ich glaube. Wieso suchen die O'Tools nach ihr?«

»Ahnenforschung«, gab ich an. Das war schließlich nicht so weit von der Wahrheit entfernt. »Die Ciara Buchanan, die sie suchen, lebte hier in den neunzehnhundertfünfziger Jahren.«

»Hmm«, sagte Maggie. »Handelt es sich um Vorfahren der O'Tools oder von dir?«

»Von den O'Tools – Vera, Mrs O'Tool«, fügte ich schnell hinzu. »Ich bin eine Austauschstudentin aus Deutschland.« Wir hatten gestern besprochen, dass wir diese Geschichte als Begründung für unsere Nachforschungen angeben wollten.

»Na, dafür ist dein Englisch aber sehr gut. Und einen irischen Akzent hast du auch schnell aufgeschnappt.«

»Danke.« Mein Lächeln, das ich aufsetzte hatte, war etwas zu breit. »Ich bin sehr sprachbegabt.«

»Nun gut«, sagte Maggie und setzte ihre Tasse ab. »Ich muss wieder los.«

Sie rauschte geschwind aus der Tür und rief mir über die Schulter zu. »Danke für den Tee.«

Als ich die Tasse in die Spüle stellen wollte, fiel mir auf, dass sie keinen einzigen Schluck getrunken hatte. Der Tee war kalt.

kapitel zehn

»Ich bin komplett am Verhungern«, hörte ich Bridget sagen, als sie lauthals zur Tür hereinkam. Vera und der Professor folgten ihr auf den Fersen und betraten die Küche, allesamt mit Tüten bepackt.

»Tja«, entgegnete Vera, »je schneller du dich dran machst, das Abendessen zu richten, desto schneller wird das Essen auf dem Tisch stehen.«

Bridget verzog das Gesicht. »Hi, Alice«, rief sie, als sie mich sah. Vera schenkte mir ein Lächeln und der Prof nickte mir zu.

»Okay, ich schäle die Kartoffeln. Aber mit dem Fisch kenne ich mich nicht aus«, sagte sie und zog ein Netz Kartoffeln aus der Tüte.

»Du siehst besser aus«, meinte der Professor und schob mir Tomaten und Gurken für den Salat rüber. »Ja, sorry, Alice«, rief Bridget. »Wie geht es dir?«

»Viel besser«, antwortete ich, und setzte mich mit dem Schneidebrett und einem Messer an den Tisch. »Abgesehen davon, dass ich natürlich total darauf brenne, zu hören, was ihr herausgefunden habt.«

»Bridget und ich waren in der St. Mary's Kirche«, begann Professor O'Tool, »und haben mit dem hiesigen Pfarrer gesprochen. Wie wir vorher abgesprochen hatten, haben wir gesagt, dass wir nach einer entfernten Verwandten suchen. Er war sehr freundlich und entgegenkommend und hat tatsächlich für uns in den Kirchenbüchern nachgeschaut. Und Volltreffer. Ciara Buchanan wurde zwar in Clifden getauft, aber hier beerdigt. Clifden gehört zur selben Diözese, deshalb war es recht einfach für den Pfarrer herauszufinden.«

Ich versuchte mich darauf zu konzentrieren, die Gurke in gleichmäßig große Stücke zu schneiden und damit meine Aufregung zu kontrollieren.

»Sie wurde neunzehneinunddreißig in Clifden geboren«, fuhr der Prof fort. »Und ist einundfünfzig in Roundstone gestorben.«

Ich schnitt mir fast in den Finger. »So jung?« Das überraschte mich. Bislang hatte ich versucht, mich nicht nur auf die Wiedergeburtstheorie zu versteifen. Vielleicht war ich wirklich zu sehr die Tochter meines Vaters, was das anging, und würde es gerne als esoterischen Humbug abtun. Und Dylan passte nicht ins Bild. Er war gestern in Fleisch und Blut hier gewesen, da war ich mir sicher – wie sollte er in den fünfziger Jahren mit Ciara zusammen gewesen sein? Aber Ciara hatte hier, zu diesem Zeitpunkt tatsächlich existiert. Jetzt hatten wir handfeste Beweise dafür. Langsam musste ich zugeben, dass die Wiedergeburtstheorie immer mehr Sinn ergab. In meiner bislang sehr vagen Vorstellung davon hatte ich angenommen, dass sie dann kurz vor meiner Geburt gestorben sein musste. Jetzt erfuhr ich, dass sie schon Jahrzehnte davor unter der Erde gelegen hatte. Doch wenn ich es mir so recht überlegte … genauso wenig, wie ich mich selbst als gealterte Alice sehen konnte, konnte ich mir auch Ciara nicht als ältere Frau vorstellen.

»Ja, Alice«, fiel Bridget in das Gespräch ein, während sie ihre geschälten Kartoffeln ins Salzwasser plumpsen ließ. »Es gibt einen Grabstein, wir haben ihn heute gesehen. Morgen gehen wir zusammen hin – vielleicht kannst du dort irgendwas …«, sie zögerte und suchte wohl nach dem richtigen Wort, »… fühlen?«

»Einen Versuch ist es wert«, antwortete ich aufgeregt. »Konntet ihr herausfinden, woran Ciara gestorben ist?«

»Leider nicht«, meinte Professor O'Tool, »aber in dem Alter, das kann ja wohl bloß eine Krankheit oder ein Unfall gewesen sein.«

Vielleicht was anderes, dachte ich düster, verwarf den Gedanken aber sofort wieder. In einem kleinen Ort wie Roundstone wäre es den Leuten sicherlich im Gedächtnis geblieben, wenn ein junges Mädchen einem Gewaltverbrechen zum Opfer gefallen wäre.

»Und«, riss der Professor mich aus meinen Gedanken, »der einzige Verwandte, so kann man den Kirchenbüchern entnehmen, war Bryan Buchanan, der in den achtziger Jahren hier gestorben ist.«

»Und da habe ich Näheres drüber herausgefunden«, sagte Vera, die derweil den Fisch gewürzt und in den Ofen geschoben hatte. »Ich war nämlich in der Zeit, als Bridget und Seamus Nachforschungen in der Kirche anstellten, im Roundstone Book Shop und habe dem Besitzer das Buch mit deiner Zeichnung gezeigt. Der Besitzer kannte das Buch, hatte aber noch nie was von Ciara gehört. Doch er konnte mich in die richtige Richtung weisen. Ein lokaler Kunsthistoriker, der die Ausstellungen im Errisberg House organisiert, ein Mr DeWinter, kennt sich mit Künstlern aus Roundstone bestens aus. Er hat Mr DeWinter vom Geschäft aus angerufen und wir haben uns zum Mittagessen im O'Dowd's Café verabredet.«

Da muss Maggies Schwester arbeiten, dachte ich, und ihr Besuch fiel mir wieder ein. Doch bevor ich es erwähnen konnte, fuhr Vera fort: »Anscheinend war Ciaras Onkel Bryan Buchanan ein bekannter Künstler, der hier eine kleine Zeichenschule hatte. Mehr wusste er von Ciara selber nicht, als dass er die Zeichnungen und noch ein paar weitere, die zu Buchanans Nachlass gehörten, gesehen hatte. Anscheinend hatte sie keine weiteren Verwandten hier im Ort. Bryan Buchanan war kinderlos und starb im hohen Alter in den achtziger Jahren. Mr DeWinter will gern versuchen, lokale Künstler aufzutreiben, die damals auch Unterricht bei Buchanan genommen haben. Wir haben ihm unsere Handynummer gegeben und er wird uns anrufen, wenn seine Suche erfolgreich gewesen ist.«

»Mensch«, sagte ich, »da habt ihr ja schon echt viel herausgefunden, während ich hier krank herumlag, ich danke euch!«

»Keine Sorge«, sagte Bridget, »bislang hast du nicht viel verpasst. Hoffentlich kann dieser Mr DeWinter etwas herausfinden und jemanden auftreiben, der Ciara persönlich kannte. Und dann bist du ja auch dabei.«

Der frisch gefangene Fisch, den Vera im lokalen Fischladen erstanden hatte, schmeckte köstlich. Wir waren schon mit dem Abendessen fertig und gerade beim gemeinsamen Abwaschen und Abtrocknen des Geschirrs, als mir einfiel: »Hey Prof, das habe ich total vergessen. Eine Maggie war hier, im Auftrag der Mitchells, und hatte sich etwas unter der Spüle angeschaut. Es war wohl gerade der Abfluss repariert worden.«

»Maggie im Auftrag der Mitchells?« Der Professor zog die Augenbrauen hoch.

»Ja, die Mitchells, von denen du das Cottage gemietet hast.«

Professor O'Tool stellte betont langsam den Teller, den er gerade abgetrocknet hatte, auf der Arbeitsplatte ab.

»Alice, ich habe noch nie etwas von irgendwelchen Mitchells gehört.« Er sah mich mit ernsten Augen an. »Ich habe dieses Cottage über einen Bekannten gemietet. Es gehört seinem Bruder, der es fast ausschließlich privat nutzt. Es wird sonst nicht vermietet. Maggie oder die Mitchells kenne ich nicht.«

kapitel elf

Am nächsten Morgen machten wir uns auf den Weg nach Roundstone. Später am vorangegangenen Abend – inmitten der Wer-könnte-Maggie-gewesen-sein-Debatte – hatte Mr DeWinter angerufen. Er hatte tatsächlich einen ehemaligen Schüler von Bryan Buchanan aufgespürt, der damals mit Ciara Unterricht gehabt und sie gekannt hatte. Wir waren alle zum Mittagessen im Leprechaun Café verabredet. Doch wir wollten erst noch ein schönes Frühstück genießen und dann ein paar weiteren Spuren nachgehen.

So standen wir also alle ein paar Stunden später auf einem grünen Hügel, der mit unscheinbaren grauen Grabsteinen gespickt war: der Friedhof von Roundstone. Die O'Tools führten mich zu Ciaras Grabstein und entfernten sich dann, sodass ich ein wenig allein sein konnte. Natürlich war mir beklommen zumute, aber so fühlte ich mich immer auf Friedhöfen. Ihr Grab rief leider keine Flut der Gefühle oder Erinnerungen hervor. Doch den Namen zu lesen war schon sonderbar. Die Inschrift war einfach:

Ciara Buchanan
1931 – 1951
Der Herr hat dich zu früh zu sich geholt.

Ich schloss die Augen. Auf einmal wurde mir bewusst, dass ich lautlos weinte und mir die Tränen das Gesicht herunterliefen. Es war ein sehr verwirrendes Gefühl, da ich die Tränen nicht mit inneren Emotionen verbinden konnte. So als ob ich von meinen eigenen Gefühlen distanziert wäre. Schnell wischte ich mir die Tränen wieder weg.

Als ich zu den O'Tools zurückkam, blickten sie mich erwartungsvoll an. Ich zuckte mit den Schultern: »Es löst keine Erinnerungen oder sonstiges in mir aus, das mir irgendwie weiterhelfen könnte.«

Als nächstes gingen wir nochmal zur Buchhandlung, weil die nicht weit weg vom Café war; nur die Straße runter, fast direkt am Hafen. Ich sprach selber mit dem Besitzer, fand aber nicht mehr heraus als Vera. Er zeigte mir Bücher mit Zeichnungen von Bryan Buchanan, die mich interessierten, aber auch kein spezielles Gefühl in mir erweckten. Ich kaufte ein paar Bücher, die sich mit regionalen Mythen und Sagen beschäftigten. Da Roundstone Book Shop auch Secondhand-Bücher verkaufte, drückte mir der Besitzer ein paar zerfledderte alte Schinken in die Hand, die günstig waren, und die ich deshalb einfach mitnahm.

Dann war es auch schon Zeit für unsere Verabredung im Café. Ich gab dem Herrn die Hand, der mir vom Professor als Mr De-Winter vorgestellt wurde, und begrüßte dann einen alten Mann mit vielen grauen Haaren auf dem Kopf: Mr Flaherty.

»Nun«, sagte Mr DeWinter, »es kann sein, dass die junge Dame aus Deutschland Probleme haben wird, Mr Flaherty zu verstehen, denn er ist ein alteingesessener Bürger von Roundstone und spricht dementsprechend mit starkem regionalem Akzent.«

Ich schüttelte den Kopf und sprach den alten Mann auf Irisch an: »Ich glaube, wir kommen schon miteinander zurecht, nicht wahr?«

Die beiden Männer schauten überrascht. Professor O'Tool warf mir einen warnenden Blick zu. Bridget kicherte in ihre Hand, wurde aber von Vera unauffällig angestoßen.

Schnell sagte ich auf Englisch: »Ich kann sogar ein kleines bisschen Irisch. Mit den O'Tools, Freunden meiner Familie, haben wir oft in dieser Gegend Urlaub gemacht«, log ich mir eine Erklärung zusammen. Vera atmete erleichtert aus.

»Also«, sagte Mr Flaherty, nachdem wir bestellt hatten. »Sie wollen etwas über Ciara Buchanan erfahren? Ich kannte Ciara nicht besonders gut. Ich hatte damals Zeichenunterricht bei Bryan Buchanan und seine Nichte Ciara war immer da, hat auch Unterricht genommen und hat mit ausgeholfen. Ich war damals noch keine sechzehn, doch ich wusste von der Tragödie, die sich ereignet hatte. Und natürlich gingen die Gerüchte in der Zeichenschule herum, die ich auch hörte, obwohl ich einer der jüngsten Schüler war.«

Ich versuchte, mir meine Anspannung nicht anmerken zu lassen. Als das Wort Tragödie fiel, vergaß ich dieses Vorhaben schlagartig, denn meine Fantasie überschlug sich förmlich, und ich beugte mich gespannt vor. Ich fing mich aber schnell wieder und schaute mir Bridget an, um zu versuchen, ihre Mimik zu kopieren. Was nicht viel half, denn auch sie schien schier umzukommen vor Spannung.

Der Professor räusperte sich. »Tragödie?«

»Sie ist im Meer ertrunken«, sagte Mr Flaherty. »Gerade zwanzig war sie. So ein hübsches Mädchen und eine sehr begabte Künstlerin. Eine Schande. Böse Zungen behaupteten, dass sie von sich aus ins Wasser gegangen ist. Dass es kein Unfall war.« Mr Flaherty legte seine Gabel hin und schüttelte nachdenklich den Kopf. Es schien, als ob er erst jetzt, da er sich die schreckliche Begebenheit wieder im Detail ins Gedächtnis rief, die Gleichgültigkeit abschütteln konnte, die sich über die vielen Jahre, die seit dem Tod des Mädchens vergangen waren, über seine Erinnerung gelegt hatte. »Ich kann mir nicht vorstellen, wieso ein Mädchen wie Ciara das hätte tun sollen. Damals habe ich nicht länger darüber nachgedacht. Es war schrecklich, aber ich erzählte nur weiter, was andere auch erzählten. Was wusste ich damals schon vom Leben? Es hatte ja auch irgendwie etwas Romantisches. Jetzt, im Nachhinein, kann ich es fast nicht glauben, dass sie sich umgebracht hat.«

Ich wusste es. Mit einem Schlag war mir klar, dass die Gerüchte der Wahrheit entsprachen. Wieso, das konnte ich mir auch nicht erklären. Noch nicht. Aber ich konnte es tief in meinem Inneren spüren: Ciara war an diesem Tag aus freiem Willen ins Meer gegangen.

Mr Flaherty beantwortete noch einige Fragen der O'Tools und so fanden wir heraus, dass Ciara eine Waise gewesen war, die nach dem Tod der Eltern mit sechzehn zu ihrem Onkel nach Roundstone gekommen war. In einem kleinen Ort wie Roundstone war das ein Ereignis gewesen, mochte sich Mr Flaherty erinnern. Seine älteren Brüder hatten wie alle anderen Junggesellen im Ort um die Gunst der neu zugezogenen Schönheit gebuhlt. Doch sie hatte sich nur für ihre Kunst interessiert.

»Ich habe das hier gefunden. Sie können es gerne behalten.« Mr Flaherty zog ein Foto aus der Innentasche seiner Jacke und legte es auf den Tisch. Den Staffeleien nach zu urteilen, die im Hintergrund aufgestellt waren, war es wohl in Bryan Buchanans Atelier aufgenommen worden. Es zeigte ein halbes Dutzend Männer unterschiedlichen Alters und einen weiteren Herrn, den Mr Flaherty als Bryan Buchanan identifizierte. Und mitten drin stand Ciara. Ihr Haar schien viel dunkler und dicker als meins, es sah fast schwarz aus. Ihre Augen waren weit und groß, ihr Gesicht symmetrisch. Sie war wunderschön – und sah mir wirklich kein bisschen ähnlich. Ich weiß nicht, warum ich das erwartet hatte. Wahrscheinlich, weil ich so an mein Durchschnittsgesicht im Spiegel gewöhnt war und mich aber auch gleichzeitig als Ciara gefühlt habe. Es fiel mir schwer, »mein« Inneres mit dieser Schönheit, die ich auf dem Foto sah, in Verbindung zu bringen. Andererseits erklärte es, wie Dylan mich, beziehungsweise Ciara immer ansah.

Wichtiger war aber, dass ich sie sofort erkannte. Manchmal blättert man einen Stapel Fotos durch und sieht auf den Bildern Leute, die man kennt. Man registriert sie, aber schaut nicht zweimal hin. Ich rede nicht von flüchtigen Bekanntschaften, über deren Aussehen auf Fotos man sozusagen noch gedanklich stolpert. Nein, man braucht sich das Foto gar nicht genau anschauen, oder sich eines Namens besinnen. Man ist nicht überrascht, sie auf dem Foto zu sehen, denn man hat sie vielleicht schon tausendmal gesehen. Sie sind einem einfach im wahrsten Sinne des Wortes bekannt. Genauso ging es mir mit dem Foto von Ciara Buchanan. Ich hatte sie noch nie gesehen, aber genauso hatte ich sie auch schon tausendmal gesehen. Es war ein komisches Gefühl, denn das Problem war, wenn ich versuchte, weiter darüber nachzudenken, dann war meine Erinnerung einfach blank. Ich kannte das Mädchen auf dem Foto gut. Aber ich wusste trotzdem nicht, wer Ciara Buchanan war.

***

Professor O'Tool hatte seinen Bekannten angerufen, dem das Cottage gehörte, und ihn gefragt, ob er irgendetwas von Maggie oder den Mitchells oder gar einem repariertem Abfluss wusste. Doch die Antwort fiel in allen Fällen negativ aus. Auch als er meine Beschreibung von Maggie überlieferte, wusste der Cottage-Besitzer nicht, von wem die Rede war.

Da ich annahm, dass Maggies Schwester, von der sie über die Nachforschungen der O'Tools gehört hatte, im O'Dowd's arbeitete, gingen Bridget und ich als Nächstes in den O'Dowd's Coffeeshop, während Vera und der Professor Besorgungen erledigten. Aber da hatten wir kein Glück. Wir würden wahrscheinlich Mara meinen, die gestern um die Mittagszeit gearbeitet hatte, sagte der Barista, während er mir einen schwarzen Filterkaffee einschenkte und Bridget Milch für ihren Cappuccino aufschäumte. »Rote Haare, groß?«, fragte er. Wenn sie ihrer Schwester ähnelte, dann schon, dachte ich, und nickte deshalb. »Die hilft nur ab und zu hier aus. Regelmäßig arbeitet sie in Rosie's Haarsalon, aber ich weiß, dass sie dienstagabends immer die Schicht im Shamrock Pub hat.«

Bridget und ich nahmen unsere Kaffees mit und machten uns der Wegbeschreibung des Baristas folgend auf den Weg zu Rosie's Haarsalon. Doch Mara war an diesem Tag nicht da, obwohl sie eigentlich heute hätte arbeiten sollen. Rosie – ich nahm zumindest an, dass es sich bei der Frau mit langen pinkfarbenen Strähnen im dunklen Haar um die Eigentümerin handelte – erzählte davon so unbekümmert, dass ich mich wundern musste. Bridget sprach unverblümt aus, was ich dachte:»Kommt das öfter vor, dass sie unentschuldigt nicht zur Arbeit kommt?«

»Schon manchmal«, sagte Rosie. »Aber Mara ist eine so treue Seele – sie springt überall ein, wenn Not am Mann ist, auch in letzter Sekunde. Ihr kann man einfach nicht böse sein. Und gestern Nachmittag hat sie angerufen, dass sie nicht kommen kann. Montagnachmittags arbeitet sie sonst immer bis Ladenschluss. Da war ich heute nicht besorgt, als sie nicht aufgetaucht ist.«

»Bei O'Dowd's sagte man uns, sie sollte heute Abend im Shamrock sein.«

»Stimmt«, nickte Rosie. »Dienstags eigentlich immer, da geht sie gleich nach ihrer Schicht hier hin, also um fünf. Das Shamrock ist direkt nebenan, das habt ihr bestimmt gesehen.«

Ich bedankte mich, und nachdem Bridget sich noch nach den pinken Strähnchen erkundigt und sich hatte beraten lassen, wie die wohl in ihren blonden Haaren aussehen würden, gingen wir wieder. Ich schaute auf die Uhr – es war noch keine drei. Entweder müssten wir uns im kleinen Örtchen noch irgendwie zwei Stunden um die Ohren schlagen oder später wiederkommen. Mein Dilemma löste sich von allein, als Vera und der Professor uns vollbeladen mit Einkaufstüten entgegenkamen.

Auf der Fahrt zum Cottage sagte ich kein Wort. Es gab viele Eindrücke, die ich heute gewonnen hatte und die mir im Kopf umher schwirrten, aber vordergründig beschäftigte mich etwas, das mich störte, ich aber nicht näher definieren konnte – jemand hatte irgendwas gesagt, und ich kam nicht drauf, was es war. Es war eins von diesen unangenehmen Gefühlen, so als ob es irgendwo am Rücken juckte, wo man sich nicht kratzen kann. Es ließ mich nicht los, wollte aber nicht vom Unterbewusstsein über die Schwelle ins Bewusstsein vordringen. Ich wusste, es hatte was mit Maggie zu tun. Einem Impuls folgend machte ich mich direkt auf den Weg in die Küche, nachdem wir zurück im Cottage waren, und öffnete den Schrank unter der Spüle. Ich ging in die Hocke und studierte das Abflussrohr genauer. Ich war mir sicher, dass der Abfluss nicht der wahre Grund für ihren Besuch gewesen war. Er war natürlich ein Vorwand gewesen, aber wieso ausgerechnet der Abfluss? Die Rohre sagten mir nichts, sondern sahen für mich ganz normal aus. Sonst lagen in dem Schrank unter der Spüle noch ein Kehrblech und ein paar Reinigungsprodukte. Weiter hinten konnte ich Wischlappen entdecken, die noch neu verpackt waren, und dahinter ein kleines zusammengeknüddeltes Tuch. Er zog es hervor und betrachtete es mit zusammengekniffenen Augen. Das war kein Tuch, sondern ein Beutelchen. Vielleicht handelte es sich dabei um Mottenkugeln oder Ähnliches? Ich stand auf und hielt es ins Licht. Es war mit etwas gefüllt und dann zusammengeschnürt worden. Das Material fühlte sich an wie Leder.

Mittlerweile waren auch Vera, der Prof und Bridget in die Küche gekommen. »Alice? Ist alles klar?«, fragte Bridget besorgt. »Was hast du da?«

Ich starrte den Beutel verblüfft an. Jetzt konnte ich erkennen, dass auf das braune Leder ein weißes Symbol gemalt war. Es sah aus wie eine Art Topf mit vielen Schnörkeln drum herum. »Ich weiß nicht«, antwortete ich. »Ich habe es unter der Spüle gefunden.«

Ich schaute zu den anderen rüber, die neugierige Blicke auf das Beutelchen warfen. »Es lag da unten, neben den Putzkram.«

»Meinst du, diese Maggie hat das da reingelegt?«, schlussfolgerte Vera und kam näher.

Professor O'Tool schaute das Beutelchen mit gerunzelter Stirn an.

»Mach doch mal auf«, rief Bridget. Wir standen alle um den Küchentisch herum. Ich lockerte das Bändchen, das oben um den Beutel geschnürt war, zog die Öffnung auseinander und schüttete dann den Inhalt vorsichtig auf die Tischplatte. Es enthielt ein paar getrocknete Kräuter und ein Stück Baumrinde, auf das irgendwelche Zeichen geritzt waren. Wir schauten uns alle überrascht an.

»Alice, gib mir mal bitte den Beutel«, bat mich der Professor. Ich reichte es ihm und er strich das Leder glatt, sodass er das Symbol darauf besser erkennen konnte. Dann nahm er das Stück Baumrinde in die Hand und drehte es zwischen den Fingern. Er zog die Augenbrauen hoch. »Ich denke, ich weiß, was das hier ist.«

Wir sahen ihn fragend an. »Das Symbol auf dem Beutel ist eindeutig keltisch. Diese Zeichen auf der Rinde hier sind Buchstaben aus dem Ogham-Alphabet, eine altirische Schrift. Diese Zutaten zusammen weisen auf eine alte mystische Tradition hin. Ich habe bislang von so etwas nur gehört, es aber nie mit eigenen Augen gesehen.«

»Jetzt mach es nicht so spannend, Dad«, rief Bridget ungeduldig. »Wir sind hier nicht in einer Vorlesung. Was ist es?«

»Nun ja, um es auf den Punkt zu bringen«, sagte der Professor und schob seine Brille verlegen den Nasenrücken hoch, »haben wir es hier wohl mit einer Hexe zu tun und wahrscheinlich mit einem Schadzauber. So sonderbar sich das auch anhört, das hier, meine Lieben, ist ein sogenannter Hexenbeutel.«

Bridget musste unweigerlich laut lachen. »Dad, ich hätte nie gedacht, dass ich diese Worte je aus deinem Mund hören würde.«

Vera schaute den Professor mit großen Augen an. Ich sah wahrscheinlich genauso ungläubig aus. »Ich nehme mal an«, begann ich langsam, »wir können davon ausgehen, diese Maggie war hier, um einen von uns mit einem Fluch zu belegen?«

»Hm«, sagte der Professor. »Ich will dir ja keine Angst machen, Alice, aber ich glaube, der Fluch gilt dir. Diese Zeichen auf der Baumrinde, die wie Striche aussehen, das ist eben Ogham. Da steht übersetzt ›schwarz‹ oder ›dunkel‹.«

»Na, das ist aber vage«, meinte Bridget. »Alice hat dunkelbraune Haare. Aber es gibt ja nun mal viele Leute mit dunklen Haaren oder gar mit dunkler Hautfarbe. Klar, wir sind wegen Alice hier, also liegt es nahe, dass der Schadzauber ihr gilt, aber du hast zum Beispiel auch braune Haare, Dad, theoretisch könnte er auch dir gelten.«

Der Professor schüttelte den Kopf, und ich wusste schon, was er sagen würde, bevor er es Bridget und Vera erklärte.

»Bridget, da hast du wohl im Irisch-Unterricht nicht gut aufgepasst. Schwarz oder dunkel – das bedeutet auf altirisch ›ciar‹. Der Name Ciara ist die weibliche Form davon.«

***

Nachdem wir uns von dem Schock erholt und Sandwiches und Salat zu Abend gegessen hatten, machten Bridget und ich uns mit dem Auto auf den Weg nach Roundstone, um uns bei Mara im Shamrock Pub nach ihrer Schwester zu erkundigen, und dieser Maggie-Sache auf den Grund zu gehen. Seitdem wir den Hexenbeutel gefunden hatten, war mir klar: Maggie – wie auch immer sie mir gesinnt war – wusste etwas über Ciara, und wahrscheinlich auch darüber, was Ciara mit mir zu tun hatte. Jetzt mussten wir sie nur noch wiederfinden.

Im Shamrock spielte ein junger Mann Gitarre und eine Frau sang dazu ein irisches Volkslied. Die Bar war voll und wir gelangten nur mit Mühe zur Theke. Dort bedienten ein Mann Mitte dreißig und eine junge Frau, die klein und dunkelhaarig war und keinerlei Ähnlichkeit mit Maggie hatte. So wie der Barista sie beschrieben hatte, konnte sie unmöglich Mara sein.

»Lass uns warten, bis die Musiker Pause machen«, rief ich Bridget zu. Sie nickte und bestellte uns zwei Radler. Wir standen an der Bar und lauschten der Musik für weitere zwanzig Minuten. Dann machte das Duo eine Pause. Ich wartete, bis der Barmann einen freien Moment hatte.

»Wir suchen Mara«, sagte ich zu ihm. »Es hieß, sie würde heute hier arbeiten?«

»Ja, ich würde auch gerne wissen, wo sie ist«, antwortete der junge Mann verärgert. »Sie hätte heute eigentlich arbeiten sollen und hat nicht mal angerufen, um sich abzumelden.«

Ich war erst so enttäuscht, dass ich gar nichts sagen konnte. Bridget sprang für mich ein. Auch sie schien die Schlussfolgerung gemacht zu haben, dass dies die entscheidende Verbindung war, über die wir herausfinden konnten, was es mit Ciara auf sich hatte. »Wir müssen sie unbedingt finden. Wohnt sie hier in Roundstone?«

Er schüttelte den Kopf. »Ich weiß nicht, wo sie wohnt. Nicht im Ort, irgendwo in der Umgebung, aber wo, hat sie nicht erzählt.« Er zuckte mit den Schultern. »Sie hilft hier dienstags und am Wochenende aus.«

Während dieses Dialoges fiel mein Blick auf Postkarten und Fotos, die hinter der Bar an der Wand hingen. Auf einem waren der junge Mann, das Mädchen hinter der Bar und die Sängerin auf der Bühne zu sehen – und eine rothaarige Frau, die mir sehr bekannt vorkam. Ich zeigte auf das Foto. »Das ist Mara, oder?« Der Mann drehte sich um und nickte dann. »Darf ich mal sehen?« Er nahm verwundert das Foto von der Wand und reichte es mir.

Ich studierte es für ein paar Sekunden. Bridget schaute mir neugierig über die Schulter. »Hat Mara eine Schwester – eine Zwillingsschwester vielleicht?«

Er schüttelte den Kopf. »Nee, also das hätte sie bestimmt mal erwähnt, oder wir hätten in der Gegend davon erfahren. Zwei rothaarige Schönheiten im Doppelpack – das hätte sich hier rumgesprochen.« Er grinste.

Ich gab ihm das Foto zurück. Jetzt wurde mir einiges klar.

Die Frau auf dem Foto war niemand anderes als Maggie. Es gab keine Schwester, genauso wie sich herausstellen würde, dass es keine Mitchells gab. Es gab nur Maggie, die hier im Ort als Mara bekannt war – wer konnte schon wissen, wie sie wirklich hieß – und die mich augenscheinlich gesucht und gefunden hatte. Maggie, die eindeutig wusste, dass ich Ciara war, und die wohl etwas gegen Ciara hatte. Mit dem Gedanken wollte ich mich noch gar nicht befassen. Viel wichtiger war mir, dass sie meine Chance gewesen wäre, etwas über die Verbindung zwischen Ciara und mir herauszufinden – doch wie auch Dylan war Maggie auf einmal spurlos verschwunden.

kapitel zwölf

Ich saß an einem der alten, von vielen Studenten malträtierten Holztische in der Uni-Bibliothek und versuchte, mich auf das Buch über die Schlacht von Callan – der Aufstand der Iren gegen die Normannen im 13. Jahrhundert – zu konzentrieren, das vor mir lag. Vor meinem Unfall war es mir nie schwergefallen, mich auf meine Hausaufgaben zu konzentrieren. Schon komisch, dass ich mittlerweile mein Leben als zweigeteilt betrachtete, so als ob diese drei Wochen Koma Vergangenheit von Gegenwart trennten. Aber früher war mir Lernen immer zugefallen. Hier, an der Uni in Dublin, war es dahingegen nicht so einfach. Das mochte daran liegen, dass das Studium eine Herausforderung war und hohe Ansprüche an Studenten gestellt wurden. Ich war erst eine Woche hier, aber schon jetzt war ich leicht überfordert. Es war machbar, aber ich würde mich wirklich sehr anstrengen müssen.

Wenigstens bedeutete das, dass ich immer eine gute Entschuldigung hatte, wenn Bridget mich dazu überreden wollte, zu den unzähligen Veranstaltungen zu gehen, die während der sogenannten *Fresher's Woche* – Fresher, das waren die Studienanfänger – stattfanden. Bridget schien sich gar keine Sorgen zu machen, ob sie ihr Informatikstudium packen würde, und war mittlerweile schon in der Theater AG, im Volleyball-Team und in der PETA-Gruppe aktiv. Außerdem hatte sie diese Woche keine der organisierten

Kneipentouren ausgelassen. Am Morgen beim Frühstück hatten Vera und der Prof auf den Tisch gehauen und gemeint, dass sie, bei aller Liebe, ihre Tochter doch zum Abendessen mal wieder gerne zu Hause hätten. Da heute Freitag war, war ich mir ziemlich sicher, dass Bridget dann ganz einfach nach dem Abendessen um die Häuser ziehen würde.

Obwohl meine Nase fast nur noch in Büchern steckte und mir, ehrlich gesagt, auch wohler dabei war, nicht aus meiner Haut herauszumüssen, hatten mir die paar Male, die Bridget mich mitgeschleppt hatte, gut getan und mich auf andere Gedanken gebracht. Und so war ich ihr doch dankbar dafür, dass sie mich ab und zu dazu überredete, mich ins Studentenleben zu stürzen.

Doch es war nicht nur das Studium, das mir Schwierigkeiten bereitete. Ich konnte mich auch schlecht konzentrieren, weil ich immer an unseren Roundstone-Aufenthalt denken musste. Wie mir unsere einzige Chance, Dylan und Ciara zu finden, durch die Lappen gegangen war. Wie der Besuch nur noch mehr unbeantwortete Fragen aufgeworfen hatte, die mir jetzt durch den Kopf schwirrten. Nachdem uns Maggie – oder Mara oder wer auch immer sie war – ja zum Narren gehalten und uns sozusagen durch die Finger geflutscht war, hatte unser Aufenthalt keine weiteren Ergebnisse gebracht. Niemand im Ort wusste wirklich über Maggie Bescheid. Die Handy-Telefonnummer, die alle von ihr hatten, war nicht mehr aktiv. Die Adresse, die Rosie uns gegeben hatte, war ein kleines Cottage etwa eine halbe Stunde Autofahrt außerhalb von Roundstone. Es stand jetzt leer. Der Besitzer meinte, ja, er hätte das Cottage schon seit Jahren an eine rothaarige Frau namens Mara Thompson vermietet. Referenzen, die sie damals gehabt hatte, hatte er längst weggeschmissen. Mara schien im Ort viel gearbeitet und oberflächlich auch viele Leute gekannt zu haben. Aber niemand wusste wirklich etwas über sie, das uns hätte weiterhelfen können. Mara/Maggie schien wie vom Erdboden verschluckt.

Wir hatten dank Mr Flaherty auch noch weitere Leute auftreiben können, die von Ciara gehört hatten – die meisten waren damals allerdings noch Kinder gewesen. Sie hatten auch nur all die

Gerüchte wiederholt und das erzählt, das ihnen vom Hörensagen noch im Gedächtnis geblieben war. Die einen meinten hartnäckig, Ciaras Tod wäre auf jeden Fall ein Unfall gewesen und sie sei einfach ertrunken. Andere waren sich sicher: Die junge Frau hatte Selbstmord begangen. Den Grund dafür wusste aber keiner. Ein sehr alter Mann aus der Umgebung behauptete, Ciara hätte alle an ihr interessierten Männer, die ihr den Hof gemacht hatten, abgewimmelt, weil sie einem anderen versprochen gewesen war – und dieser ominöse Unbekannte soll sie schließlich verlassen haben, was zu dem Selbstmord geführt habe.

Dann waren wir noch herumgefahren, um den grünen Hügel zu suchen, der das Motiv der anderen Zeichnung gewesen war, die ich angefertigt hatte. Auf unsere Nachfrage hin hatte man uns schließlich erzählt, es handle sich der Legende nach um einen bekannten Feenhügel in der Umgebung, also einem der vielen Hügel in Irland, die angeblich Tür und Tor zu der Welt der Feen, der sogenannten Anderswelt, sein sollten. Man beschrieb uns den Weg dorthin. Neben dem Hügel stand eine große Eiche, die wir von dem Feldweg aus schließlich auch sahen. Wir hielten an, stiegen aus dem Auto aus und gingen zur Eiche. Der uralte Baum war sehr beeindruckend und strahlte eine unheimliche Ruhe und Macht aus. Von dort aus erkundeten wir den Hügel. Die O'Tools liefen ein wenig ratlos umher und berichteten mir hinterher, dass sie nichts Ungewöhnliches bemerkt hatten. Mir ging es dort ähnlich wie im Hafen im Roundstone, nur war das Erlebnis nicht ganz so intensiv. Es war, als ob ich förmlich ein wenig »neben der Spur«, das heißt, neben mir oder über mir selbst gestanden hätte. Aber konkrete Erinnerungen oder »Visionen«, die mir irgendwie weiterhalfen, kamen nicht.

Als alles andere nichts brachte, kam ich auf die Idee, Dylan zu zeichnen. Ich persönlich fand, dass ich ihn ganz gut getroffen hatte. Bridget bekam den Mund nicht mehr zu, als sie die Zeichnung sah.

»Wow«, stammelte sie, »der sieht ja echt gut aus – wie ein Filmstar.«

»Und seine Augen sind so grün wie Moos«, schwärmte ich.

Aber als wir die Zeichnung herumzeigten, erkannte ihn keiner.

Enttäuscht waren wir alle wieder abgereist.

Während ich jetzt die Seiten umblätterte, ohne wirklich mitzubekommen, um was es ging, und mein Notizblock völlig leer blieb, wurde ich – so wie die anderen Studenten um mich herum – vom lauten Klingeln meines Handys gestört. Mist – ich hatte vergessen, es auf lautlos zu stellen.

Ich schaute aufs Display. Es war der Prof. Schnell hob ich ab und sagte leise: »Moment, ich bin gerade in der Bücherei, ich ruf gleich zurück.«

Dann sammelte ich schuldbewusst meine Sachen zusammen, nahm meine Tasche und verließ das Gebäude. Das Buch hatte ich liegen gelassen. Besonders packend und informativ konnte es ja nicht gewesen sein. Ich würde einfach am Wochenende wiederkommen und mich dann mit der Schlacht von Callan auseinandersetzen müssen.

Vor der Bibliothek setzte ich mich auf eine Bank und rief den Professor zurück.

»Hallo Alice, bitte entschuldige, ich wollte dich nicht beim Lernen stören.«

»Kein Problem, ich war sowieso gerade fertig. Was gibt's?«

»Wenn du momentan kurz Zeit hast, kannst du zum *Arts Building*, Raum 2112 kommen? Dr. Brennan, von der ich dir erzählt habe, hat sich mit dem Hexenbeutel beschäftigt, und ich dachte mir, es würde dich vielleicht interessieren, was sie zu sagen hat.«

Auf einmal war ich wieder hellwach. »Klar, ich bin sofort da.«

Schnurstracks machte ich mich auf den Weg zum *Arts Building*, dem Gebäude, in dem unter anderem auch die Fakultät für Sprachen, Literatur und Kulturwissenschaften untergebracht war und in dem ich mich schon etwas auskannte.

Nachdem ich Dr. Brennans Büro gefunden hatte, stellte Professor O'Tool mich der Expertin für keltische Ikonografie vor. Ich war ein bisschen nervös, doch zu meiner großen Erleichterung machte Dr. Brennan einen sehr netten Eindruck. Sie war jünger, als ich es mir vorgestellt hatte – vielleicht Mitte dreißig – und hatte einen Kopf voller wuscheliger brauner Locken. Ihr Büro war recht klein, aber jeder freie Platz war mit Stapeln von Büchern belegt. Nur ihr Schreibtisch schien sehr aufgeräumt, was in dem Durcheinander noch mehr auffiel. Neben dem Computer lagen ordentlich gestapelte Arbeiten und ein Notizblock. Eine Tasse fungierte als Behälter für Stifte und daneben lag … Ich musste stutzen. War das ein Ei? Bevor ich länger darüber nachdenken konnte, bot mir Dr. Brennan Tee an, den ich dankend annahm. Professor O'Tool hatte auf dem einzigen freien Stuhl Platz genommen, also blieb mir nichts anderes übrig, als es mir in einem alten, abgesessenen gelben Plüschsessel bequem zu machen. Dr. Brennan hantierte mit dem Wasserkocher in der Ecke herum, reichte mir eine Tasse Tee und kam dann zur Sache.

»Erst mal ist grundsätzlich zu sagen, dass ihr richtig in der Annahme gegangen seid, es handle sich hierbei um einen Hexenbeutel. Diese Tatsache allein muss euch aber aus zweierlei Gründen nicht unbedingt Angst machen. Vorweg schicke ich gleich, dass diese viel öfter aus guten als aus bösen Gründen gemacht werden. Meistens handelt es sich dabei um einen Schutzzauber.«

»Es ist also nicht unbedingt ein Schadzauber oder Ähnliches?« Ich atmete erleichtert auf.

»Genau, es könnte harmlos sein. Auch aus dem Grund, weil er vielleicht gar nichts bewirkt, weder gute noch böse Magie. Es gibt heutzutage genug neureligiöse Bewegungen und Menschen, die sich diesen anschließen. Zum Beispiel die Wicca-Religion. Dabei ist zwischen Leuten zu unterscheiden, die ich Pseudo-Hexen nennen würde – sie haben vielleicht im Fernsehen etwas gesehen oder in Büchern etwas gelesen, das sie dazu angeregt hat, sich selber als Hexen zu betiteln und mit Magie zu experimentieren. Das wird wiederum von anderen Menschen ausgenutzt, die ihnen Objekte oder Ähnliches verkaufen, welche bei dieser Magie behilflich sein sollen.«

Jetzt wurde mir noch leichter ums Herz. Ich nahm einen Schluck Tee und entspannte mich ein bisschen. Nach all dem, was mir bisher an sonderbaren Dingen passiert war, hatte ich den Hexenbeutel ernst genommen, aber wahrscheinlich war er völliger Humbug.

»Andererseits gibt es auch Leute, die lange Traditionen pflegen. Und diese Hexen kann man nicht als harmlose Esoteriker abtun«, fuhr Dr. Brennan fort. »Gerade in Irland und in anderen keltischen Ländern gibt es einige von denen, die so etwas wie moderne Druiden und Druidinnen sind.«

»Druiden?«, wiederholte ich verblüfft. Gerade eben hatte ich mich noch gedanklich mit dem stereotypischen Bild einer Hexe auseinandergesetzt. Mit dem Bild von alten buckligen Frauen, die auf einem Besen durch die schwarze Nacht flogen, über die Hexen von Salem bis zu modernen, gruftig angehauchten Esoterikerinnen, die in ihrem stillen Kämmerlein Räucherstäbchen anzündeten und Tarot-Karten deuteten. All das war mir durch den Kopf gegangen. Doch bei dem Stichwort Druiden musste ich sofort an Asterix und Obelix denken, und das Ganze kam mir noch surrealer vor. Als ich Dr. Brennan davon erzählte, musste sie unweigerlich schmunzeln.

»Diese stereotypischen Dinge, die man gemeinhin mit Hexen assoziiert, das ist nichts anderes als umgedrehte christliche Ikonografie, da laut Christentum Hexen schließlich mit Satan im Verbund stehen. Die Symbole für das Gute in dieser Religion wurden praktisch umgedreht, um Hexen, also das Böse zu repräsentieren. In alten irischen Texten sind die Begriffe Hexe und Druidin allerdings praktisch austauschbar. Hexen waren nicht böse, im Gegenteil, sie waren oft Heilerinnen. Die negativen Konnotationen kommen von Berichten, die von Römern und später von Christen geschrieben wurden, die alle ihre eigenen Ziele mit diesen Berichten verfolgten und damit auch die Druiden verzerrt darstellten.«

Der Professor schaltete sich ein: »Plinius der Ältere beschrieb bekanntlich Druiden als Priester in weißen Gewändern, die am sechsten Tag nach dem Neumond in einer Zeremonie Misteln mit goldenen Sicheln von Eichbäumen schneiden. Dadurch hat sich insbesondere verbreitet, dass die Eichenmistel den Druiden heilig war. Aber die Eichenmistel gab es zu dem Zeitpunkt in Irland wahrscheinlich gar nicht.«

»Das stimmt«, lächelte Dr. Brennan. »Wir müssen uns unser Bild von Druiden aber trotzdem ein bisschen aus diesen Berichten zusammenreimen. Denn ihr Wissen wurde nicht schriftlich festgehalten, sondern nur mündlich weitergegeben. In jedem Fall haben Druiden nichts mit Christentum und den typischen bösen Hexen zu tun. Traditionelle irische Hexen verstehen sich als Handwerkerinnen, die Techniken und Methoden beherrschen, welche über Generationen weitergegeben wurden. Spiritualität oder Religion muss nicht zwingend etwas damit zu tun haben. Und damit unterscheiden sie sich beispielsweise auch von Wicca-Priesterinnen.«

»Wicca kann man als eine Naturreligion verstehen, die Mutter Erde als Göttin verehrt«, erklärte der Professor.

»Okay«, sagte ich langsam, und ich versuchte, die Informationen, die Dr. Brennan und der Professor mir bislang gegeben hatten, mit meiner Gegenwart und natürlich mit Maggie zu verknüpfen. »Ich nehme an, ihr wollt darauf hinaus, dass die Person, die diesen Hexenbeutel in unserem Cottage in Roundstone platziert hat, vielleicht harmlos ist, aber auch eine traditionelle irische Hexe sein könnte, eine Art Nachfahrin einer Druidin?«

»Sie könnte selber eine Druidin sein«, meinte Dr. Brennan vorsichtig. »Wenn ich sage, im schlimmsten Fall ist sie das, dann meine ich damit, dass dieser Hexenbeutel dann vielleicht tatsächlich eine Gefahr darstellen oder etwas bewirken kann. Und genau, ansonsten würde ich die Person, die ihn dort platziert hat, sowie den Beutel selber als harmlos einschätzen.«

Ich stellte meine Tasse Tee zwischen zwei Stapel Büchern auf dem Beistelltisch neben meinem Sessel ab. »Gut«, meinte ich. »Vielleicht kann ja der Inhalt des Beutels Aufschluss darüber geben, ob dem so ist oder nicht. Was ist genau in dem Beutel und was könnte er im schlimmsten Fall bedeuten?«

»Inhalt und Symbole zu identifizieren war kein Problem, und ja, du hast recht, vielleicht können wir daraus lernen, ob die Person wirklich Druiden-Magie besitzt«, gab Dr. Brennan zu bedenken. »Das mit der Bedeutung ist aber um einiges komplizierter, wie du gleich feststellen wirst. Da verhält es sich nämlich genauso wie mit der Beschreibung der Druiden und ihrer Praktiken in der historischen Vergangenheit: Druiden haben selber schriftlich nichts festgehalten und wir können damit die Bedeutungen nicht einfach irgendwo nachschlagen.«

Frustriert schaute ich zu Professor O'Tool rüber. Der nickte mir ermutigend zu. Doch ich hatte das Gefühl, dass genau wie bei unserem Besuch in Roundstone hier wieder mehr neue Fragen aufgeworfen als Antworten gefunden werden würden.

Dr. Brennan bemerkte wohl meine resignierte Miene, denn sie fuhr mit etwas beschwingterem Tonfall fort: »Ein paar Fakten können wir aber schon mal festhalten. Der Beutel selber ist genauso interessant wie der Inhalt, deshalb erst mal dazu. Er ist aus Hirschleder und darauf wurde dieses Zeichen gemalt. Das soll einen Kessel darstellen.«

Sie zeigte auf das weiße Symbol auf dem glattgestrichenen Leder des Beutels und hielt dann ein Blatt mit einer Illustration hoch, die diesem Symbol sehr ähnelte. »Ich habe noch nie einen solchen Beutel aus echtem Hirschleder gesehen – und ich habe ihn authentifizieren lassen. Für Druiden haben Hirsche eine besondere Relevanz. Man sagt, dass sie gestaltwandeln können und dabei oft die Gestalt eines Hirschs annehmen.«

Ich starrte Dr. Brennan ungläubig an. Gestaltwandeln? Das Ganze wurde immer abwegiger. »Was soll das bedeuten?«

»Das weiß ich nicht.« Dr. Brennan hob abwehrend die Hände. »Ich bringe einfach die Sagen und volkskundlichen Deutungen mit diesen Gegenständen in Verbindung. Ich kann dir keine eindeutigen Antworten geben.«

Der Professor räusperte sich. »Lass doch erst mal auf dich wirken, was Dr. Brennan erzählt, Alice. So als ob es eine Geschichte wäre. Sinn ergibt sich vielleicht später, nachdem du alles hast sacken lassen.«

Ich nickte und lächelte Dr. Brennan entschuldigend an. »Ich verstehe. Bitte fahren Sie fort.«

»Der Kessel kann viele Bedeutungen haben. Er war als mythisches Symbol sowohl bei den Kelten als auch bei den Germanen weit verbreitet. Er diente in beiden Kulturen auch als wichtiges Gerät in Zeremonien. Ich halte ihn in unserem Fall für sehr relevant, weil er in vielen keltischen Sagen vorkommt.«

»So wie der Kessel des Dagda«, erinnerte ich mich an die Geschichten in den Büchern, die ich in dem Buchladen in Roundstone gekauft hatte.

»Ganz genau«, meinte Dr. Brennan überrascht. »Du kennst die Geschichte vom Kessel, der unerschöpflich Speisen spendet?«

Ich nickte. Der Kessel des Dagda war einer der vier Talismane des Volks der Danu – auf Irisch Túatha Dé Danann –, welche sie angeblich nach Irland mitgebracht hatten. Ihre Vorfahren, die Nemesier, waren aus Irland vertrieben und in die vier Ecken der Welt verstreut worden. Dort hatten die Túatha Dé Danann ihre Magie gelernt. An Beltane, dem heiligen keltischen Mai-Festival, eroberten sie Irland zurück. In magische schwarze Wolken gehüllt landeten sie vor der Küste Connemaras. So glückte ihre Invasion und sie konnten die einheimischen Fir Bog besiegen. Das Volk der Göttin Danu herrschte in Irland, bis es von den Milesiern vertrieben wurde und sich dann der Legende nach in die Feenhügel beziehungsweise die Anderswelt zurückzog. Die Talismane, welche die Túatha Dé Danann nach Irland mitbrachten, waren der Stein des Fal – der aufschrie, wenn der rechtmäßige König ihn berührte –, der Speer des Lugh, das Schwert des Nuada und eben der Kessel des Dadga.

»Aber der Kessel ist nicht nur Symbol für unerschöpfliche Fülle«, unterbrach Dr. Brennan meine Gedanken, »sondern steht in anderen Sagen auch als Symbol für poetische Inspiration und in wieder anderen für Wiedergeburt. Es gibt zum Beispiel Legenden, in denen gefallene Krieger in den Kessel getunkt und so wiedergeboren wurden.«

Ich verschluckte mich beinahe an dem Tee, den ich gerade getrunken hatte. Dr. Brennan wühlte in ihrer Schreibtischschublade herum und reichte mir ein Taschentuch.

»Danke«, brachte ich hustend hervor. Nachdem mir die ganzen Informationen bislang so theoretisch vorgekommen waren, als ob ich mich in einer Vorlesung befand, kam Dr Brennans Bemerkung zur Wiedergeburt fast wie ein Schock. Allen anderen Sachen gegenüber, die bislang gesagt wurden, fühlte ich mich distanziert, als ob sie – nun ja – Märchen und Legenden oder im besten Fall alte Geschichte wären. Schließlich waren sie das auch. Doch der Kessel, der Wiedergeburt symbolisierte … Langsam fing ich an zu spüren, dass der Hexenbeutel tatsächlich von wichtiger Bedeutung für mich war, und dass alle Informationen, die Dr. Brennan mir geben konnte, eventuell sehr wichtig sein konnten, auch wenn sie mir noch so unbedeutend oder weit hergeholt vorkamen. Auf einmal war ich wie elektrisiert. Ich rutschte bis auf die Kante des Sessels, beugte mich interessiert vor und sah Dr. Brennan gespannt an. »Ich glaube, darum geht es hier«, sagte ich. »Um den Kessel der Wiedergeburt.«

In Dr. Brennans dunkelblauen Augen konnte ich Überraschung und noch etwas anderes lesen, das nicht so leicht zu definieren war. Am ehesten beschrieb es vielleicht das Wort Wachsamkeit. Sie schwieg eine Weile und überlegte. »Okay«, sagte sie schließlich. »Dann betrachten wir gleich den Inhalt des Beutels und kommen auf den Kessel dann zurück, um ihn mit den anderen Dingen in Zusammenhang zu setzen. Aber vielleicht magst du mir zuerst erzählen, warum du glaubst, dass es hier um Wiedergeburt geht.«

Ich schaute Professor O'Tool fragend an. Er wusste sofort, was mir auf dem Herzen lag. »Du kannst Dr. Brennan vertrauen, Alice«, sagte er.

»Wir glauben, dass der Schadzauber, oder wie immer man es nennen will, mir galt, weil auf dem Stück Baumrinde laut dem Professor das Wort *ciar* auf Ogham geschrieben steht.« In so wenigen Worten wie möglich – und vor allen Dingen so vage wie möglich – versuchte ich Dr. Brennan zu erklären, warum mit *ciar* beziehungsweise Ciara ich, Alice, gemeint war.

Zu meiner großen Überraschung bedurfte es nicht vieler Worte. Dr. Brennan hinterfragte die These Wiedergeburt nicht. Ich war überrascht. Dass sie das, was ich erzählte, einfach so als Fakt annahm, machte mich ein wenig stutzig. Aber ich war gleichzeitig so erleichtert, dass wir mit der Deutung des Hexenbeutels fortfahren konnten, dass ich diesen Gedanken schnell verdrängte.

»Ja, auf dem Stück Rinde stehen die Buchstaben C, I, A und R auf Ogham. In diesem Fall können wir davon ausgehen, dass sie sich also auf deinen Namen beziehen. Was uns schon mal viel weiterbringt, denn auch Ogham lässt sich auf verschiedene Weise deuten. Weißt du, was Ogham ist?«

»Ja, ich habe darüber gelesen, nachdem der Professor erklärt hat, dass es sich um eine altirische Schrift handelt, die etwa im sechsten Jahrhundert vor Christus entstand. Es ist eine Art Buchstabensystem. Jeder Buchstabe steht für einen bestimmten Baum, nicht wahr?«

Dr. Brennan nickte. »Die Schrift wurde hauptsächlich für Grabinschriften oder andere Inschriften auf Steinen verwendet. Die Buchstaben wurden auch auf Holzstäbe geritzt, welche dann zum Orakeln verwendet wurden. Es wurden also nicht wirklich Texte damit geschrieben. Aber du hast recht, die Buchstaben korrespondieren mit Bäumen. Jeder Buchstabe ist der Anfangsbuchstabe einer Baumart. Das ist das bekannteste Ogham-System. Es gibt auch Ogham-Systeme mit Pflanzen und so weiter. Das soll uns aber hier nicht interessieren, denn, wie gesagt, *ciar* scheint in diesem Fall eindeutig.«

»Für welche Bäume steht das?«, wollte ich wissen.

»C für *coll*, das heißt Haselnuss, I für *idad*, die Eibe, A für *ailm*, Kiefer, und R für *ruis*, Holunder. Die Bäume an sich haben natürlich auch eine bestimmte Bedeutung. Aber ich weiß nicht, ob das für den Namen Ciara interessant ist. Vielleicht ja eher für den Namen Alice, der Name, der dir ja sozusagen nach der Wiedergeburt gegeben wurde. Darin enthalten sind wieder die Kiefer, die Eibe und die Haselnuss. Dem Ersteren würde ich besondere Bedeutung zuweisen, denn in der Kräutermischung befinden sich auch Kiefernnadeln. Dem Volksmund nach erinnert einen die Kiefer daran, was man war, bevor man geboren wurde und was man sein wird, nachdem man stirbt.«

Ich dachte darüber nach. Der Hexenbeutel hatte definitiv etwas mit Ciara zu tun, und er schien die These zu verstärken, dass Ciara wiedergeboren wurde – in mir? Dr. Brennan sprach so unerschrocken von Wiedergeburt, als ob es die natürlichste Sache der Welt wäre. Ich selber konnte das immer noch nicht so ohne Vorbehalt annehmen – zu viele Dinge schienen in meinen Augen nicht dazu zu passen. Dylan zum Beispiel. Bevor ich den Gedanken zu Ende denken konnte, sprach Dr. Brennan weiter.

»L in Alice ist *luis*, die Vogelbeere. Und auch getrocknete Vogelbeeren befanden sich in diesem Beutel.«

»Und was wird mit der Vogelbeere in Verbindung gebracht?« fragte der Professor interessiert.

»Die rote Farbe, die für Feuer steht. Der Legende nach wurde die erste Vogelbeere von den Feen aus der Anderswelt nach Irland gebracht. Die Beere fruchtete auf irischem Boden und jeder, der Beeren von diesem Baum aß, blieb auf ewig jung.«

Ich wollte die Bedeutung schon wieder an die Wiedergeburtsthese anknüpfen, als Dr. Brennan noch etwas anderes einfiel. »Das Holz der Eberesche, also dem Vogelbeerbaum, gilt als Schutz vor der Entführung durch Feen. Wenn man beispielsweise mit einem Gehstock aus diesem Holz über einen Feenhügel geht, dann schützt man sich damit davor, in die Anderswelt hinübergezogen zu werden. Das ist vielleicht in diesem Fall ein wichtiger Aspekt, denn die Rinde, auf die *ciar* geschrieben wurde, ist von einer Eberesche.«

»Was sind denn die anderen Kräuter? Gehen die Deutungen in dieselbe Richtung?«, wollte ich wissen.

Dr. Brennan nahm eine kleine Schachtel zur Hand, in der sich der Inhalt des Beutels befand. Darin waren die einzelnen Bestandteile fein säuberlich sortiert worden. Sie zeigte auf die jeweiligen Kräuter, während sie sie erklärte.

»Wir haben hier bittersüßen Nachtschatten, Bachbunge und Kresse, und die schon erwähnten Vogelbeeren und Tannennadeln. Bittersüßer Nachtschatten soll angeblich die Erinnerung an eine alte Liebe verblassen lassen. Bachbunge und Kresse – nun, da bin ich bisschen ratlos, was der Zusammenhang ist, denn normalerweise werden diese Kräuter zusammen verwendet, um zu gewährleisten, dass jemand sicher ein Gewässer überquert, also mit dem Boot heil irgendwo ankommt. Kannst du damit etwas anfangen?«

Ich dachte nach. Erinnerungen an eine alte Liebe verblassen lassen: Das war einfach. Ich sollte Dylan vergessen. An dieser Deutung gab es für mich keinen Zweifel. Die Vogelbeeren – oder der Baum Eberesche – schienen irgendetwas damit zu tun zu haben, was mich als Alice von Ciara unterschied. Wenn es nicht zu weit hergeholt war, dem Namen Alice diese Bedeutung zuzumessen. Ich machte mir eine mentale Notiz, meine Eltern zu fragen, wie sie darauf gekommen waren, mich Alice zu nennen. Mein Bauchgefühl sagte mir aber, dass die Vogelbeeren bedeuteten, dass ich vor dieser anderen magischen Welt beschützt werden sollte. Ich sollte, durfte oder konnte damit nicht in Kontakt kommen. Doch diese mythische Anderswelt war schließlich genau das: ein Mythos. Sie musste wiederum für irgendwas stehen …

Ich seufzte. Das war alles viel zu kompliziert. Mir tat schon der Kopf weh vor lauter Deutungen, Bedeutungen und Doppeldeutungen. Als ich das zu Dr. Brennan sagte, lächelte sie geheimnisvoll.

»Denk nicht zu viel um die Ecke, Alice. Meist sind die Sachen, die einem sofort intuitiv in den Kopf kommen, diejenigen, welche von wahrer Bedeutung sind.«

Während ich meinen Tee austrank, der mittlerweile kalt war, ließ ich Dr. Brennans Worte auf mich wirken. »Dann weiß ich, glaube ich, ungefähr, was mit diesem Hexenbeutel bezweckt werden sollte. Man wollte, dass meine Erinnerung an mein früheres Leben als Ciara und an die Person, die Ciara geliebt hat, verblasst. Ich soll Alice sein, im Hier und Jetzt und in der Realität verankert, beschützt oder abgeschirmt von allem ›Magischen‹, was immer das auch sein mag. Nur das mit der Seereise ist mir noch nicht ganz klar …« Ich stockte. Unweigerlich musste ich an Ciaras Freitod im Meer denken. So fügte sich auch das letzte Stück des Puzzles – auch wenn es noch so vage war und viele Fragen offen ließ. Ich konnte das ganze Bild noch nicht richtig erkennen, und deshalb sagte ich erst mal nichts dazu.

»Wenn wir davon ausgehen, dass es ein richtiger Druiden-Zauber ist, und keine harmlose Spielerei, dann ist wohl die nächste Frage, ob er von Erfolg gekrönt war«, meinte der Professor nachdenklich.

»Ganz verblasst sind die Erinnerungen ja eindeutig nicht – aber es liegt leider in der Natur des Zaubers, dass es nicht festzustellen wäre, ob du etwas vergessen hast, da du dich schließlich nicht mehr dran erinnern würdest.«

Mir rauchte der Kopf. Ich wandte mich Dr. Brennan zu. »War ich dem Hexenbeutel überhaupt lange genug ausgesetzt? Eigentlich habe ich mich nur einen Abend lang in der Küche aufgehalten, wo sich auch der Beutel befand. Am nächsten Tag waren wir unterwegs, und als wir heimkamen, haben wir ihn gleich gefunden.«

»Ja, aber war er dann nicht auch noch im Auto während eurer Heimreise und dann in eurem Haus, bis ihn mir Professor O'Tool gab? Nur weil ihr ihn gefunden habt, hat er seine Wirkung ja nicht verloren. Ihr hättet ihn zerstören oder zumindest auseinandernehmen müssen, wie ich es jetzt getan habe.«

»Na toll«, erwiderte ich düster.

»Ich bin natürlich froh, dass ihr ihn nicht zerstört habt«, versuchte Dr. Brennan mich aufzumuntern. »So konnte ich ihn studieren. Und du hast eine Chance herauszufinden, was es damit auf sich hat. Ich möchte dir gerne weiter dabei helfen.«

Dankbar lächelte ich Dr. Brennan zu. Doch dann wurde mir bewusst, was das bedeutete. »Dann meinen Sie also, es lohnt sich, ihn zu studieren. Ihrer Meinung nach handelt es sich nicht um irgendwelchen Humbug, sondern um einen echten Druiden-Zauber, nicht wahr?«

Dr. Brennan sah mich mit ersten Augen an. »Ja, Alice, das glaube ich tatsächlich.«

Gedankenverloren stand ich auf und bedankte mich bei Dr. Brennan. Ich hatte viele, sehr viele Gedankenanstöße bekommen. Das würde mich das Wochenende beschäftigen. Die Schlacht von Callan würde wohl noch ein wenig warten müssen.

kapitel dreizehn

Langsam trat ich durch die offene Tür in den Seminarraum. Ich hatte schon von Weitem Stimmen gehört – obwohl ich ziemlich früh dran war, waren andere anscheinend noch zeitiger gekommen. Ich schaute mich unauffällig um und war froh, Mary wiederzuerkennen, die ich durch Bridget bei einem ihrer Ausflüge schon kurz kennengelernt hatte. Da hatten Bridgets Bemühungen, mich ins Studentenleben zu integrieren, ja doch etwas gebracht. Sie würde sich darüber freuen, wenn ich ihr davon erzählte. Auch Mary winkte mir sichtlich erleichtert zu und ich ging zu ihr hinüber, um neben ihr an den U-förmig angeordneten Tischen Platz zu nehmen.

»Na, wie geht's?«, fragte sie. »Schön, ein bekanntes Gesicht zu sehen.«

Wir unterhielten uns kurz über die Fresher's Woche und über unsere anderen Kurse, die alle schon angefangen hatten. Wir mussten feststellen, dass wir schon in denselben Vorlesungen gewesen waren, bloß waren da immer so viele Studenten im Raum, dass wir die Anwesenheit des anderen gar nicht bemerkt hatten. Die Seminare liefen in kleinen Gruppen ab und bislang waren wir noch nicht in dieselben Gruppen eingeteilt worden. Dieser Kurs, in dem es um mündlich überlieferte irische Sagen gehen sollte, begann erst heute. Unser Lehrer, Dr. Padraig O'Cadhla, hatte uns aber schon eine umfangreiche Liste mit Literatur geschickt, die wir uns vorbereitend anschauen sollten. Mary und ich sprachen gerade darüber, wie wir damit vorangekommen waren, als Dr. O'Cadhla in den Seminarraum kam. Alle Mädchen in der Klasse – und auch einige Jungen, musste ich amüsiert bemerken – waren wie vom Donner gerührt. Dr. O'Cadhla sah einfach unglaublich gut aus. Er hatte grüne Augen, die mich ein wenig an Dylan erinnerten. Aber sonst hatten sie nichts gemein. Dr. O'Cadhla war dunkelhaarig und breitschultrig. Da ich immer noch Tag wie Nacht von Dylan träumte, hatte er nicht so eine Wirkung auf mich wie beispielsweise auf Mary, die sich ihrem Gesichtsausdruck nach zu urteilen gerade ausmalte, wie sie die berühmte Studentin-Professor-Affäre mit dem – leider dem Klischee damit nicht entsprechenden – Doktor einging. Ich musste schmunzeln und stieß Mary leicht mit dem Ellenbogen in die Rippen, weil sie in ihrer Verzückung gar nicht gemerkt hatte, dass sie an der Reihe war, sich namentlich vorzustellen. Mit rotem Gesicht stotterte sie ihren Namen.

Der Unterricht war keine zehn Minuten im Gange, als ich plötzlich diejenige war, die vom Donnerschlag getroffen wurde. Dr. O'Cadhla erzählte gerade, was uns in diesem Kurs erwarten würde, und ich machte mir eifrig Notizen. Auf einmal ging die Tür auf. Und hinein spazierte … Dylan.

Der Atem blieb mir augenblicklich im Halse stecken. Wenn es komisch ausgesehen hatte, wie Mary verträumt den Dr. angesehen hatte, dann musste ich jetzt noch viel lächerlicher wirken. Mir brannten die Augen, weil ich sie so weit aufgerissen hatte und mich nicht traute zu blinzeln, aus Angst, dass er dann verschwinden würde. Halluzinierte ich etwa? Hektisch ging mein Blick jetzt von einer Person zur nächsten. Nein, die anderen hatten ihn wohl auch bemerkt, jedenfalls schauten sie ihn an. Und Dr. O'Cadhla war sogar aufgestanden und reichte Dylan die Hand. Er sagte irgendwas, aber das Dröhnen in meinen Ohren war so laut, dass ich nur sah, wie seine Lippen sich bewegten.

Meine Lungen merkten auf einmal, dass ich lange keinen Atemzug genommen hatte, und ich musste unweigerlich keuchen. Sobald ich das tat, fing ich an zu hyperventilieren. Mary schaute mich mit zusammengezogenen Brauen von der Seite an. »Alles klar bei dir?«, flüsterte sie mir zu.

Ich rückte meinen Stuhl ein wenig zurück und steckte den Kopf zwischen die Knie, während ich einen Daumen hoch zeigte. Den anderen musste jetzt wohl auch aufgefallen sein, dass mit mir irgendwas nicht stimmte, denn ich hörte Mary sagen: »Sie ist okay. Sie hat sich nur, äh, verschluckt oder so, glaube ich.«

Langsam atmete ich ein und aus, bis sich meine Atmung wieder normalisiert hatte. Dann richtete ich mich auf und rieb mir die Tränen aus den Augen. Jemand hatte mir Wasser rübergeschoben, und ich nickte dankbar.

Dylan war immer noch da.

»Wenn alles wieder mit dir in Ordnung ist, Alice«, begann Dr. O'Cadhla, »dann fahre ich fort. Wie schon gesagt, das hier ist Dylan, der das Studium aus familiären Gründen leider erst eine Woche später anfangen konnte.«

Ich musste träumen. Es konnte nicht anders sein. Unauffällig kniff ich mir in den Oberschenkel. Es tat weh und ich wachte nicht auf. Ich war immer noch hier. Im Seminarraum. Mit Dylan. Der mich übrigens nicht beachtete. Ich schaute immer wieder zu ihm rüber, und sein Blick streifte mich auch manchmal, aber er schien mich überhaupt nicht zu kennen. Das verstand ich nicht. Je länger ich ihn betrachtete, desto sicherer war ich mir, dass ich ihn vor zwei Wochen im Cottage in Connemara gesehen hatte. Er hatte denselben Haarschnitt – wie mir schon damals aufgefallen war, waren seine Haare in meinen Träumen und Visionen einige Zentimeter länger gewesen. Sonst war aber wirklich alles gleich. Er hatte dieselben grünen Augen, die gerade Nase und das Grübchen – und er hatte sich schließlich auch als Dylan vorgestellt. Es gab keine Zweifel.

Jetzt war es für mich unmöglich geworden, mich auf Dr. O'Cadhlas Ausführungen zu konzentrieren. Mist – Mary würde mir auch keine große Hilfe sein, da sie zwar in ihr Notizbuch kritzelte, aber anscheinend nur Herzchen mit den Buchstaben M und P hineinmalte. Ich zwang mich dazu, aufzupassen. Da fiel mir etwas ein. So unauffällig wie möglich holte ich mein Handy aus der Tasche und tippte unter dem Tisch eine Nachricht an Bridget. Sie sollte zwar auch gerade im Unterricht sein und hatte wahrscheinlich ihr Handy nicht an, aber irgendwie musste ich mich jemandem mitteilen und mir bestätigen lassen, dass ich in der Realität weilte. Überraschenderweise kam sofort eine Nachricht zurück. »Bist du sicher?« »Ganz sicher«, schrieb ich zurück. »Er hat seinen Namen genannt. Dylan.«

Aus der nächsten Nachricht wurde ich nicht ganz schlau. Sie sagte nur »OM«. Nach einer kurzen Weile kam noch eine SMS. »G.« Jetzt war ich noch mehr verwirrt, deshalb beließ ich es erst mal dabei. Bridget war, wie ich wusste, gerade in einem Informatik-Seminar, und da ihr Fach zu einer anderen Fakultät gehörte, die in einem anderen Gebäude untergebracht war, würde sie nach dem Unterricht sowieso nicht schnell genug hier sein, um noch einen Blick auf Dylan erhaschen zu können. Ich nahm mir vor, sie gleich nach dem Unterricht anzurufen.

Da hatte ich aber nicht mit Bridget gerechnet. Als das Seminar vorbei war und ich aus dem Raum in den Flur trat, stand Bridget schon neben der Tür. Sie hatte ein pinkfarbenes Hello-Kitty-Pflaster auf der Stirn. »Was ist denn mit dir passiert?«, zischte ich ihr zu.

»Gleich, gleich«, sagte sie. »Ist er schon weg?«

Ich schüttelte den Kopf. »Nein, er spricht noch mit dem Seminarleiter.«

Da kamen Dylan und Dr. O'Cadhla auch schon gemeinsam aus dem Raum. Bridget starrte verzückt den Doktor an, der ihr auch einen langen Blick schenkte. Derweil versuchte ich, mir etwas einfallen zu lassen, was ich zu Dylan sagen konnte, aber es wollten sich einfach keine Worte in meinem Kopf formen, geschweige denn aus meinem Mund kommen.

»Der ist ja wirklich … Hammer«, flüsterte mir Bridget zu, während die beiden weitergingen. »Auf dem Bild, das du gezeichnet hattest, hatte er aber keinen Bart. In der Realität sieht er noch viel schnuckliger aus.«

Endlich konnte ich wieder sprechen. »Der andere, es ist der andere. Bist du blind? Den du anstarrst, ist unser Seminarleiter.«

»Ach so.« Bridget wurde nicht mal rot. »Solche Kerle unterrichten bei uns nicht, das kann ich dir sagen.«

»Aber Dylan, guck dir Dylan an.« Ich war ganz aus dem Häuschen; Dylan war schon fast um die Ecke verschwunden.

»Ja, ich hab ihn gesehen. Auch ganz süß. Obwohl ich finde, dass du auf deiner Zeichnung sein gutes Aussehen ein bisschen übertrieben hast. Oder vielleicht verblasst er auch ein wenig neben dem traumhaften Professor. Aber unglaublich, dass der in deinem Kurs ist. Das kann doch kein Zufall sein?«

Ich raufte mir die Haare. »Ich bin komplett verwirrt, das kann ich dir sagen. Und er tut auch so, als ob er mich gar nicht kennt. Was soll ich denn jetzt machen?«

»Jetzt beruhig dich erst mal.« Bridget zog mich den Flur entlang. »Du hast ja nichts im Anschluss, oder?« Ich schüttelte nur stumm den Kopf. »Dann gehen wir jetzt einen Kamillentee trinken und besprechen die ganze Sache in Ruhe.«

Ich atmete tief ein und nickte. Wie gut, dass ich Bridget hatte, sonst wäre ich mittlerweile schon durchgedreht. Im Seminarraum war Dylans Anwesenheit so unwirklich gewesen, dass ich kaum denken, geschweige denn handeln konnte, aber jetzt, wo er wieder weg war, kam es mir wieder so vor, als hätte ich eine wichtige Gelegenheit verpasst. Was, wenn er nicht wieder auftauchen würde? Ich schüttelte den Gedanken ab und konzentrierte mich auf Bridget. Das schien produktiver zu sein.

»Sag mal, was hatte es eigentlich mit deinen SMS auf sich?«, fragte ich auf dem Weg ins Café. »Und wie hast du es so schnell vom Computer-Raum hierher geschafft?«

»Ach«, sagte sie unbekümmert. »Als ich deine SMS bekommen habe, bin ich vor lauter Aufregung vom Stuhl gefallen, während ich ›OMG‹ schreiben wollte.«

Ich musste grinsen. »Nee, oder?«

»Doch. Und da kam das G halt erst in der nächsten SMS. Es war auch ganz schön peinlich, denn zu allem Unglück habe ich mir dabei noch den Kopf am Tisch angeschlagen. Es hat ein bisschen geblutet. Aber es war eine gute Ausrede, zu sagen, dass es mir nicht gut geht. Somit konnte ich früher verschwinden und war rechtzeitig bei dir.«

Ich schüttelte ungläubig den Kopf und musste lachen. Dann erzählte ich ihr kurz davon, wie meine eigene Reaktion zu Dylan gewesen war, und dass ich ebenfalls Aufmerksamkeit auf mich gezogen hatte.

Mittlerweile waren wir im Café angekommen und hatten uns jeder einen Tee geholt.

»Also«, sagte Bridget forsch, als wir uns an einen freien Tisch setzten. »Irgendwelche Ideen, wie du an Dylan jetzt rankommst, um mehr über ihn rauszubekommen und festzustellen, ob er dich kennt oder nicht – oder zumindest Ciara kennt?«

»Puh«, sagte ich und trank einen Schluck Tee. »Da fragst du mich was.« Ich legte meine Stirn in Falten. »Hmm. Dr. O'Cadhla hat etwas von einem Referat erzählt, das wir jeweils zu zweit vorbereiten und vortragen sollen. Vielleicht kann ich ja irgendwie hinbekommen, dass Dylan und ich das zusammen machen. Dabei kann ich ihm dann ein wenig auf den Zahn fühlen und bekomme bestimmt auch einen besseren Eindruck, ob er mich wirklich nicht kennt oder nur so tut.«

»Das ist doch eine prima Idee«, strahlte Bridget.

Ich verzog das Gesicht. »Aber ich muss bis nächste Woche warten, um ihn zu fragen, denn ich habe ja keine Kontaktdaten von Dylan. Und was ist, wenn er bis dahin schon einen Partner hat? Und wenn mich zwischendurch Mary fragt, ob wir es zusammen machen wollen, dann kann ich wohl schlecht Nein sagen. Außerdem würde ich die ganze Woche vor Aufregung nicht schlafen können. Ich weiß nicht, ob ich so lange warten kann.«

Bridget dachte nach. Dann hellte sich ihre Miene plötzlich auf. »Ich weiß, was wir machen werden.«

kapitel vierzehn

Ich saß jetzt schon seit zehn Minuten an dem kleinen Tisch im Arts Café. Ja, ich war viel zu früh, und ja, ich war viel zu nervös. Meine Cola Zero hatte ich schon längst ausgetrunken. Ich musste mir immer wieder die feuchten Hände an meiner Jeans abwischen. Ich hoffte bloß, dass er mir nicht die Hand geben würde, denn das wäre mir sehr peinlich. Vielleicht würde er auch gar nicht auftauchen. Denn obwohl wir per E-Mail miteinander kommuniziert hatten, kam es mir immer noch irgendwie unheimlich vor, dass es sich hierbei tatsächlich um Dylan handeln sollte. Mein Traum war auf einmal Fleisch und Blut geworden – doch Dylan aus meinen Träumen kannte ich in- und auswendig, er stand mir so nah, ich wusste absolut, wer er war. Der Dylan, der sich gleich mit mir treffen würde, war mir völlig unbekannt. Dass es sich trotzdem um dieselbe Person handeln sollte, kam mir so verrückt vor, dass ich gar nicht länger drüber nachdenken konnte, ohne dass mir sofort davon schwindlig wurde.

Bridget hatte mal wieder bewiesen, was für ein Genie mit Computern sie war – mittlerweile hatte ich den Verdacht, dass dieses Informatikstudium für sie langweilig und keine große Herausforderung sein musste. Außerdem war ich mir ziemlich sicher, dass Bridgets Eltern von dem Ausmaß der Fähigkeiten ihrer Tochter auf diesem Gebiet nichts ahnten, und ich vermutete, dass Bridget das mit Absicht nicht an die große Glocke hängte, weil sie so recht einfach und freudig durchs Leben, oder in diesem Fall durch die Uni schlittern konnte. Ich war zumindest sehr froh über ihre Kompetenzen, denn sie hatte sich mir nichts, dir nichts in das Intranet der Uni gehackt und war so an Dylans Uni-E-Mail-Adresse gekommen. Nebenbei hatten wir uns auch gerade noch seine Adresse herausgeschrieben – wer wusste, wann die Information gelegen kommen würde. Also hatte ich Dylan eine E-Mail geschrieben, um ihn zu fragen, ob er Lust hätte, das Projekt für den Kurs von Dr. O'Cadhla mit mir zusammen zu machen. Und tatsächlich, er hatte sich zurückgemeldet, mit einer positiven Antwort und mit dem Vorschlag, uns gleich am nächsten Tag im Arts Café zu treffen. Selbstverständlich hatte ich die ganze Nacht kein Augen zugetan und die Geschichtsvorlesung am Vormittag war komplett an mir vorbeigegangen. Ich würde wohl oder übel den gesamten Nachmittag in der Bücherei verbringen müssen, um mir das Wissen selber anzueignen.

Ich nahm den letzten Schluck Cola und klammerte mich noch etwas verkrampfter an mein Flanahan-Buch. Mein Plan war es, Dylan den Vorschlag zu machen, die von Ciara Buchanan illustrierte Geschichte als Fokus unseres Referats zu benutzen. Zum Thema, das O'Cadhla vorgegeben hatte,»Grenzen zur Anderswelt«, passte sie zumindest. Mal sehen, wie er darauf reagieren würde!

»Alice?«

Eine warme, ruhige Stimme riss mich aus meinen Gedanken. Erschrocken schaute ich auf. Da stand er tatsächlich vor mir. Dylan. Von dem Grübchen über die grünen Augen bis zu den winzigen Sommersprossen auf der Nase stimmte einfach alles. Es erforderte meine ganze Konzentration, Luft in meine Lungen zu bekommen. Ich konnte unmöglich auch noch gleichzeitig antworten.

»Du bist doch Alice, oder? Ich bin Dylan.«

»Ja, ja, genau, bin ich«, stotterte ich. Ich befahl mir, mich zusammenzureißen.

»Ich hole mir noch was zu trinken«, sagte er völlig ungerührt und stellte seine Tasche auf dem Stuhl neben mir ab.»Möchtest du auch noch was?«

»Äh, ja, Cola Zero, bitte.« Während er die Getränke holte, atmete ich tief ein und aus und versuchte, nicht zu hyperventilieren. Ich hatte meine Atmung gerade unter Kontrolle gebracht, als er wiederkam.

»Also, Alice«, fing er an, nachdem er es sich am Tisch gemütlich gemacht hatte, »wie kamst du ausgerechnet auf die Idee, das Projekt mit mir zusammen machen zu wollen?«

Diese direkte Frage hätte mich aus der Bahn werfen können, tat sie aber nicht. Denn letzte Nacht, als ich mich schlaflos hin und her gewälzt hatte, war ich so ziemlich alle möglichen Fragen durchgegangen, die er mir vielleicht stellen könnte, und ich hatte mir zu allen ausführliche Antworten überlegt. Deshalb antwortete ich wie aus der Pistole geschossen: »Dein Akzent. Du kommst von der Westküste, oder?«

Er lächelte. »Du hast ein gutes Ohr. Ja, ich komme aus der Nähe von Galway, wieso?«

Ich hielt ihm das Buch hin. »Ich hatte die Idee, eine Geschichte aus diesem Buch für das Projekt zu verwenden, und hier geht es um die Mythen und Sagen, die der Herausgeber an der Westküste gesammelt hat. Deshalb dachte ich, das wäre doch auch was für dich.«

Dylan warf dem Buch nur einen ganz kurzen Blick zu. Es schien keine Reaktion in ihm auszulösen. Stattdessen schaute er mich mit großen Augen prüfend an. Ich versuchte, seinem Blick standzuhalten, aber ich merkte, wie ich rot anlief, und schaute schließlich verlegen in mein Cola-Glas.

»Aha«, sagte er schließlich. »Und was ist deine persönliche Beziehung zu diesen Geschichten? Dein Akzent hat zwar auch westirische Untertöne, aber du bist doch gar nicht von hier, oder?«

»Nein, ich bin aus Deutschland.« Auch die Antwort hatte ich mir natürlich zurechtgelegt. »Aber ich habe viel Zeit mit meiner Familie und Freunden der Familie in Connemara verbracht. Da habe ich Irisch und Englisch gelernt, daher wahrscheinlich der Akzent.« Ich zwang mich, ihn wieder anzusehen und zu lächeln.

»Ah, okay.« Er schien sich mit meiner Erklärung zufriedenzugeben. »Hast du denn eine bestimmte Geschichte im Auge, oder ...«

»Ja«, unterbrach ich ihn, froh, dass ich mit meinem vorbereiteten Plan voranpreschen konnte. Er war der einzige Anker, den ich hatte. Wenn ich mich nicht daran festhielt, dann würde ich ganz sicher in seinen seegrünen Augen ertrinken. »Es handelt sich um eine Geschichte, die der Herausgeber in dem Ort gehört hat, wo ich auch oft Urlaub gemacht habe. Roundstone. Es geht um eine verzauberte Insel vor der Küste von Connemara.«

Ich beobachtete ihn ganz genau, während ich die letzten Worte aussprach. Er verzog keine Miene.

»Ich nehme an, es handelt sich dabei um eine Insel der Sidhe, der Feen? Die nur alle paar Jahre auftaucht und wenn sie jemand sieht und sie zu erreichen versucht, dann verschwindet sie wieder plötzlich, bevor derjenige einen Fuß auf den Boden der Insel setzen konnte?«

»So ungefähr.« Wollte er mir damit, dass er die Geschichte kannte, etwas sagen? Ich wurde aus seiner Mimik überhaupt nicht schlau. Ich musste einfach versuchen, ihn so viel mit Ciara zu konfrontieren wie möglich. Also drückte ich ihm das Buch in die Hand, so aufgeschlagen, dass er Ciaras Zeichnung anschauen musste. Nichts. Keine besondere Reaktion. Entweder war Dylan der beste Pokerspieler der Welt, oder … Oder was? Bevor ich weiter darüber nachdenken konnte, sagte Dylan: »Schöne Zeichnung. Das soll wohl der Küstenstreifen sein, von dem aus man die Insel sieht. Hier im Hintergrund erkenne ich die Twelve Bens. Aber die Insel ist nicht abgebildet.«

Ich erklärte ihm kurz, dass die Illustrationen jeweils von Künstlern aus der Region der Sagen stammten, aber nicht unbedingt die Geschichten selber illustrierten. Natürlich verpasste ich nicht, den Namen Ciara Buchanan in die Erklärung einzubauen. Dylan zuckte bei dem Namen noch nicht mal mit der Wimper.

Während er sich die kurze Geschichte durchlas, dachte ich fieberhaft nach. Dylan schien mich wirklich nicht zu kennen. Er schien auch noch nie was von dieser Geschichte oder Ciara gehört zu haben, hatte das Bild anscheinend noch nie gesehen. Seiner Aussage nach kam er aus der Nähe von Galway und nicht aus Roundstone.

Natürlich war ich kein menschlicher Lügendetektor, aber meine Andeutungen schienen überhaupt keine Emotionen in ihm zu wecken, und wenn Dylan irgendwas von dieser ganzen Sache wissen würde, dann gäbe es doch keinen Grund, das jetzt hier unter vier Augen nicht zuzugeben. Ich hatte ihm schließlich verschiedene Gelegenheiten gegeben, bei denen er hätte sagen können: Ach, übrigens, wo du schon davon redest, Ciara aus Roundstone habe ich über alles geliebt und leider hat sie in den fünfziger Jahren Selbstmord begangen. Ja, die *neunzehnhundert*fünfziger Jahre. Wieso ich damals ein circa zwanzigjähriger Junge war, und jetzt, sechzig Jahre später immer noch so aussehe? Wieso du dich an Ciara und mich erinnerst, als ob du alles selber erlebt hättest? Das kann ich dir alles ganz einfach erklären …

»… verzauberte Inseln, welche die Anderswelt darstellen sollen.«

»Häh?« Dylan hatte mittlerweile angefangen, über die Geschichte zu reden, aber ich war so in Gedanken versunken, dass ich gar nicht zugehört hatte. Deshalb war mir schließlich dieser sicherlich nicht sonderlich attraktive Laut entwichen. Wahrscheinlich sah ich dazu auch noch ziemlich bedeppert aus. Na toll, Alice. »Tut mir leid, ich bin etwas müde. Kannst du das noch mal sagen, bitte?«

Dylan lächelte geduldig. »Ich habe gesagt, die Geschichte ist interessant, und ich finde, wir sollten sie als Aufhänger für unser Referat nehmen.«

Dylans Interesse an dem Mythos schien tatsächlich gänzlich akademischer Natur. Er kam sofort auf das Thema des Projektes zu sprechen und machte keinerlei persönliche Kommentare zur Geschichte. Ich musste mich schnell fangen. Erklärungen für sein Verhalten konnte ich mir später zusammenreimen, jetzt galt es erst mal, weiter »mitzuspielen«, bevor er dachte, ich wäre einfach nur ein beschränktes und komisches Mädchen. Womöglich kam er dann noch auf die Idee, ich wäre keine gute Partnerin für dieses Projekt.

»Genau«, antwortete ich also geschäftig. »Und wir können uns auf die Westküste beschränken. Da gibt es einige weitere Geschichten, wie zum Beispiel, dass Pferde und Kühe aus dem Meer kommen oder ins Meer gehen. Und noch weitere Geschichten über Inseln, die auf einmal aus dem Nichts auftauchen. In den meisten anderen Referaten wird es bestimmt um Feenhügel gehen.« Feenhügel – auf Irisch *Sidhe*, weshalb auch das Feenvolk so genannt wurde – waren gemeinhin als Portale in die Anderswelt bekannt. Aus dem Grund nahm ich an, dass viele der Referate zum Thema »Grenzen zur Anderswelt« von Feenhügeln handeln würden. »Aber diese Geschichten hier lassen ja vermuten, dass die Anderswelt unter Wasser oder im Wasser liegt. Konzentrieren wir uns doch darauf. Damit sticht unser Referat dann hoffentlich ein bisschen heraus.«

Dylan stimmte mir zu und wir sprachen noch mehr über das Projektthema. Ich zeigte ihm ein paar der Bücher, die ich im Buchladen in Roundstone erstanden hatte und die auch einige weitere Sagen enthielten. Wir besprachen, dass ich eine Liste mit den verschiedenen Geschichten machen würde, die dafür infrage kämen, und dass Dylan einen kurzen Projektvorschlag schreiben und diesen O'Cadhla mailen würde.

Obwohl mir viel daran gelegen war, dass Dylan den Eindruck erhalten sollte, ich sei eine gute Partnerin für das Projekt -sprich, dass er weiter mit mir zusammenarbeiten wollte, dass wir so mehr Zeit miteinander verbringen konnten, er mehr Vertrauen zu mir schöpfen und ich mehr herausfinden konnte –, versuchte ich natürlich, Ciara und meine Träume und Erinnerungen, oder was immer sie auch waren, in das Gespräch einzubringen. Aber meine Andeutungen schienen ihm nichts zu sagen. Schließlich gab ich auf. Ich hatte auch zusätzlich genug damit zu tun, mich dazu zu zwingen, ihn nicht verzückt anzustarren, oder dem Drang nachzugeben, seinen Arm zu streicheln, ihm durchs Haar zu fahren oder ihn anderweitig anzufassen.

Als wir uns schließlich trennten, war ich so erschöpft von der ganzen Anstrengung, dass ich nur noch nach Hause ins Bett wollte. Die Bücherei würde bis morgen warten müssen. Ich konnte auch keinen klaren Gedanken fassen, was Dylan anging. Sicher gab es tausend Möglichkeiten, wie ich sein Verhalten heute deuten konnte, aber mein Kopf war leer. Wenigstens hatte ich jetzt Kontakt mit ihm, dachte ich mir, alles andere würde sich schon fügen. Alles andere würde einfach bis morgen warten müssen.

Doch ich hatte die Rechnung ohne Bridget gemacht. Vera hatte keine große Erklärung von mir verlangt, als ich ihr sagte, ich würde ein Nachmittagsschläfchen machen und daraufhin direkt in mein Zimmer verschwunden war. Aber kaum hatte ich die Augen zugemacht, kam Bridget in mein Zimmer gestürmt. Sie schaltete ohne Umschweife das Licht an und rief: »Nein, nein, nein. Das kannst du nicht machen. Ich sitze schon den ganzen Nachmittag auf heißen Kohlen. Du musst mir einfach erzählen, was passiert ist, sonst sterbe ich noch vor Neugier.«

Ich verdrehte die Augen, konnte ihr aber nicht böse sein, da sie mir eine starke Tasse Kaffee gemacht hatte und mehr oder weniger geduldig wartete, bis ich ausgetrunken hatte. Der Kaffee tat mir wirklich gut. Ich erzählte ihr alles bis ins kleinste Detail. Ab und zu runzelte Bridget die Stirn und gab ein nachdenkliches »Hmmm« von sich.

»Und ich kann mir einfach keinen Reim drauf machen«, beendete ich meine Zusammenfassung. »Es ist Dylan. Aber er ist es auch irgendwie einfach nicht. Auf jeden Fall scheint er weder mich noch Ciara zu kennen oder sonst was von der ganzen Geschichte zu wissen. Es sei denn, er tut nur so. Aber warum sollte er denn? Dann würde es keinen Sinn ergeben, dass er überhaupt hier auftaucht.«

»Vielleicht ist er nicht einfach aus freien Stücken hier aufgetaucht«, überlegte Bridget. »Vielleicht ist es Schicksal. Vielleicht solltet ihr euch treffen. Und was, wenn er wirklich nichts von der Sache weiß, so wie du, Alice, vor deinem Koma auch nichts von dem Ganzen gewusst hast? Möglicherweise ist er ganz genauso wie du: Dylan wäre für ihn ein Traum, eine Erinnerung an ein früheres Leben oder so ähnlich. So wie Ciara das für dich ist. Ihr habt damals zusammengehört und jetzt gehört ihr wieder zusammen. Das Schicksal hat euch zusammengeführt.«

Ich wollte diese einfache, ach so romantische Erklärung gerne glauben. Aber ich musste den Kopf schütteln. »Da passt doch was nicht zusammen, Bridget. Denn ich bin nun mal nicht Ciara. Du hast das Foto doch gesehen. Ich sehe ganz anders aus. Aber Dylan, er ist genau dieselbe Person. Er sieht genau gleich aus. Und außer-

dem – es war Dylan im Cottage in Roundstone während des Gewitters. Er hat mich gesucht und gefunden. Er hat mich erkannt.
Ich habe mir das nicht eingebildet«, kam ich ihr zuvor, da ich ihren
skeptischen Blick richtig zu deuten wusste. »Wieso sollte er mich
jetzt auf einmal nicht kennen?«

So lange wir auch das Thema diskutierten, wir konnten einfach
keine befriedigende Erklärung finden. Wir fanden beide, dass es
das Beste wäre, wenn ich weiterhin Zeit mit Dylan verbrachte und
ich schließlich vielleicht irgendwann die Gelegenheit bekam, ihn
direkt darauf anzusprechen.

Nach dem Abendessen setzte ich mich hin, um die Sagen zu sich-
ten und somit den Projektvorschlag vorzubereiten. Meine Gedanken drehten sich sowieso nur im Kreise, da konnte ich eine Ablenkung gebrauchen. Ich saß also an meinem Schreibtisch und schlug
das Flanahan-Buch auf. Als ich die Seite mit Ciaras Zeichnung
und der Geschichte von der Insel aufschlug, fiel ein Zettel heraus,
der genau dort eingeklemmt war. Verblüfft bückte ich mich und
hob ihn vom Fußboden auf. Das Papier schien hastig aus einem
Notizblock herausgerissen worden zu sein. Der Zettel war hellgelb
und hatte rote Linien. Dylans Notizblock, schoss es mir durch den
Kopf. Er hatte einen Notizblock mit genau diesem Papier gehabt,
und darin unsere Ideen für das Projekt notiert. Auf einmal wurde
mir ganz heiß. Ich konnte meinen Puls in den Ohren dröhnen hören. Mit zittrigen Fingern faltete ich den Zettel auseinander. Und
traute meinen Augen kaum, als ich las, was darauf stand.

*Alice. Wir müssen reden. Aber in der Öffentlichkeit geht das
nicht – es ist zu gefährlich. Und bitte, lass die Anspielungen
auf Ciara und tu am besten so, als ob du deine Suche nach
ihr aufgegeben hast. Vertrau mir, es ist zu deinem eigenen
Schutz. Ich will dir gerne alles erklären, aber wir müssen sehr
vorsichtig sein. Wir können uns nur zwischen Mitternacht
und ein Uhr treffen, und nur auf einer Eisenbrücke. Dort
sind wir geschützt. Heute Nacht auf der Ha'penny Bridge.
Dylan.*

kapitel fünfzehn

Ich ging in meinem kleinen Zimmer auf und ab. Mein erster Impuls war es gewesen, Bridget zu rufen und ihr den Brief zu zeigen. Wenn so unglaubliche Sachen im Leben passieren, dann möchte man sie am liebsten mit den Menschen teilen, denen man vertraut. Das hatte ich in den letzten Monaten gelernt. Wenn man mal im Krankenhaus als neue Person mit anderen Erinnerungen und einer anderen Muttersprache aus einem Koma aufgewacht war, dann konnte man nachvollziehen, wie beruhigend es war, wenn andere einem glaubten und nicht dachten, dass man vielleicht in einer psychiatrischen Klinik besser aufgehoben sei.

Und Bridget hatte ich bisher fast alles anvertraut, inklusive meine Gefühle für und Erinnerungen an Dylan. Ich war ihr so dankbar, dass sie in dieser Hinsicht für mich da war. Es gab sonst niemanden, dem ich davon erzählen konnte, auch wenn ich es gern getan hätte, wie zum Beispiel meinen Eltern. Irgendwie war mir das ... na, peinlich war vielleicht ein zu starkes Wort, aber es traf es schon ganz gut. Ich träumte von einem unglaublich gut aussehenden Jungen mit grünen Augen. Ich wusste, ich liebte ihn, nein, Ciara liebte ihn. Das allein war verwirrend genug für mich. Wie sollte ich es meinen Eltern erklären? Ich konnte sie im Geiste schon sagen hören:»Schatz, bist du sicher, du bildest dir das nicht nur ein?« Für alles andere, die Sprache, die Bilder, Ciara, gab es mehr oder weniger greifbare Beweise, dass ich mir nicht nur etwas zusammenspann. Aber Dylan war bisher nur ein Phantom gewesen. Selbst in der Nacht im Cottage war er für mich selber nicht greifbar gewesen. Doch jetzt war Dylan real. Wenn man es sich genau überlegte, war er auf einmal realer als alles andere, was bisher passiert war. Bisher war ich vagen Ahnungen und den diffusesten Spuren nachgejagt, nur um immer wieder vor neuen Rätseln zu stehen. Aber Dylan war ein Mensch aus Fleisch und Blut, der mir schriftlich bestätigte, dass er über Ciara Bescheid wusste. Der mir heute Nacht, in wenigen Stunden, alles erklären könnte. Der die Fragen, die mir auf der Seele brannten, beantworten würde. Und egal, wie seine Antworten ausfallen würden, allein zu wissen, dass ich sie bekommen würde, änderte etwas. Ich musste mir nicht länger von anderen bestätigen lassen, dass ich mir das alles nicht nur ausdachte. Stattdessen musste ich mich darauf verlassen, dass das, was ich intuitiv fühlte, den Tatsachen entsprach.

Ich war mal Ciara gewesen. Als Ciara hatte ich Dylan geliebt. Nach Ciaras Tod war ich als Alice wiedergeboren – und die Jahre, die seitdem vergangen waren, hatten keine Spuren an Dylan hinterlassen. Er war derselbe wie damals. Was das genau bedeutete, würde ich bald erfahren. Wie verrückt das auch alles erschien, diesen Tatsachen musste ich mich stellen. Und das, was in mir langsam von Eingebung zu Wissen gereift war, musste ich nun erst mal selber verarbeiten, bevor ich anderen, selbst Bridget, davon erzählte.

Nachdem ich die Entscheidung getroffen hatte, alles erst mal für mich zu behalten, und nach etwa hundertmaligem Durchlesen des Briefes diesen schließlich auswendig kannte, setzte ich mich wieder an meinen Schreibtisch. Ich klappte die Bücher mit den Sagen über verzauberte Inseln zu und legte sie beiseite. Dann suchte ich nach der Ha'penny-Brücke im Internet. Als ich das Foto auf Wikipedia sah, wusste ich sofort, welche Brücke damit gemeint war. Ich hatte diese Fußgängerbrücke, die offiziell Liffey Bridge hieß, aber volkstümlich auf Grund der ehemals zu entrichtenden Fußgängermaut Ha'penny Bridge genannt wurde, schon öfter überquert – aber mich natürlich nie drum gekümmert, wie die Brücke hieß. Von der Ha'penny Bridge hatte ich wiederum auch schon gehört, den Namen aber nie mit dieser Brücke in Verbindung gebracht. Wenn man im Zentrum Dublins vom Stadtteil Temple Bar zum Bachelor's Walk gelangen wollte, dann überquerte man den Fluss Liffey, indem man über diese gusseiserne, weiß angemalte Fußgängerbrücke ging.

Man konnte sie fast schon ein Wahrzeichen Dublins nennen – sie war auch ein beliebtes Postkartenmotiv. Ich musste mich sehr darüber wundern, dass Dylan sich dort mit mir treffen wollte. Klar, ein einfacher Treffpunkt, aber doch ein bisschen sehr öffentlich, wenn man über geheime Dinge reden wollte, die angeblich gefährlich waren. Und dann noch mitten in der Nacht, anstatt tagsüber, wo wir in der Menge von Leuten versteckt sein würden, die täglich die Brücke überqueren. Während ich noch darüber nachgrübelte, klopfte es an meine Zimmertür.

Ich zuckte zusammen und klappte schnell meinen Laptop zu. »Herein«, sagte ich und drehte mich auf meinem Schreibtischstuhl um.

Es war Vera, die das Telefon in der Hand hielt. »Deine Mutter ist am Apparat.«

Ich lächelte ihr zu und nahm ihr das Telefon ab, das sie mir nun entgegenhielt.

»Hallo, Mama«, sagte ich, während Vera wieder aus meinem Zimmer verschwand.

»Hallo, Alice«, antwortete sie mir. »Wie läuft es mit dem Studium?«, fragte sie. Etwas in ihrem Tonfall ließ mich aufhorchen. Sie hörte sich ein wenig zu beschwingt an.

Wir plauderten über meine ersten zwei Wochen an der Uni. Ich hielt meine Antworten so vage wie möglich. Erstens wollte ich nicht, dass meine Eltern wussten, wie schwer mir das Studium fiel. Schließlich hatte es mich einiges an Überredung gekostet, überhaupt hier in Dublin studieren zu dürfen. Da wollte ich nicht, dass bei ihnen jetzt noch Zweifel aufkamen, ob das eine gute Idee gewesen war.

Zweitens beschäftigten mich momentan natürlich ganz andere Dinge. Ich konnte kaum erwarten, dass die Zeit endlich verstrich und ich zur Ha'penny Bridge aufbrechen konnte.

Meine Mutter merkte natürlich, dass ich recht zerstreut war. »Ist alles sonst in Ordnung bei dir? Kommst du gut mit den O'Tools klar? Gefällt es dir bei ihnen?«, fragte sie besorgt. »Alles bestens, Mama«, versicherte ich ihr. »Die O'Tools sind sehr nett und ich wohne gerne hier. Wie geht es eigentlich Papa?«, wechselte ich das Thema. Ich hatte bislang sowieso wenig mit meinen Eltern telefoniert. Ein paarmal hatte meine Mutter kurz angerufen, aber ich war immer so beschäftigt mit Lernen gewesen. Das einzige längere Telefonat, bei dem ich auch für ein paar Minuten mit meinem Vater gesprochen hatte, hatte stattgefunden, kurz nachdem wir aus Roundstone zurückgekommen waren. Und da war ich so damit beschäftigt gewesen, nicht verlauten zu lassen, dass wir in Connemara gewesen waren, oder mir anmerken zu lassen, wie sehr meine Laune nach der Pleite-Aktion an der Westküste im Keller war, dass ich gar nicht mehr genau wusste, über was wir überhaupt geredet hatten. Wenn ich mich recht erinnerte, dann hatten hauptsächlich meine Eltern gesprochen und mir erzählt, was meine ehemaligen Klassenkameradinnen so machten.

»Dein Vater«, meinte meine Mutter nach einer kurzen Stille tonlos, »der ist momentan nicht zu Hause.«

Ihrer Stimme nach zu urteilen, hatten sich die beiden wohl gestritten. Damit konnte ich mich jetzt nicht befassen, deshalb ließ ich mir lieber nicht anmerken, dass es mir überhaupt aufgefallen war.

»Ach so«, sagte ich daher betont fröhlich. »Wo ist der denn?«

»Er ist bei … einer Geburtstagsfeier von einem Kollegen«, antwortete meine Mutter.

Ihre Antwort erinnerte mich an etwas, sodass ich nicht länger darüber nachdachte, ob sie wirklich der Wahrheit entsprach oder nicht.

»Apropos Geburtstag«, sagte ich. »Papa erzählt doch jedes Jahr an meinem Geburtstag immer von dem Tag, an dem ich geboren wurde. Letztens kam in einem Seminar mal die Sprache auf unsere Namen, und manche meiner Kommilitonen konnten erzählen, wo ihr Name herkommt und wieso ihre Eltern ihnen den Namen gegeben hatten. Da fiel mir auf, dass ich das gar nicht weiß. Wieso haben du und Papa mich denn Alice genannt?«

Auch meine Mutter schien erleichtert, dass ich das Thema wechselte, als sie antwortete: »Das haben wir uns erst im Krankenhaus überlegt, dass wir dich Alice nennen wollen. Wie du ja weißt, ist kurz vor deiner Geburt der Blitz in die Eiche vor dem Fenster des Raums eingeschlagen, in dem ich gerade in den Wehen lag ...«

»Moment mal«, unterbrach ich sie. »Es war eine Eiche? Papa hat nie genau gesagt, was für ein Baum es war.«

»Ach so. Hmm. Doch, es war eine Eiche, daran erinnere ich mich genau. Ich lasse immer deinen Vater die Geschichte erzählen, denn in dem Moment war ich natürlich nicht so darauf konzentriert, was da draußen passierte. Doch in den Stunden davor hatte ich schon in dem Zimmer gelegen und oft aus dem Fenster geschaut. Die Eiche stand direkt vor dem Fenster, die konnte ich gut erkennen. Kurz vor deiner Geburt ging das Gewitter los, und ich erinnere mich an Blitze, die das ganze Zimmer erhellten, und das laute Geräusch, als der Baum draußen zersplittert ist. Und dann kamst du. Praktisch mit dem Donnergrollen.«

»Das erzählt Papa ja auch immer so. Und was war jetzt mit meinem Namen?«

»Ach so. Nachdem wir dich in der Welt willkommen geheißen hatten, hast du in deinem kleinen Bettchen geschlafen und ich durfte endlich auch ein wenig die Augen zumachen. Währenddessen ist dein Vater nach draußen gegangen, um sich die zersplitterte Eiche anzuschauen. Hinterher hat er mir erzählt, dass dort einige Menschen um den Baum herumstanden. Es war wohl ein Wunder gewesen, dass niemand verletzt worden war und nicht mal ein Fenster des Krankenhauses kaputtgegangen ist. Aber der Baum war hinüber. Anscheinend hat dein Vater sich dort mit mehreren Leuten unterhalten – er war ganz stolz auf die Geburt seiner kleinen Tochter.«

Es hörte sich für mich fast so an, als ob meine Mutter Tränen runterschlucken musste. Zumindest klang das, was sie sagte, sehr wehmütig. Ich wollte nicht, dass sie zu weinen anfing, also sagte ich schnell: »Mama, du machst es ja noch spannender als Papa, wenn er die Geschichte vom Blitz erzählt. Wie war das denn jetzt mit dem Namen?«

»Einer der herumstehenden jungen Männer hat ihn wohl gefragt, wie die neugeborene Tochter denn heißen würde. Daraufhin hat er geantwortet, dass wir uns da noch nicht ganz einig waren, und dass ein paar Namen in der engeren Auswahl standen, unter anderem auch Alexa. Da hat der Mann ihn wohl ernst angeschaut und gemeint: ›Wie wäre es denn mit Alice?‹ Dieser Name wäre uns nicht eingefallen. Aber dein Vater meinte, er blieb ihm einfach im Kopf hängen, und je mehr er darüber nachdachte, desto mehr gefiel ihm der Name. Nachdem ich aufgewacht war und man mir das kleine Würmchen in den Arm gelegt hatte, das du warst, da saß er neben dem Bett und erzählte mir davon. Und wir beide haben dich angeschaut, und fanden, dass Alice ein passender Name wäre.«

»Hm. Hat Papa gesagt, wie der junge Mann ausgesehen hat?«

»Nein, das hat er nicht gesagt. Ich weiß nicht, das ist jetzt ja auch schon recht lange her.«

Ich dachte kurz nach. Wenn ich zu lange auf der Sache herumritt, würde Mama wahrscheinlich noch misstrauisch werden und fragen, warum mir das auf einmal so wichtig war. Deshalb sagte ich: »Na ja, egal. Das nächste Mal, wenn ich anrufe, ist Papa vielleicht daheim. Dann kann ich ihn ja noch mal fragen, falls ich es bis dahin nicht vergessen habe.«

»Ja«, antwortete Mama leise. »Das nächste Mal, wenn er dann zu Hause ist …«

Wir redeten noch über ein paar mir völlig unwichtige Sachen, wie zum Beispiel Melindas Entscheidung, ihr Studium in Hamburg schon nach einer Woche Uni zu schmeißen. Trotzdem war ich hinterher ganz froh über die Ablenkung, denn nachdem wir uns voneinander verabschiedet hatten, musste ich immer noch genug Stunden ausharren, bis es Zeit war, mich auf den Weg zur Ha'penny-Brücke zu machen.

Ich vertrieb mir die Zeit damit, im Internet zu recherchieren. Zum ersten Mal hatte ich nun gehört, dass dieser Baum, in den bei meiner Geburt ein Blitz eingeschlagen hatte, eine Eiche war. Das machte mich stutzig. Nach dem Gespräch mit Dr. Brennan hatte ich mich über die Bedeutung der verschiedenen Bäume informiert, über die wir gesprochen hatten. Mir fiel wieder ein, dass der Professor etwas von der heiligen Eichenmistel gesagt hatte, und glaubte mich daran zu erinnern, dass ich im Zusammenhang über Druiden auch etwas über Eichen gelesen hatte.

Tatsächlich konnte ich online jetzt einiges darüber finden. Die Eiche war nicht nur ein heiliger Baum für Druiden, ›Druide‹ und ›Eiche‹ hatten dieselbe Wortherkunft. Die Silbe ›dru‹ bedeutete so viel wie hart, wahr, beständig, langlebig. Das Wort für Eiche hatte denselben Wortstamm – nicht überraschend, wenn man bedachte, dass die Eiche eben diese Eigenschaften besaß. ›Wid‹ bedeutete wissen oder verstehen. Je nach Interpretation bezeichnete der Name ›Dru-uides‹ also jemanden, der das Wissen der Eiche verstand, oder auch jemanden, der die Wahrheit sieht. Die Eiche wurde auch als Tor zur Anderswelt gesehen und die Druiden, die buchstäblich ja ›die Wahrheit kannten‹, also über Magie und die Anderswelt Bescheid wussten, beschützten das Geheimnis der Eiche. Sie waren demnach so etwas wie die Wächter der Eiche oder die Hüter der Geheimnisse der Anderswelt.

Natürlich gab es sonst rein gar nichts, das mit der Geschichte meiner Geburt verknüpft war, aber so langsam fiel es mir immer schwerer, an Zufälle zu glauben. Interessant fand ich auch noch, dass Blitze angeblich von Eichen angezogen wurden. Der Donnergott Taranis wurde in alten gallischen Darstellungen oft zusammen mit einer Eiche abgebildet, so las ich. Und ich musste unweigerlich an die deutsche Volksweisheit denken, an die man sich bei einem Gewitter erinnern sollte:»Buchen sollst du suchen, Eichen musst du weichen.« Im keltischen Volksmund war es die Stechpalme, die man suchen sollte, aber auch die Eiche, die den Blitz anzog und die man bei Gewitter besser mied. Wissenschaftlich wurde dieser Fakt damit begründet, dass die Eiche oft der größte Baum war.

Ich seufzte und klappte meinen Laptop zu. So würde ich nichts herausfinden – ich konnte nur hoffen, dass das Gespräch mit Dylan mich weiterbrachte. Ich wusste gar nicht, was ich ihn zuerst fragen oder wie ich ihm begegnen sollte. Das erinnerte mich daran, dass ich mich unbedingt noch umziehen wollte. Ich hatte vorhin Kaffee auf das gelbe T-Shirt gekleckert, das ich trug. Während ich im Schrank herumwühlte, um ein neues Shirt zu finden, bekam ich auf einmal Panik. Sollte ich noch mal duschen und mich schminken? Heute beim Treffen an der Uni wäre mir nicht in den Sinn gekommen, etwas anderes anzuziehen als Jeans, T-Shirt und meinen Parka – schließlich ging ich immer in einem solchen Outfit auf den Campus. Aber heute Nacht? War das eine Art Date? Sollte ich mich dementsprechend anziehen? Jetzt hatte ich kaum Zeit mehr dafür.

Ich holte tief Luft. Dylan hatte mich schon in meinen normalen Klamotten gesehen. Er hatte keinerlei Anzeichen gemacht, dass er sich irgendwie zu mir hingezogen fühlte. Warum auch immer ich, Alice, jetzt in dieser Situation steckte, und was auch immer an dieser Wiedergeburtssache dran war: Ich war nicht Ciara. Ich musste wieder an das Foto denken, das ich von ihr gesehen hatte. Das holte mich vollends wieder auf den Boden der Tatsachen zurück. Dylan hat das wunderschöne Mädchen geliebt – an sie konnte ich niemals heranreichen. Nur weil *ich* mich so an Dylan erinnerte, als ob ich ihn geliebt hätte – und, wenn ich ehrlich mit mir selber war, immer noch das für ihn empfand, das Ciara für ihn empfunden hatte – konnte ich nicht dasselbe von ihm erwarten.

Trotzdem zwang ich mich dazu, ein schönes fliederfarbenes T-Shirt herauszusuchen, von dem ich wusste, dass es mir gut stand. Die Jeans ließ ich aber an. Ich hatte noch einen schönen dunkelgrauen Blazer, den ich statt des Parkas anziehen würde. Dann trug ich – fast zum Trotz – silbernen Lidschatten und Mascara auf. Schließlich bürstete ich mir noch die Haare. Dann war es auch schon Zeit, sich auf den Weg zur Ha'penny-Brücke zu machen. Ich ging zu Fuß: Vom Haus der O'Tools, die ganz in der Nähe des Trinity Colleges wohnten, waren es keine zehn Minuten bis zur Brücke.

Kurz vor Mitternacht war immer noch viel los in Dublin. Touristen und Studenten tummelten sich auf den Straßen, aber die meisten waren im Viertel Temple Bar unterwegs; am Fluss Liffey wurde es dann ruhiger. Ich verlangsamte meinen Schritt, als ich auf die Brücke zuging. Ich hatte sie noch nie so genau betrachtet und schon gar nicht bei Nacht. Das gusseiserne Geländer und die viktorianisch anmutenden Bögen mit den Laternen in der Mitte waren weiß angemalt. Die Laternen brannten jetzt natürlich, wo es dunkel war. Ich erinnerte mich plötzlich daran, dass mir jemand erzählt hatte: Wenn sich zwei Liebende unter der Laterne in der Mitte der Brücke küssten, währte ihre Liebe ewig. Mein Herz klopfte auf einmal schneller. War das vielleicht der Grund, warum Dylan mich heute Nacht hergebeten hatte? Nein, das war kein romantisches Stelldichein, schalt ich mich schnell, bevor ich mich irgendwelchen albernen Träumereien hingeben konnte. Dylan hatte mich nicht ein einziges Mal so angeschaut, wie er Ciara in meinen Träumen und Erinnerungen anschaute. Nicht mal im Entferntesten. Sein Brief war sachlich gewesen – es war ganz sicher kein Liebesbrief. Im Gegenteil, es hörte sich an, als ob es einfach notwendig war, dass wir uns trafen, weil er mir die Situation erklären musste, mich vor etwas warnen musste.

Langsam betrat ich die Brücke und ging fast trotzig bis zur Mitte, um mich unter die Laterne dort zu stellen. Von Dylan war keine Spur zu sehen. Es war bestimmt schon Mitternacht. Ob er wohl nicht kommen würde? Ich schaute von der Brücke auf das nächtliche Dublin. Unter mir plätscherte der Fluss; das silberne Mondlicht wurde auf den leisen und seichten Wellen reflektiert. In der Ferne konnte ich Liberty Hall erkennen, das höchste Gebäude der Stadt. Mit der New York Skyline konnte Dublin sicher nicht mithalten und ich hatte mich nicht auf den ersten Blick in die irische Hauptstadt verliebt, aber der Anblick hatte doch etwas. So langsam fing ich an, mich in der Stadt richtig wohlzufühlen. Ich hörte Schritte und blickte in die Richtung, aus der das Geräusch kam. Im dunklen Schatten zwischen den Laternen konnte ich nur eine Gestalt erahnen. Sie blieb stehen. Ich trat nervös von einem Fuß auf den anderen. Eben noch hatte ich ein ganz heimeliges Gefühl gehabt, doch nun wurde mir etwas bange. Wer wusste schon, wer sich um Mitternacht hier so herumtrieb – hätte ich überhaupt alleine kommen sollen? Fröstelnd zog ich meinen Blazer enger um mich. Es war schon Oktober, aber ich hatte ja so eitel sein müssen und meine wärmere Jacke zu Hause gelassen. Ich trat einen Schritt vor, aus dem Licht der Laterne, die mich etwas blendete. Erleichtert erkannte ich, dass die Gestalt Dylan war. In diesem Moment sagte er mit heiserer Stimme:

»Ciara.«

kapitel sechzehn

Für einen langen Augenblick konnte ich gar nichts sagen. Stattdessen ging ich auf Dylan zu, so als ob meine Beine ihren eigenen Willen hätten. Als er direkt vor mir stand, konnte ich endlich die Emotionen in seinem Gesicht lesen, die ich bisher vermisst hatte. Er betrachtete mich nicht mehr gleichgültig und nüchtern, sondern mit einer Mischung aus leidenschaftlicher Begierde und unendlicher Traurigkeit. Doch dieser Ausdruck verschwand sofort, als auch er mich richtig erkennen konnte. Ich verstand sofort, ohne darüber nachdenken zu müssen, was in Dylan vorging. Ciara löste diese Gefühle in ihm aus, aber ich, Alice, war ihm sicher ganz egal, er kannte mich ja kaum. Die blinde Hoffnung, in mir Ciara zu finden, hier, an diesem magischen Ort und dieser magischen Zeit, hatte ihn dazu veranlasst, diese Gefühle zuzulassen, aber als er gewahr wurde, dass ich nur die gewöhnliche Alice war und nicht die bildhübsche Ciara, da war der Moment vorbei. Sofort glättete sich seine Miene wieder.

In meinem Gesicht mussten sich aber Enttäuschung und Schmerz deutlich abzeichnen. Ich drehte mich weg und blickte wieder zur O'Connell-Brücke und dem Liberty-Hall-Gebäude rüber. Ich hatte mir tausend Fragen zurechtgelegt, und ich wusste, unsere Zeit war begrenzt, aber ich musste mich erst mal wieder sammeln.

Dylan schaffte es vor mir, Kontrolle über sich zu gewinnen. »Hallo Alice«, sagte er.

Ich zwang mich dazu, die Tränen, die mir in den Augen brannten, zurückzuhalten und atmete tief ein. Jetzt war nicht der Augenblick dafür; die kostbare Zeit durften wir nicht vertun. Später, später konnte ich mein Kissen nassweinen. Ich räusperte mich und drehte mich zu ihm um.

»Dylan«, sagte ich. »Danke, dass du dich mit mir triffst.«

Er nickte nur.

Ich wollte schon ansetzen, meine endlose Liste von Fragen herunterzurattern, als er mir zuvorkam.

»Es gibt vieles, über das wir reden müssen, und es geht nur hier und nur in dieser einen Stunde – warum, erkläre ich dir später. Deshalb muss ich abwägen, was ich dir hier heute erzähle, was am Wichtigsten ist. Dazu muss ich wiederum wissen, was du schon weißt.« Seine grünen Augen blickten mich so nüchtern an, als ob es sich hier um eine Business-Transaktion handeln würde. Die leichte Brise wehte ihm eine widerspenstige Locke in die Stirn. Ich spürte ein dumpfes Stechen in der Brust, als ich mich daran erinnerte, wie ich ihm diese Locke am Strand an der Küste Connemaras aus der Stirn gestrichen hatte. Jetzt musste ich es mir verbieten, dem Impuls nachzugeben, und es tat so weh.

Nicht ich, sondern Ciara hatte das getan, wies ich mich selbst zurecht. Ciara war so real für mich, da sie schließlich tatsächlich Teil von mir war, aber jetzt musste ich sie mir einfach so wie eine Romanfigur oder die Protagonistin in einem Film vorstellen, mit deren Handlungen ich mitfühlen konnte, mit der ich mich identifizieren konnte – die ich aber selber nicht war. Nur so würde ich diese Begegnung mit Dylan überstehen. Ich musste mich von diesem anderen Ich distanzieren. Das half.

In wenigen Worten fasste ich für Dylan meine Geschichte zusammen: Wie ich nach dem Koma im Krankenhaus aufgewacht war und plötzlich eine andere Sprache gesprochen, mich wie eine andere Person gefühlt hatte. Wie diese Träume und Erinnerungen an Ciara mich nicht in Ruhe gelassen hatten – romantische Einzelheiten ließ ich natürlich aus, ich schilderte nur ganz sachlich, dass er darin vorgekommen war und dass mir klar war, dass Ciara und er verliebt gewesen waren. Ich belastete ihn auch nicht mit Details über meine Eltern, meine Identitätskrise, die O'Tools und Bridget, sondern erzählte Dylan bloß, dass alles dazu geführt hatte, dass ich jetzt am Trinity College studierte. Dann verwendete ich etwas mehr Zeit auf unsere Nachforschungen in Roundstone, weil ich das Gefühl hatte, dass wichtig war, was wir dort erfahren hatten und was uns verborgen geblieben war. Als ich darauf zu sprechen kam, wie ich ihn während des Gewitters gesehen hatte und ihm nachgelaufen war, beobachtete ich seinen Gesichtsausdruck ganz genau. Aber er ließ sich keine Gefühlsregung anmerken. Von Dr. Brennan und den Deutungen des Hexenbeutels sagte ich nichts. Überhaupt versuchte ich, jegliche Interpretationen außen vor zu lassen und mich an die Fakten zu halten.

Das gelang mir ganz gut, aber erst als ich damit fertig war, bemerkte ich, dass mir leise die Tränen die Wangen herunterkullerten. Beschämt wischte ich sie mir mit dem Ärmel des Blazers weg. Ich wandte mich ab und schaute wieder auf den Fluss, der immer noch im gleichen gemächlichen Tempo unter der Brücke hindurch floss, als ob sich nichts verändert hatte.

Dann tat Dylan etwas völlig Unerwartetes. Er kam einen Schritt näher und nahm mich in den Arm. »Es tut mir so leid«, flüsterte er. »Die letzten Monate müssen die Hölle für dich gewesen sein.« Seine Stimme war heiser und ich konnte seinen Atem an meiner Wange spüren. Hier wurde er nun wahr, mein größter Wunsch; Dylan so nahe zu sein, seine Arme um mich, seinen warmen Körper gegen meinen gepresst zu spüren. Der Geruch von grünem Grass und salziger See, der ihm so eigen war, und den ich liebgewonnen hatte, verstärkte nur noch diese seit Langem gehegte Sehnsucht, mich an ihn schmiegen zu wollen. Die Erfüllung meiner Träume war zum Greifen nah, doch ich konnte der Versuchung nicht nachgeben. Denn statt mich Ciaras Gefühlen hinzugeben, wurde ich auf einmal stinkwütend.

Ich riss mich los. »Du hast doch die ganze Zeit gewusst, dass ich das alles durchmache«, blaffte ich ihn an. »Ich habe keine Ahnung seit wann, weil mir niemand erzählt, was hier eigentlich los ist, aber doch wohl mindestens, seitdem du mich in Roundstone gesehen hast. Wieso sonst sollte ich denn dort gewesen sein, wenn nicht wegen Ciara?«

Dylan schaute mich verblüfft an. Diese Reaktion hatte er eindeutig nicht erwartet.

»Und wir haben im ganzen Ort herumgefragt. Du wärst wohl nicht zum Cottage gekommen, wenn du nicht davon erfahren hättest. Ich weiß zwar immer noch nicht, was du genau mit der Sache zu tun hast. Aber eins weiß ich ganz sicher: Du hättest mir schon längst sagen können, wer du bist und was mit mir vor sich geht. Du hättest mich von der quälenden Ungewissheit erlösen können, warum ich mich wie zwei verschiedene Personen fühle. Jetzt tauchst du auf einmal wie aus heiterem Himmel auf, gibst erst mal vor, dass du mich nicht kennst, kommst mir dann mit dieser Geheimniskrämerei – und stürzt mich damit noch mehr ins Gefühlschaos. Tu nicht so, als ob ich dir leidtue. Ich bin dir doch völlig egal.«

Mittlerweile war meine Stimme laut geworden und obwohl niemand sonst auf der Brücke war, schaute sich Dylan beunruhigt um. »Psst, Alice, sei leise.« Er legte seine Hand auf meinen Arm, doch ich schlug sie verärgert weg.

»Fass mich nicht an. Ich habe genug vom Rätselraten. Ich will jetzt endlich wissen, was los ist. Du erklärst es mir auf der Stelle!«

Dylan war immer noch sichtlich überrumpelt. Ciara hatte wohl anscheinend nicht zu Wutausbrüchen geneigt, dachte ich dumpf. Schön für sie, erinnerte ich mich an meinen Entschluss, mich von ihr zu distanzieren. Das war wohl eine der Eigenschaften, die uns unterschied. Also verdrängte ich weiterhin Schmerz und Enttäuschung und konzentrierte mich auf die Wut. Das schien ganz gut zu funktionieren. Wir starrten uns eine Weile schweigend an. Und zum ersten Mal wurden meine Knie nicht weich, als ich in seine Augen blickte. Ich war nicht diejenige, die als Erste wegschaute, und das Gefühl des Triumphs breitete sich in mir aus.

»Also schön«, sagte Dylan schließlich. »Dann beginne ich am besten mit der Geschichte von Ciara und mir. Wie du schon erfahren hast, ist Ciara in Clifden geboren. Als ihre Eltern starben, zog sie zu ihrem Onkel nach Roundstone. Da war sie sechzehn, der Krieg war gerade vorbei. Sie hatte schon immer eine gute Beziehung zu ihrem Onkel gehabt, was sicherlich auch damit zu tun hatte, dass er ihr das Zeichnen beigebracht und sie immer ermutigt hatte, etwas aus ihrer Begabung zu machen. Ihre Eltern, die nicht gerade wohlhabend waren, hatten es als Zeitverschwendung abgetan. Sie hatten nicht viel Verständnis für das Talent ihrer Tochter gezeigt und dementsprechend war Ciaras Verhältnis zu ihren Eltern nicht besonders innig gewesen. Was nicht heißen soll, dass sie nicht zu Tode betrübt gewesen war, als sie beide bei einem Unfall ums Leben kamen. Doch ihr Onkel und das Zeichnen gaben ihr wieder Lebensmut.«

Was Dylan erzählte, kam mir tatsächlich nicht wie meine eigene Geschichte vor. An diese Begebenheiten konnte ich mich gar nicht erinnern, mit diesen Gefühlen konnte ich gar nichts verbinden. Das gab mir zu denken, aber jetzt war nicht die Zeit, mich damit auseinanderzusetzen. Ich würde später darüber nachdenken müssen.

»Ciara war das schönste Mädchen, das in Roundstone, ja ich würde behaupten in ganz Connemara jemals rumlief«, fuhr Dylan träumerisch fort.

»Das kann ich mir vorstellen«, sagte ich. »Ich habe ein Foto gesehen.«

Er schaute mich überrascht an. »Es gibt ein Foto?«

Ich nickte nur. Bei der Erinnerung daran, musste ich unweigerlich wieder den Vergleich ziehen. Kein Wunder, dass Dylan nicht dieselben Gefühle für mich aufbringen konnte: Ich war lediglich eine blasse Kopie der schönen Ciara.

»Tja, da kannst du dir ja vorstellen, wie sie den armen Jungs und Männern in Roundstone den Kopf verdreht hat. Aber zuerst, als sie noch mit der Trauer um ihre Eltern kämpfte, bemerkte sie gar nichts davon. Und als sie sich – dank ihrer Malerei – wieder von dem Schock erholt hatte, da war sie viel zu sehr auf ihre Kunst konzentriert, als dass sie Interesse daran gehabt hätte, für jemanden im Ort Hausfrau zu spielen. Und dann traf sie mich.«

»Und wer bist du?«, fiel ich ihm ungeduldig ins Wort.

Er schaute mich für einen Augenblick nachdenklich an, so als ob er noch einmal gründlich abwägen würde, was er mir verraten könnte. Im Nachhinein dachte ich, dass er in dem Moment wohl auch abwog, wieviel Wahrheit ich überhaupt vertragen würde. Anscheinend fand er, ich wäre in der Lage, das folgende, wirklich Unglaubliche zu verarbeiten.

»Ciara und ich haben uns zum ersten Mal am Strand getroffen, als wir beide dort spazieren waren. Wir kamen ins Gespräch – es war Liebe auf den ersten Blick. Für uns beide. Und wir wussten auch sofort, dass der andere genauso fühlte. Es gab keine Phase des langsamen Kennenlernens, des Annäherns, und ich musste nicht um sie werben. All das fiel einfach weg. Wir sprachen sofort offen über unsere Gefühle, spielten keine Spiele, hatten keine Angst, abgewiesen zu werden. Ein paar Mal trafen wir uns am Strand – dort gab es nur uns. Die Welt um uns herum schien nicht zu existieren. Deshalb interessierte sie uns anfänglich auch gar nicht.«

Da waren sie: meine Erinnerungen und Träume. Als Dylan von ihnen erzählte, da erlebte ich sie so intensiv, als wäre ich wirklich da gewesen. Auf einmal wusste ich ohne Wenn und Aber: Das war ich auch. Ich war wirklich dagewesen, hatte diese Liebe erlebt. Das Gefühl war so intensiv, dass ich fast vergaß, Luft zu holen. Aber ich konnte mich wieder fangen, als Dylan anfing, von sich zu erzählen.

»Als Ciara mich schließlich doch fragte, wo ich herkomme und was ich mache, da konnte ich sie einfach nicht anlügen. Ich musste es ihr sagen. Ich bat sie, sich hinzusetzen. Wir setzten uns also in den Sand und ich hielt ihre Hand. Sie starrte die ganze Zeit nur auf die ruhige blaue See, schaute mich nicht ein einziges Mal an. Aber ihre Hand zog sie nicht weg, deshalb erzählte ich immer weiter. Was ich dir auch jetzt erzähle.«

Dylan atmete tief ein. Zögerlich nahm er meine Hand. Ich ließ ihn gewähren, doch ich blickte nicht auf den Fluss, sondern sah ihn stur an. Und als er davon erzählte, kam Ciaras Erinnerung zu mir zurück. Genau in dem Moment. Es war, als ob ich gleichzeitig dort in der Sonne am Strand von Connemara saß und hier auf der nächtlichen Ha'penny-Brücke stand. Ich wusste hinterher nicht einmal mehr, ob Dylan auf der Brücke tatsächlich genau dieselben Worte gewählt hatte wie damals, es schien mir unwahrscheinlich, aber trotzdem war es fast so, als hörte ich Dylan in Stereo. Die Stimme in Connemara war etwas leidenschaftlicher, lebendiger. In seiner Stimme in Dublin schwang ein Hauch Traurigkeit mit und die Melancholie ließ sie deshalb etwas träger wirken. Dadurch war sie einen Tick zeitverzögert zur Connemara-Erzählung. Der Effekt war schräg und etwas unheimlich – was angesichts Dylans Geschichte in dem Moment aber völlig unterging.

»Ich komme nicht aus dieser Welt«, begann Dylan also, »sondern aus der Welt, die bei den Menschen als Anderswelt bekannt ist. Ich gehöre zu den Sidhe, den Feen, die von den Túatha Dé Danann abstammen. Vor vielen, vielen Jahren eroberten die Milesier diese Welt und die Túatha Dé Danann zogen sich daraufhin in die Anderswelt zurück. Aber die Beziehung zwischen uns und den Bewohnern dieser Welt war und ist symbiotisch. Früher waren die Menschen hier in Irland sich dieser Tatsache viel mehr bewusst als heute. Es entstanden Sagen und Mythen – was heute noch überliefert ist, enthält oft zumindest ein Körnchen Wahrheit, aber natürlich wurde auch vieles ausgeschmückt und geändert.

Früher wurden viel mehr Menschen mit in die Anderswelt genommen als heute. Sidhe in dieser Welt haben es oft nicht für nötig gehalten, sich als Menschen zu tarnen. Aber heutzutage ist das viel zu gefährlich geworden. Warum, erzähle ich ein anderes Mal. Fakt ist, dass heutzutage viele von uns in eurer Welt wandeln, aus verschiedenen Gründen hier sind, aber sich als Menschen ausgeben. Einer der Aspekte der wechselseitigen Beziehung zwischen unseren Welten, von der ich vorhin gesprochen habe, ist, dass wir euch brauchen, um sterben zu können. Es stimmt, dass Feen in der Anderswelt nicht altern wie Menschen.«

Von diesem Mythos hatte ich natürlich schon gehört – die Bücher, die ich in Roundstone gekauft hatte, waren voll davon. Feen waren praktisch unsterblich. Doch wollte mir Dylan etwa damit sagen, dass er … Bevor ich den Gedanken zu Ende denken konnte, fuhr Dylan genau damit fort:

»Wir können theoretisch unsterblich sein, aber auch wenn sich das im Wunschdenken der Menschen toll anhört: Das ist es nicht. Irgendwann hat jeder einmal genug gelebt. Jeder ist irgendwann buchstäblich ›lebensmüde‹. Wenn wir nach vielen Jahren bereit sind, eines natürlichen Todes zu sterben, dann müssen wir das in eurer Welt tun. So machen wir es seit ewigen Zeiten, das ist unsere Tradition. Wir werden in einem Kind auf Erden wiedergeboren und dann sterben wir, sobald dieser Mensch stirbt. Damit ist unsere Reise zu Ende. Diese Kinder werden in der Mythologie Wechselkinder genannt. Manchmal wird unsere Essenz oder Seele, oder wie auch immer man es nennen mag, nicht direkt bei der oder nach der Geburt übertragen, sondern etwas später, und die Eltern merken den Unterschied. In den Sagen wird gemeinhin beschrieben, dass tatsächlich ein Wechsel stattgefunden hat: Das Baby wird von den Feen gestohlen und in die Anderswelt entführt; an seiner statt wird eine Fee zurückgelassen. In den Legenden ist das manchmal ein Feenkind, manchmal ein Sidhe, der sich durch einen Zauber als Baby ausgibt.«

Das Einzige, woran ich denken konnte, war *Ein Sommernachtstraum* von Shakespeare. Wir hatten es vor noch gar nicht so langer Zeit im Englisch-Unterricht durchgenommen. Das hatte gar nichts mit uns zu tun, aber so sehr ich mich auch anstrengte, ich hatte immer nur Titania und ihr indisches Menschenkind, das sie in die Anderswelt entführt hat, vor meinem geistigen Auge. Ich schüttelte das Bild ab und konzentrierte mich so gut ich konnte auf Dylans Worte.

»Aber in Wahrheit findet kein physischer Wechsel statt. Das Feenwesen ist im Baby wiedergeboren, aber das Kind, seine Persönlichkeit, die existiert auch noch. Es ist nicht der böse Kobold, der jetzt für das aggressive Verhalten des Kindes zuständig ist, von dem in den Sagen über Wechselkinder immer berichtet wird; diese Kinder sind oft einfach innerlich im Konflikt mit sich selbst und daher verhaltensauffällig. Dazu gibt es viel zu erzählen. Aber halten wir uns damit jetzt nicht auf.

Das, was du wissen musst, ist, dass jeder der Sidhe eine Aufgabe hat, der er nachgeht. Eine Art Berufung. Meine Berufung ist die: Ich bin *Dealan*, der Blitz. Ich bin dafür verantwortlich, dass diese alten Sidhe sterben können, dass ihre Essenz in einem Menschen wiedergeboren wird. Das geht nur mit meiner Energie. Ich lenke die Energie durch einen Blitzeinschlag, während eines Gewitters. Das jetzt ausführlich zu erklären, ginge zu weit, aber um es zusammenzufassen: Der Blitz schlägt in einen magischen Baum ein, eine Eiche, die sich in der Nähe des Kindes befindet. Die Essenz habe ich in einem Gefäß – sie daran zu binden, ist die Aufgabe eines anderen. Durch die freigesetzte Energie gelangt die Essenz ins Menschenkind und so kann es zur Wiedergeburt der Fee kommen.

Ich wandere durch diese Welt, um Orte und Personen zu finden, die sich dafür eignen, dass einer von uns sein letztes Leben hier in dieser Welt leben und beenden kann. Vieles muss zusammenkommen, dass das geschehen kann. Die Sterne müssen dafür in richtiger Konstellation stehen. Das richtig zu deuten, dabei hilft mir eine Fee namens Realta. Sie ist nicht die Einzige mit dieser Berufung. Ich bin auch nicht der einzige *Dealan*, und Coimeádaí ist nicht der einzige Hüter der Seelen. Aber wir müssen zu dritt zusammenarbeiten, denn so wird verhindert, dass einer von uns seine Fähigkeiten für eigene Zwecke ausnutzt. Die Versuchung ist manchmal groß. Denn ich darf hier, in dieser Welt, nicht bleiben. Ich gehöre in die Anderswelt. Verbindungen zwischen den Welten unterliegen Regeln und die wurden in den letzten Jahrzehnten immer strenger – zu unserem eigenen Schutz. Eine Liebe wie unsere darf nicht existieren, Ciara.«

Als er mit Ciara endete, entzog ich ihm meine Hand. Wie gebannt hatte ich ihm zugehört, als er die Geschichte wiedergab, die ich als Ciara schon mal gehört hatte. Doch als er mich jetzt Ciara nannte, da war der Bann gebrochen. Denn die Implikationen seiner aberwitzigen Geschichte waren mir natürlich sofort klar geworden, schon während er erzählte: Die Geschichte meiner Geburt, wie der Blitz in die Eiche einschlug, all das ergab jetzt Sinn. Er hatte Ciaras Essenz in mir wiedergeboren. Aber halt, stopp. Ich fuhr mir mit der Hand durch die Haare. Ciara war keine alte Sidhe, die ihr Leben beendete. Ciara war ein Mensch gewesen. Und ich, ich war Alice. Was geschah nun mit mir – ich fühlte mich missbraucht, als sei mein Körper, meine Seele nur ein Wirt für Ciara. Doch wie ... Die Verwirrung stand mir wohl ins Gesicht geschrieben. Dylan hob beschwichtigend die Hände. »Ich weiß, ich weiß, vieles davon bedarf weiterer Erklärungen. Aber wir haben jetzt keine Zeit dafür. Ich muss dir unbedingt noch etwas sagen, und es schlägt gleich eins.«

Ich wollte ihm schon ins Wort fallen, wollte ihm sagen, dass mir das völlig egal war, dass ich wissen musste, was er mit mir angestellt hatte. Doch Dylan ließ mich nicht zu Wort kommen. Er trat ein paar Schritte zurück.

»Alice, die Frau, die bei euch den Hexenbeutel hinterlassen hat, Maggie, wie du sie nennst. Ihre Aufgabe ist es, zu überwachen, dass hier in dieser Welt niemand von uns Sidhe seine Macht missbraucht. Was ich getan habe – was ich Ciara und dir angetan habe – das war falsch. Ich hätte es nicht tun dürfen. Und ich muss dafür bezahlen. Dein Leben ist deshalb in Gefahr. Denn wenn wir beide Maggie und noch mächtigere Sidhe nicht davon überzeugen können, dass du Ciara wieder vergisst, dass mein Versuch, Ciara in dir wieder auferstehen zu lassen, erfolglos war, dann musst du um dein Leben fürchten. Also bitte, lass nichts weiter davon verlauten. Und nimm dich vor Maggie in Acht.«

Er ging noch ein paar Schritte zurück und war dabei, sich umzudrehen, als er mir zurief: »Morgen um Mitternacht auf der Brücke sprechen wir weiter.« Dann lief er schnellen Schrittes von der Brücke, während ich die Kirchenglocken ein Uhr schlagen hörte.

Mit offenem Mund blieb ich auf der Brücke stehen. Ich schüttelte mich. Hatte ich mir das gerade eingebildet oder war das wirklich geschehen? Ich schaute meine Hand an, die immer noch wie Feuer brannte von Dylans Berührung. Nein, es war real gewesen. Ich kam gar nicht dazu, Dylans Erklärung für verrückt zu halten. Die Erinnerung an den Nachmittag, als er zu Ciara am Strand von Roundstone dasselbe gesagt hatte, verriet mir instinktiv, dass seine Erklärung der Wahrheit entsprach.

Als ich dann also durch das nächtliche Dublin spazierte, war es nicht Dylans Geschichte, die mir keine Ruhe ließ. Damit wurde ich fertig. Ja, so unglaublich und märchenhaft wie sie sich anhörte, es war endlich eine Erklärung. Es ergab auf bizarre Weise Sinn. Worüber ich aber nachgrübelte, bis sich der Himmel rot färbte und mir die Füße wehtaten, war, wieso meine Erinnerungen an Ciara so selektiv erschienen. Ich kannte nur einen Teil von ihrem Leben: ihre Erlebnisse mit Dylan. Die Erinnerung an diese war dafür umso intensiver. Doch, fiel mir ein, auch die Zeichnungen – also ihre andere Leidenschaft – waren irgendwie bei mir geblieben. Aber zu ihrem Leben in Clifden hatte ich gar keinen Bezug. In welchem Maße waren Ciara und ich verbunden und inwieweit war ich noch Alice?

Jetzt hatte ich mich eins zu eins an den Moment erinnert, als Dylan Ciara sein Geheimnis verriet. Ich konnte mich in Ciara perfekt einfühlen; genau wie ich mich in ihre Liebe zu Dylan hatte hineinfühlen können. Ich fühlte, was sie gefühlt hatte.

Aber zum ersten Mal konnte ich *ihre* Gefühle von *meinen* abgrenzen. Ein ganz ekelhaftes Gefühl im Innern, so als ob das Herz in zwei Hälften gerissen wird. Sie war erst ungläubig, dann geschockt und schließlich bestürzt gewesen. Sie wollte es nicht wahrhaben. Ich, Alice, hatte eine größere Akzeptanz für Dylans Geschichte, hatte sie nicht infrage gestellt. Vielleicht mochte das daran liegen, dass ich, ungleich Ciara, in den letzten Monaten selbst einige unglaubliche Sachen erlebt hatte.

Dann strengte ich mich an, an meine Erinnerung an dieses Gespräch anzuknüpfen. Ich musste mich doch auch daran erinnern können, was danach passiert war. Was Ciara dazu bewogen hatte, ins Meer zu gehen. Aber es wollte und wollte mir nicht gelingen.

Mit Schrecken stellte ich fest, wie spät es schon war, als ich die Morgendämmerung bemerkte. Ich ging schnellen Schrittes zum Haus der O'Tools zurück und hoffte inständig, dass meine Abwesenheit heute Nacht nicht bemerkt worden war.

Ganz vorsichtig steckte ich den Schlüssel ins Schloss der Haustür und versuchte, so lautlos wie möglich im Dunkeln durch den Hausflur die Treppe hochzuschleichen. Ich war gerade auf der obersten Treppenstufe angekommen, da hörte ich ein Geräusch unten an der Haustür. Hatte ich vielleicht im Bemühen darum, möglichst leise zu sein, die Tür zu sachte zugedrückt? War das Schloss nicht richtig eingerastet und die Tür durch einen Windstoß wieder aufgegangen? Ich fluchte stumm und ging die Treppe wieder ein paar Stufen runter. Da war doch jemand, jetzt konnte ich es eindeutig hören! Aber im Flur war es richtig dunkel und ich konnte mich jetzt gar nicht wirklich mehr orientieren, wo der Lichtschalter war. Ich wagte es kaum, zu atmen. Aber mein Herzschlag dröhnte so laut; die Person, die mir wahrscheinlich ins Haus gefolgt war, hörte ihn bestimmt. Vorsichtig streckte ich meine Hand aus, in die Richtung, in der ich den Lichtschalter vermutete. Da berührte meine Hand etwas Weiches, das eindeutig zwischen mir und der Eingangstür stand. Gottseidank war ich so erschrocken, dass mir der Schrei im Halse stecken blieb, sonst hätten Vera und der Prof mich sicher gehört und wären in den Flur gekommen, um nachzuschauen, was Sache war. Auch der Einbrecher sog nur scharf den Atem ein. Bevor ich weiter handeln konnte, wurde ich auf einmal von einem schwachen Lichtschein geblendet.

»Alice, bist du das?«, zischte die ›Einbrecherin.‹

Es war Bridget! Sie hatte ihr Handy aufgeklappt, das sie wohl gerade in der Hand gehalten hatte, und die Display-Beleuchtung sorgte nun dafür, dass wir beide erleichtert feststellen konnten, wer uns da gerade fast einen Herzinfarkt verursacht hatte.

»Bridget«, flüsterte ich. »Mensch, wo kommst du denn um die Uhrzeit her?«

Sie musterte mich kurz im fahlen Lichtschein und meinte: »Das könnte ich dich ja auch fragen. Ich … äh … hatte mich noch mit einer Freundin von der Theater AG bei ihr in ihrer WG getroffen und wir haben uns voll verquatscht.«

Vielleicht lag es am Licht des Handy-Displays, aber ich hätte schwören können, dass Bridget rot anlief. Doch ich hatte genug damit zu tun, mir selber nicht anmerken zu lassen, dass ich flunkerte.

»Ich konnte nicht schlafen und brauchte frische Luft. Da habe ich einen Nachtspaziergang gemacht.« Das war ja eigentlich nicht wirklich gelogen.

»Ach so«, meinte Bridget überraschenderweise. Ich hatte eigentlich eine Predigt erwartet, dass es nicht überall in Dublin sicher für ein junges Mädchen war, mitten in der Nacht einen Spaziergang zu machen. Aber Bridget hatte es wohl selber so eilig, meinen weiteren Fragen zu entkommen, dass ich gar nicht in die Verlegenheit geriet, mich weiter rechtfertigen zu müssen – und mich so Gott sei Dank auch nicht direkt weiter damit beschäftigen musste, ob ich Bridget mitteilen sollte oder konnte, was ich heute erfahren hatte.

Sie klappte ihr Handy wieder zu und huschte schnell die Treppe rauf. »Ich bin total müde«, sagte sie leise. »Gute Nacht, Alice.«

»Gute Nacht, Bridget«, antwortete ich zerstreut und verschwand in meinem Zimmer, zu sehr mit meinen eigenen Problemen beschäftigt, um mich zu wundern, wieso Bridgets Locken um einiges verstrubbelter wirkten als gewöhnlich.

kapitel siebzehn

Nur mit Mühe gelang es mir, ein Gähnen zu unterdrücken. Ich merkte, dass ich Bridget gar nicht mehr richtig zugehört hatte, seit wir uns Kaffee zum Mitnehmen geholt und das Café verlassen hatten. In den letzten Tagen hatte ich kaum Schlaf abbekommen. Um vor Mitternacht noch ein bisschen die Augen zuzumachen, war ich immer viel zu nervös. Und nach meinen Gesprächen mit Dylan auf der Ha'penny-Brücke konnte ich oft nicht sofort nach Hause, geschweige denn einschlafen, denn die Dinge, die mir Dylan berichtete, ließen mich meist in einem sehr aufgewühlten Zustand zurück. Fast noch aufwühlender war es aber, überhaupt Dylan jede Nacht zu sehen und mit ihm zu reden. Ihm durch unsere gemeinsame Verbindung mit Ciara so nahezukommen. Ich wusste manchmal gar nicht, was mein Herz schneller schlagen ließ: sein Anblick oder die unglaublichen Dinge, von denen er mir berichtete. Tagsüber musste ich zur Uni und lernen. Das Wochenende hatte ich notgedrungen in der Bibliothek verbracht. Nur selten war es mir gelungen, ein oder zwei Stunden Mittagsschlaf unterzubringen.

So konnte es nicht weitergehen, dachte ich mir gerade, als Bridget Belangloses über Computer erzählte – irgendwie plapperte sie in letzter Zeit, wenn wir uns sahen, immer ohne Punkt und Komma; da war es leicht für mich abzudriften. Das schien sie gar nicht zu stören, geschweige denn zu merken. Aber Sinn und Zweck einer

Freundschaft war das ja nicht, dass man sich gegenseitig gar nicht zuhörte. Und das Studium war schwierig genug für mich. Ich konnte es mir einfach nicht leisten, dauernd so unaufmerksam und unkonzentriert zu sein. Aber momentan waren die mitternächtlichen Treffen unsere einzige Möglichkeit, uns zu unterhalten. Dylan hatte es mir bei einem unserer nächtlichen Stelldichein erklärt: Die Sidhe ließen heutzutage nicht mehr mir nichts, dir nichts Menschen »verschwinden«. Denn wenn sie so operieren würden, dann würde das viel zu viel Aufmerksamkeit erregen. Früher hatte es erstens nicht viele gekümmert, wenn Menschen aus bestimmten gesellschaftlichen Schichten einfach so verschwanden und zweitens hatte sowieso nur die nähere Umgebung davon erfahren. Mittlerweile war das anders. Die heutigen Medien konnten in der ganzen Welt verbreiten, wenn jemand verschwand oder ums Leben kam, und somit das Interesse einer breiten Öffentlichkeit wecken. Und mit moderner Kriminaltechnik konnte allen Spuren nachgegangen werden. Es war nicht im Interesse der Sidhe, dass auch nur die kleinste Spur zu ihnen führte oder auch nur das wildeste Gerücht in Umlauf gebracht wurde.

Ich wollte gar nicht so genau wissen, wie die Sidhe das früher gehandhabt hatten, konnte es mir aber ganz gut vorstellen, wenn ich daran dachte, was ich in den Mythen und Sagen gelesen hatte. Da wurden schließlich oft Menschen in die Anderswelt entführt – und nur die wenigen, die wieder zurückkamen, konnten davon überhaupt berichten. Deswegen war es wohl ein Glück für mich, dass wir im einundzwanzigsten Jahrhundert lebten, denn laut Dylan wäre ich sonst sicher »nicht mehr hier«.

Aber so stand ich erst mal nur unter Beobachtung. Mir würde wohl nichts passieren, wenn ich mich weiter an nichts aus Ciaras Leben erinnern würde – oder zumindest davon nichts verlauten ließ –, keine weiteren Fragen stellen und nicht weiter versuchen würde, das Geheimnis der Sidhe aufzudecken. Mit anderen Worten, die Chancen, dass mich die Feen in Ruhe ließen, standen gut, wenn ich selber durch mein Verhalten nicht auffällig werden würde und somit auch keine Aufmerksamkeit auf die Sidhe lenkte.

Dylan hatte die ältesten Sidhe – darunter stellte ich mir so etwas wie einen Ältestenrat vor – von einem wahnwitzigen Plan überzeugt. Statt mich für den Rest meines Lebens zu überwachen, wollte man mich auf die Probe stellen. Ob ich mich weiter an Ciara und Dylan erinnerte, würde sich ziemlich schnell herausstellen, wenn man Dylan in meiner Nähe platzierte. So sollte er sich am Trinity College als mein Kommilitone ausgeben und denselben Kurs besuchen. Bestand ich diesen »Test« nicht, konnte man sofort eingreifen, den Notfallplan anwenden und die Gefahr entfernen. Das sollte wohl heißen, mich entfernen. Als Beobachter an der Uni hatte man Padraig O'Cadhla eingesetzt. Der gut aussehende Professor war auch Fee – ich hätte es mir denken können! Vor dem musste ich mich also besonders vorsehen.

In Wirklichkeit hatte Dylan aber einen ganz anderen Plan als den, den er den Ältesten unterbreitet hatte. Er wollte mir alles Notwendige erzählen und somit verhindern, dass ich auffällig wurde. Seine Erklärung leuchtete mir ein: Wenn die Feen nicht mitbekamen, dass ich ihr Geheimnis kannte, war ich sicher. Aber damit spielte er ein gefährliches Spiel hinter dem Rücken seines eigenen Volkes. Über seine Motive war ich mir noch nicht ganz im Klaren. Dennoch war ich froh, dass er diesen Plan gemacht hatte, denn durch einen Schutzzauber konnten wir auf der Brücke und zwischen Mitternacht und ein Uhr unbemerkt miteinander reden. Ich wusste nicht genau, was dieser Zauber beinhaltete, aber es hatte wohl etwas damit zu tun, dass die Brücke aus Eisen war und dass die Sidhe mit Eisen sowieso irgendein Problem hatten. Es gab aber so viele Sachen, über die wir reden mussten, dass ich mich nicht in Details verlieren durfte, wenn ich ihn ausfragte. Wenn Dylan etwas erzählte, was mich nicht direkt betraf, blieb mir nichts anderes übrig, als es einfach so hinzunehmen. Die wenige Zeit, die wir für Gespräche hatten, wollte ich dafür nutzen, über mein »Problem« zu reden.

Ich hätte nichts lieber getan, als meine neuen Erkenntnisse mit einer unbeteiligten Person zu besprechen. Anders gesagt, ich *musste* mit einer neutralen Person über ein paar Dinge reden, weil mir sonst vor lauter Gedankenkreisen der Schädel platzen würde. Deshalb hatte ich auch per E-Mail einen Termin mit Dr. Brennan ausgemacht. Jetzt hatte ich noch ein bisschen Zeit totzuschlagen – es lohnte sich nicht wirklich, in die Bibliothek zu gehen, deshalb hatte ich mich mit Bridget auf einen Kaffee getroffen.

»Wollen wir uns hier auf die Bank setzen?«, fiel ich ihr ins Wort. Erschöpft ließ ich mich auf eine der Holzbänke fallen, die auf dem Campus vor den Rasenflächen standen.

Bridget unterbrach ihren Redefluss abrupt und schaute mich prüfend an. »Ist alles in Ordnung mit dir?«

Ich kehrte Bridget zuliebe ins Hier und Jetzt zurück. Es war wirklich nicht fair, dass ich so mit mir selbst beschäftigt war. Als ich sie jetzt anschaute, fiel mir auf, dass auch sie dunkle Ringe unter den Augen hatte. Nicht so dunkel wie meine, aber immerhin. Überhaupt, wenn ich es mir recht überlegte, dann hatte sie sich in letzter Zeit etwas sonderbar aufgeführt. »Dasselbe wollte ich dich auch schon fragen«, antwortete ich mit gerunzelter Stirn.

Wir schauten uns einen kurzen Moment lang an. Bridget hatte schon den Mund aufgemacht, um etwas zu sagen, als ich ihr zuvorkam. »Hör mal, Bridget, ich muss mich bei dir entschuldigen. Ich bin in letzter Zeit nicht gerade aufmerksam gewesen. Es gibt einige Dinge, die mich beschäftigen, und ich würde dir gerne davon erzählen, aber im Moment geht das gerade nicht. Ich habe versprochen, dass ich vorerst keinem Menschen etwas sage. Es …« Ich stockte. »Es ist wirklich gefährlich. Vertraust du mir?«

Ein großes Lächeln breitete sich auf Bridgets Gesicht aus. »Klar, Alice. Ich habe mir schon so etwas gedacht. Es hat was mit Dylan zu tun, nicht wahr?«

Ich schaute mich nervös um. Niemand war in der Nähe, der Bridget gehört haben konnte, aber mir war trotzdem unbehaglich zumute. »Ja, aber Bridget, wir erwähnen ihn lieber in nächster Zeit überhaupt gar nicht. Ich verspreche dir, dass ich dir sofort davon erzählen werde, sobald ich einen sicheren Weg gefunden habe, wie ich das bewerkstelligen kann.«

»Hey, du musst mir auch nicht davon erzählen, wenn du nicht willst«, meinte Bridget etwas enttäuscht.

»Aber ich möchte es doch gerne«, versicherte ich ihr. »Es ist einfach wirklich gefährlich und ich will nicht melodramatisch klingen, aber ich würde dich damit auch in Gefahr bringen, wenn du davon weißt. Und ich würde mir solche Vorwürfe machen, wenn dir was zustößt.« Jetzt sah Bridget leicht erschrocken aus. »Bridget, glaub mir«, sagte ich beschwörend. »Ich brenne darauf, mit dir darüber zu reden. Du bist doch meine beste Freundin.«

Das brachte Bridget wieder zum Strahlen. »O Alice, ich brenne auch darauf, dir etwas zu erzählen. Ich schleppe auch schon eine Weile ein Geheimnis mit mir herum. Ich habe immer Angst, dass es mir in deiner Gegenwart rausrutscht, deshalb habe ich versucht, von dem Thema wegzubleiben und über alles andere zu reden, sodass du gar nicht auf die Idee kommen würdest, etwas in der Richtung zu ahnen. Aber auch mein Geheimnis ist irgendwie gefährlich und ich habe ihm ...« Sie hielt erschrocken inne. »Ich habe eben auch versprochen, dass ich niemandem davon erzählen werde. Aber es bringt mich fast um, Alice, ich will so gerne mit dir darüber reden!«

»Ich weiß genau, was du meinst«, sagte ich erleichtert, sodass ich gar nicht weiter darüber nachdachte, was ihr Geheimnis sein könnte. Wir schauten uns für einen Moment in spannender Erwartung an und tranken unseren Kaffee – wir hofften wohl beide darauf, die andere würde als Erste schwach werden und ihr Geheimnis offenbaren, sodass wir damit einen legitimen Grund hätten, uns zu revanchieren und ebenfalls preisgeben konnten, was uns auf der Seele brannte.

»Okay«, sagte Bridget schließlich. »Wir können es beide wirklich nicht verraten. Aber bald werden wir schon einen Zeitpunkt und einen geeigneteren Ort finden, wo wir reden können. Puh, es ist auf jeden Fall schon mal eine Erleichterung, dass wir es überhaupt angesprochen haben, nicht wahr?«

»Auf jeden Fall«, sagte ich ernst. Ich stand auf, um den Kaffeebecher in den Mülleimer neben der Bank zu werfen. Als ich dabei war, den Riemen meiner schweren Büchertasche über die Schulter zu legen, kam gerade ein Mädchen vorbei, das Bridget freudig begrüßte.

»Ach, Sandra, hallo«, antwortete die. »Mensch, das habe ich total vergessen, ich wollte euch doch einander vorstellen. Sandra, das ist Alice, von der ich dir erzählt habe. Alice, Sandra kommt aus München, und sie wollte dich mal zu ihrem Deutschen-Club mitnehmen.«

Ich zog die Augenbrauen hoch. Deutschen-Club? Was sollte das denn bitteschön sein? »Schön dich kennenzulernen, Sandra«, sagte ich auf Englisch. »Das ist nett, aber ich muss jetzt gerade zu einem Termin im Arts Building, soll ich dir vielleicht einfach schnell meine E-Mail ...«

»Ach, da begleite ich dich«, fiel mir Sandra auf Deutsch ins Wort.

»Okay ... na dann. Bridget, Sandra läuft ein Stück mit mir mit. Mach's gut, wir sehen uns später.«

Bridget verabschiedete sich von mir mit einer herzlichen Umarmung. Ich war auch heilfroh, dass mit unserer Freundschaft wieder alles im Lot war.

»Bridget hat mir erzählt, dass du auch aus Deutschland bist«, unterbrach Sandra meine Gedanken.

»Äh, ja, stimmt.«

»Vielleicht hast du ja Lust, heute Abend mitzukommen? Wir deutschen Studenten treffen uns jeden zweiten Mittwoch im Doyles. Du kennst bestimmt den Pub in der College Street?«, ließ sich Sandra von meinem mangelnden Enthusiasmus nicht abschrecken.

»Deutsche Studenten? Und was macht ihr da?«, fragte ich verblüfft.

»Nichts Besonderes. Wir unterhalten uns einfach. Vielleicht haben manche von uns auch ein bisschen Heimweh – wir reden darüber, wie es uns Deutschen in Dublin ergeht, was wir von daheim vermissen, wo es in Dublin deutsche Spezialitäten zu kaufen gibt und so was.«

»Wie jetzt, wo man in Dublin die beste Bratwurst bekommt?« Ich klang sicher etwas sarkastisch, aber ich verstand den Sinn dieses Deutschen-Clubs irgendwie nicht. Jetzt waren sie schließlich Studenten an einer irischen Uni – wenn man sich irgendwo einleben wollte, dann half es doch auch nicht dabei, dass man sich abgrenzte. Aber Sandra ließ sich nicht so leicht abwimmeln, sie lief immer noch neben mir her.

»Hast du denn gar kein Heimweh?«, fragte sie nach einem Moment des Schweigens.

»Äh …« Darüber hatte ich ehrlich gesagt nicht ein einziges Mal nachgedacht, seit ich in Irland angekommen war. Aber jetzt, wo ich das tat, da fiel mir auf:»Nein, ich habe kein Heimweh. Überhaupt nicht.«

Mittlerweile waren wir beim Arts Building angekommen. Ich legte meine Hand auf den Messingknauf der Eingangstür.»Musst du auch hier rein?« fragte ich.

Sandra schüttelte lächelnd den Kopf.»Nein, ich muss zur Douglas Hyde Gallery, um mich mit jemandem zu treffen. Ich studiere Kunstgeschichte.«

Die Galerie befand sich direkt hinter dem Arts Building. Dann war Sandra ja gar nicht so aufdringlich gewesen, wie ich gedacht hatte – wir hatten wirklich denselben Weg gehabt und sie wollte mich einfach netterweise zum Pub einladen. Ich ließ den Türgriff wieder los und trat beiseite, um jemandem aus dem Weg zu gehen, der gerade aus dem Gebäude kam.

»Hör mal«, sagte ich zu Sandra.»Es ist nett, dass du mich eingeladen hast, zu den Treffen zu kommen. Es wäre mir einfach nicht in den Sinn gekommen, hier nach deutschen Kommilitonen zu suchen und mich mit ihnen zu treffen. Deshalb kam es mir im ersten Moment ein wenig befremdlich vor.«

Sandra zuckte mit den Schultern.»Im Grunde genommen ist es nur ein Weg, hier Anschluss zu finden, neue Freunde zu treffen. Und da wir alle gemeinsam haben, dass wir in Deutschland daheim sind … Naja, wie gesagt, wir sind immer jeden zweiten Mittwochabend ab sieben im Doyles. Falls du es dir mal anders überlegst, und doch Lust hast, vorbeizuschauen.« Sie wandte sich zum Gehen.

»Danke«, rief ich ihr nach.»Vielleicht sehen wir uns dann.«

»Mach's gut«, verabschiedete sie sich über die Schulter.

Gerade hatte ich das Arts Building betreten, als mein Handy klingelte. Ich schaute aufs Display – meine Mutter.

»Hallo Mama«, sagte ich, während ich die Treppe zum ersten Stock hochging. »Hör mal«, schnitt ich ihr das Wort ab, »ich bin auf dem Weg zu einem Termin mit einer Dozentin und ich bin mittlerweile schon etwas spät dran. Können wir nachher telefonieren?«

»Ja klar«, antwortete sie. »Ich erwische dich zu Hause bei den O'Tools einfach nie. Da dachte ich, ich versuche es mal auf dem Handy.«

»Tut mir leid, ich habe immer so viel zu tun. Wir reden später, okay?«

»Okay, Schatz, bis dann.«

Nachdem ich mich von meiner Mutter verabschiedet hatte, klopfte ich an Dr. Brennans Tür.

Die junge Frau saß an ihrem Schreibtisch, als ich auf ihr »Herein« hin eintrat.

»Hallo Alice, wie geht's?«, begrüßte sie mich.

»Gut, danke, Dr. Brennan. Sorry, dass ich zu spät bin, ich wurde aufgehalten.«

»Kein Problem. Bitte setz dich.« Sie zeigte auf den gelben Plüschsessel. »Und nenn mich doch einfach Claire.«

Ich nahm Platz. Der Sessel war so gemütlich, dass ich ohne Probleme hätte einschlafen können, wenn ich eine Sekunde lang die Augen schloss. Ich strengte mich an, sie offen zu halten, und beugte mich vor.

»Vielen Dank, dass Sie heute Zeit für mich haben, Claire. Ich habe ein paar weitere Fragen, bei denen Sie mir hoffentlich helfen können. Ich bin mir mittlerweile sicher, dass der Zweck des Hexenbeutels es war, mich etwas vergessen zu machen. Ich glaube nicht, dass es der … Druidin gelungen ist – zumindest nicht ganz. Aber vielleicht habe ich doch etwas vergessen. Sie scheinen viel über Druidinnen und deren Magie zu wissen, Claire. Kann man die Erinnerung wieder zurückholen? Und wie kann man sich denn vor weiteren Zaubern dieser Druidin beschützen?«

Claire Brennan schaute mich aufmerksam an. »Hast du denn seit deinem Gespräch etwas über diese Person herausgefunden? Das letzte Mal, als wir darüber geredet haben, hast du den Eindruck auf mich gemacht, als ob das, was ich dir gesagt habe, alles neu für dich sei und dass du alles erst mal verarbeiten musstest. Jetzt kommt es mir so vor, als ob du recht genau weißt, um was es hier geht – deshalb frage ich.«

In meinem Eifer, die Zeit möglichst gut zu nutzen und viel von Dr. Brennan zu erfahren, hatte ich wohl ein wenig zu viel preisgegeben.

»Ähm, ja, ich habe eben darüber nachgedacht und einiges darüber gelesen«, versuchte ich, möglichst locker zu klingen.

Dr. Brennan nickte nur. »Also, Ersteres ist schwierig. Eine sehr spezifische Angelegenheit. Da müsstest du dich schon in die Hände einer traditionellen irischen Hexe begeben. Und die findet man ja nicht gerade in den Gelben Seiten«, meinte sie mit einem schiefen Lächeln. »Ich habe meine Kontakte, doch die sind vertraulich. Aber dich von weiteren Einflüssen dieser Druidin zu schützen, ist meines Erachtens gar nicht so schwer. Es gibt viele sogenannte Schutzzauber. Du könntest zum Beispiel damit anfangen, Lorbeerblätter an deiner Person zu tragen. Vielleicht getrocknet, in einem kleinen Beutelchen um den Hals. Dann könnte ich dir ein Amulett besorgen. Aber ...« Sie zögerte. »Dafür müsstest du mir am besten etwas mehr verraten. Je spezifischer der Schutzzauber, desto besser wirkt er.«

Ich nickte und schwieg einen Moment lang. Inwieweit konnte ich Dr. Brennan vertrauen? Ich fing lieber mal etwas vorsichtiger an und erzählte ihr von meiner Recherche zu Druiden und Eichen.

»Eichen gelten als Portale in die Anderswelt, der Welt der Feen. Druiden sollen mit dieser Welt in Verbindung stehen. Es heißt sogar, dass sie ihre Magie aus dieser Welt beziehen.« Ich beobachtete Dr. Brennans Reaktion genau. Doch sie schaute mich einfach weiter aus ernsten blauen Augen an.

»Ja, das stimmt«, antwortete sie nun. »Es gibt, wie ich letztens schon gesagt habe, keine Aufzeichnungen von Druiden aus der historischen Vergangenheit, die wir zu Rate ziehen können. Und Druiden waren nicht nur Magier, sie waren vieles: Astrologen, Philosophen, Rechtsgelehrte, Hebammen, Heiler, Dichter und Barden, Berater der Könige. Bei diesen Talenten, diesem Wissen und der Macht, die Druiden hatten, lag natürlich die Vermutung nahe, sie stünden mit einer Kraft und einer Magie in Kontakt, die nicht von dieser Welt stammt.«

Ich rutschte unruhig auf meinem Sessel hin und her. Ihre Antwort ermunterte mich nicht gerade, ihr mein Herz auszuschütten. Es war eine sehr sachliche, fundierte Aussage, wie man sie von einer Wissenschaftlerin, die an einer Uni lehrte, erwartete. Ich musste mich einfach weiter herantasten und vielleicht direkter nach ihrer Einstellung fragen.

»Claire, glauben Sie, dass die traditionellen Hexen, die modernen Druidinnen, von denen sie auch welche persönlich kennen und von denen Sie Ihre Informationen beziehen, glauben Sie, dass diese auch im Kontakt mit der Anderswelt stehen?«

Sie schaute mich ruhig an und überlegte, bevor sie antwortete. »Glaube ich, dass die Hexen heutzutage und die Druidinnen dazumal mit der Welt der Feen in Verbindung standen, wie wir sie aus den Mythen und Sagen kennen? Dass es wirklich Portale gibt, wie Eichen und Feenhügel und sonstiges, wo ein Druide praktisch durchgehen und ein Feenwesen um magischen Rat fragen kann? Nein, das glaube ich nicht. Ich glaube aber, dass sie mit einer anderen Sphäre, mit Energien, mit der Natur in Verbindung stehen und daraus ihre magischen Kräfte ziehen.«

Enttäuscht ließ ich die Schultern hängen. Ich konnte Dr. Brennan einfach nicht mehr über Maggie erzählen; sie würde mir wahrscheinlich nicht glauben und auch nicht helfen können.

Aufmerksam beobachtete Claire Brennan meine Reaktion. »Aber andere Leute haben eine andere Auffassung davon. Warte mal einen Moment, ich habe da …« Sie stand auf und drehte sich zu dem überfüllten Bücherregal hinter ihrem Rücken um. Bestimmt hatte sie ein System – ich konnte es bloß nicht erkennen. Die Bücher standen nicht nur in Reih und Glied, auf den Reihen lagen noch weitere Bücher kreuz und quer. Wieder fiel mir der aufgeräumte Schreibtisch auf – eine Oase der Ordnung in all dem Chaos. Während Claire die Reihen Bücher durchging, betrachtete ich wieder das sonderbare Ei, das auf ihrem Schreibtisch neben der Tasse mit den Stiften auf einem Kissen lag. Ich wollte schon aufstehen, um es mir näher anzuschauen, als Dr. Brennan das Buch fand, nach dem sie gesucht hatte: »Ha«, sagte sie. »Hier ist es.«

Sie setzte sich wieder auf ihren Drehstuhl und schlug das Buch auf. »Die amerikanische Druidin Avalynn Wannaugh stellt die These auf, dass die ersten Druiden Feenwesen waren und dass auch im Laufe der Zeit immer wieder Feen als Druidinnen in dieser Welt agierten. Sie behauptet, dass Feen so ihr magisches Wissen an Menschen weitergegeben haben, zu einer Zeit, in der die Grenzen zwischen den Welten viel durchlässiger waren.«

Ich lehnte mich zurück und ließ mich tief in die Polster des Sessels sinken. Während Dr. Brennan mir die passende Passage aus dem Buch vorlas, musste ich daran denken, was Dylan mir von der wechselseitigen Beziehung zwischen Feen und Menschen erzählt hatte. Die Grenzen zwischen den Welten waren früher wohl in der Tat durchlässiger gewesen. Damals glaubten die Menschen noch an »Übernatürliches«. Feen wandelten auf dieser Erde, ja, hatten sogar Beziehungen mit Menschen, wie es in den Legenden erzählt wird. Andersherum wurden Menschen manchmal in die Anderswelt mitgenommen. Dabei führten die Feen nicht immer Gutes im Schilde; wie es auch in den Geschichten im Volksmund weitererzählt wurde und wird. Aber zuerst kam die Kirche, die magische Künste buchstäblich verteufelte. Hexen wurde nun eine andere Rolle zugeschrieben und Druiden waren deshalb nicht mehr in öffentlichen Machtpositionen. Aber im »Geheimen« waren sie als Heiler und Magier immer noch gefragt. Viel schlimmer wurde es, als im Zeitalter der Aufklärung und der Moderne sowohl Technologie als auch Wissenschaft eine immer größere Rolle zu spielen begannen. Die Menschen glaubten einfach an nichts mehr, was sie nicht wissenschaftlich belegen konnten. Aber wissenschaftlich untersuchen wollten sie alles. In der Postmoderne kam noch ein gewisses Maß an Zynismus dazu – Du glaubst an Feen? Vielleicht auch noch an den Weihnachtsmann? Schön, dann beweis es mir doch! – und die technologischen Möglichkeiten, diese Untersuchungen auch wirklich vorzunehmen, wurden immer gewiefter. Vorher gab es ein gewisses Maß an Respekt vor der Grenze zwischen den Welten – jetzt galt es, alle Welten zu erobern und zu erforschen. Die Feen zogen sich immer mehr in die Anderswelt zurück und wandelten diese Welt fast ausschließlich inkognito. Sie mussten sich und ihre Welt schützen. Und damit wurden auch ganz andere Regeln in der Anderswelt aufgestellt, was den Umgang mit Menschen betraf. So hatte es mir Dylan erklärt. Weshalb auch keine Liebesbeziehungen zwischen Menschen und Feen mehr geduldet wurden und Dylan und Ciaras Liebe keine Chance gehabt hatte. Als Dylan merkte, dass Ciara mit seinem Geständnis, aus einer anderen Welt zu stammen, nicht umgehen konnte, als sie sich immer wieder weigerte, zu akzeptieren, dass sie keine Zukunft hatten, sondern sich höchstens im Geheimen treffen konnten, musste er wohl oder übel die Konsequenz ziehen und zurück in die Anderswelt gehen. Seine Logik war dabei, die Beziehung lieber sofort zu beenden – wie bei einem Pflaster, das man mit einem Ruck abzog. Er hatte geglaubt, Ciara damit einen Gefallen zu tun, war davon überzeugt gewesen, dass sie sich davon erholen und ein normales Leben weiterführen würde.

Doch das hatte sie nicht. Sie hatte sich stattdessen umgebracht.

»Alice, hörst du mir noch zu?«, riss mich Dr. Brennan aus den Gedanken.

»Ach, das tut mir leid, Claire, wie unhöflich von mir. Ich bin irgendwie gedanklich abgedriftet.« Ich rutschte wieder auf die Kante des Sessels und beugte mich vor. »Ich weiß, Sie sind Wissenschaftlerin und eine rational denkende Person. Aber Sie scheinen auch sehr offen zu sein, was ›Übernatürliches‹ angeht. Sie sind im Kontakt mit Hexen, beziehungsweise modernen Druiden, sind anscheinend von deren Magie überzeugt. Wichtiger noch, diese Personen scheinen Ihnen zu vertrauen. Deshalb werde ich das jetzt auch tun.«

Ich atmete tief durch. Dr. Brennan schaute mich nur stumm nickend mit ernsten Augen an.

»Ich glaube, dass Avalynn Wannaugh recht hat. Ich denke, die

Magie der Druiden kommt direkt aus der Anderswelt, wurde sozusagen ursprünglich von den Feen gelehrt. Ich bin außerdem davon überzeugt, dass die Person, die mich mit dem Hexenbeutel meiner Erinnerung berauben wollte, nicht eine traditionelle Hexe, sondern sogar eine dieser ursprünglichen Druidinnen ist, eine Sidhe aus der Anderswelt.«

Gespannt sah ich Claire Brennan an. Würde sie mir jetzt vorschlagen, mich in ärztliche Behandlung zu begeben? Mich fragen, was ich denn für Beweise dafür hätte? Professor O'Tool anrufen, dass er mich abholen kommen sollte, weil es mir nicht so gut ging? Die Expertin für keltische Ikonografie machte nichts dergleichen. Sie schaute mich nur prüfend an.

Dann fuhr sie sich durch die dunklen Locken und sagte: »Ich weiß nicht, ob ich dir das so glauben kann und ob ich dir glauben möchte. Aber ich werde es einfach so aufnehmen und an meine Bekannten weitertragen, die ein Schutzzauberamulett für dich machen werden. Vielleicht wird es ihnen damit sogar gelingen, die fehlenden Erinnerungen zum Vorschein zu holen.«

Ich atmete erleichtert aus. Dann erzählte ich ihr noch ein bisschen spezifischer davon, dass es um Erinnerungen an ein früheres Leben ging, welche die Druidin mir mit dem Zauber nehmen wollte. Auch das hörte sich Dr. Brennan einfach an, ohne mit der Wimper zu zucken. Zögerlich erklärte ich ihr auch noch, dass ich vielleicht in Gefahr sei, wenn diese Druidin herausfinden würde, dass und an was ich mich erinnerte.

Dr. Brennan versprach mir, noch heute ihre Bekannten aufzusuchen. »Heute Nacht ist Vollmond. Nachdem, was du mir erzählt hast, ist heute der ideale Zeitpunkt, dein Amulett anzufertigen. Du kannst es also morgen bei mir abholen.«

Nachdem ich mich bei Claire bedankt hatte und ich mich gerade verabschieden wollte, hielt mich die Doktorin am Arm fest. »Warte kurz, Alice.« Sie rang ein wenig nach Worten. »Ich möchte bloß, dass du morgen nicht enttäuscht bist, falls meine Bekannten mir mitteilen, dass du dich fundamental täuschst in deiner Annahme, was diesen Zauber und die Druidin angeht. Ich werde dir ganz sicher morgen etwas geben können, was dich vor negativer magischer Energie schützt. Aber alles andere ... es könnte sein, dass meine Bekannten meinen, dass da nichts dran ist.«

Ich lächelte Dr Brennan an. »Wenn dem so ist, dann kann ich das akzeptieren, keine Sorge. So oder so, ich danke Ihnen, dass Sie mir damit helfen.«

Ich hatte ja nicht ahnen können, dass ich mir keine vierundzwanzig Stunden später gewünscht hätte, es wäre an der ganzen Sache nichts dran gewesen – oder dass es Dr. Brennans Hexen nicht gelungen wäre, Maggies Zauber aufzuheben.

kapitel achtzehn

Als ich in dieser Nacht auf der Ha'penny-Brücke auf Dylan wartete, war ich längst nicht mehr so nervös, ihn zu treffen, wie ich
es während der letzten Abende – besonders natürlich am ersten
Abend – gewesen war. Das mochte vornehmlich auch daran liegen,
dass wir uns erst vor wenigen Stunden an der Uni getroffen hatten.
Morgen sollten wir unser Referat in Dr. O'Cadhlas Seminar halten.
Wir hatten jeder unseren Teil allein vorbereitet und heute noch mal
besprochen, wie wir unsere Arbeiten morgen präsentieren würden.

Mann, das war wirklich eine Prüfung für mich gewesen: Ich
musste mich richtig zusammenreißen, ihn zwischendurch nicht etwas zu fragen, das mit Ciara, Roundstone und der Anderswelt zu
tun hatte. Schließlich war unser Thema eng mit all dem verbunden.
Ein paarmal musste ich mir regelrecht auf die Zunge beißen. Mich
Dylan gegenüber gleichgültig zu benehmen, war eine noch größere Herausforderung. Im Dunkel, nachts auf der Ha'penny Bridge
war das alles irgendwie anders. Wir waren alleine und wir redeten
über Themen, die uns beiden emotional zu schaffen machten. Bei
Tageslicht, in einem öffentlichen Ort, umgeben von anderen Studenten, und wo wir doch wahrscheinlich ganz genau beobachtet
wurden – da konnte ich ihm höchstens den verstohlensten aller
verstohlenen Blicke zuwerfen. Ich durfte mich nicht ablenken lassen von seinem perfekten Gesicht mit dem schiefen Lächeln.

Nicht, dass Dylan oft lächelte. Nein, er hatte das So-tun-als-ob-uns-außer-dem-Seminar-rein-gar-nichts-verbindet ganz toll drauf. Nüchtern und sachlich blieb er beim Thema, sah nie so aus, als ob er gedanklich abschweifte – im Gegensatz zu mir, die öfter mal mit hochrotem Kopf »Was hast du gerade gesagt?« stammelte. Selbst beim Abschied, im Wissen, dass wir uns in Kürze hier wieder auf der Brücke treffen würden, wirkte er völlig cool. Er hätte mich zumindest mit einem bedeutungsschwangeren Blick bedenken können. Oder die unter Studenten durchaus übliche Umarmung zum Abschied wäre ebenfalls eine Option gewesen. Dabei hätte er mir dann ein »Bis später« ins Ohr hauchen können. Das wäre doch überhaupt nicht aufgefallen – niemand wäre misstrauisch geworden bei so etwas. Aber Dylan war ein so guter Schauspieler, man hätte tatsächlich meinen können, wir wären beide nichts anderes als Kommilitonen, die sich ein paarmal in einem Seminar getroffen hatten.

Jetzt war ich sehr gespannt, wie Dylan mir heute Nacht begegnen würde. Mein Gesichtsausdruck muss wohl besonders erwartungsfreudig gewesen sein, denn als er endlich vor mir stand, war seine Begrüßung kühl: »Ist etwas passiert, was du mir sagen musst?«

Ich seufzte nur und zog meinen olivgrünen Parka enger um mich. Längst hatte ich es aufgegeben, mich für Dylan nachts extra noch mal hübsch zu machen. Mittlerweile war ich auch viel zu müde dazu, so spät am Abend noch mal meinen Kleiderschrank zu durchforsten. Und selbst der beste Concealer könnte meine Augenringe nicht wegschminken. Dylan hatte mich bisher auch nicht ein einziges Mal so angesehen, wie er Ciara angesehen hatte. Wenn ich nicht genau wüsste, wie liebevoll und leidenschaftlich sein Blick sein konnte, dann hätte ich mir vielleicht Hoffnung gemacht, dass hinter seinem coolen Äußeren eventuell doch noch ein leidenschaftliches Feuer für mich lodern würde. Doch ich hatte ja selber erlebt, dass Dylan Feuer und Flamme für Ciara gewesen war. Dass er bei einer anderen Frau alles andere als Gleichgültigkeit zur Schau gestellt hatte. Deshalb kam ich auch gar nicht in die Versuchung, in seine Äußerungen und Gesten etwas hineinzuinterpretieren. Außerdem war ich nicht so naiv, dass ich dachte, ich könnte vom Aussehen her mit Ciara mithalten.

»Nein«, antwortete ich deshalb nur knapp. »Ich dachte, du hast vielleicht Neuigkeiten. Jetzt machen wir ja morgen das Referat zusammen. Das Thema wurde von O'Cadhla klar so gewählt, dass es offensichtlich werden sollte, wenn ich mehr darin sehe als Mythen und Legenden – besonders weil ich es mit dir zusammen mache. Was ich mir auch noch selber eingebrockt habe. Ich nehme also an, es wird als eine Art Test gewertet? Wie soll ich mich genau verhalten, damit ich den Test bestehe? Hat diese Beobachtung dann ein Ende? Oder was genau ist dein Plan, was sollen wir weiter unternehmen, um ihr ein Ende zu setzen?«

Er schaute mich mit zusammengezogenen Augenbrauen an. »Unternehmen? Es gibt nichts zu unternehmen. Ich weiß nicht, ob und wann die Beobachtung aufhört. Wir Feen denken in anderen Zeitspannen als ihr Menschen. Wir können tausende Jahre leben. Dir mögen ein paar Wochen vielleicht lang vorkommen, aber hier vier Jahre als Student zu verbringen, damit die Ältesten sich davon überzeugen können, dass von dir keine Gefahr für die Feen ausgeht, ist kein Problem für mich.«

»Vier Jahre?« Ich starrte ihn ungläubig an. Da heute Vollmond war, konnte ich seine Gesichtszüge ganz genau sehen, obwohl wir wie immer auf dem ersten Drittel der Brücke im Schatten zwischen den Laternen standen. Er sah mich völlig ungerührt an. So langsam dämmerte mir, dass das hier sein Plan war: Er wollte mich einfach weiter im Geheimen coachen, damit ich nach außen hin – in den Augen der Sidhe – richtig reagieren würde. »Du willst einfach vier Jahre abwarten und sonst nichts unternehmen? Wir sitzen das hier einfach aus?«

»Nein, ich will nichts unternehmen«, sagte Dylan. Zwischen seinen Augenbrauen bildete sich eine tiefe Falte. »Letztes Mal habe ich impulsiv gehandelt, und wir wissen ja beide, was dabei herausgekommen ist. Ich wollte Ciara eine zweite Chance auf ein glückliches Leben und einen friedlichen Tod geben. Auch wenn sie das alles nicht als Ciara erleben würde, so könnte wenigstens ihre Seele in

Frieden ruhen. Doch was ich getan habe, war ein kolossaler Fehler. Jetzt habe ich nicht nur Ciaras, sondern auch dein Leben ruiniert. Ich habe dich in Gefahr gebracht.« Seine Stimme wurde immer zorniger und er klammerte sich am gusseisernen Brückengeländer fest. Abrupt ließ er es wieder los, als ob das Eisen heiß wäre. »Mein Gott, ich bin dafür praktisch zum *Abtrünnigen* geworden.«

In den letzten Nächten hatte mir Dylan erzählt, was das bedeutete – welch schreckliche Tat er begangen hatte, um Ciara wieder auferstehen zu lassen.

Erst wollte er nicht einsehen, dass Ciara mit seinem Geständnis nicht klarkam. Sie konnte nicht akzeptieren, dass es die Anderswelt gab und dass er kein Mensch war. Also tat sie einfach so, als sei es nicht wahr. Sie machte Pläne für die Zukunft, wollte, dass er ihren Onkel kennenlernte. Vergeblich versuchte er ihr klarzumachen, dass ihre Liebe verboten war, dass sie sich vorsehen mussten und sicherlich niemals eine solche Beziehung haben könnten, wie es zwei Menschen möglich war. Nach einer Weile verstand er, dass Ciara sich damit nicht abfinden würde. Er merkte, wie es Ciara mehr und mehr kaputtmachte. Und er liebte sie zu sehr, um das mit anzusehen. Auch wenn es ihm das Herz brach, sie zu verlassen, war ihm ihr Glück wichtiger. Irgendwann, dachte er, würde sie ihn vergessen und sich in jemand anderen verlieben. Doch als er in der Anderswelt nicht aufhören konnte, an sie zu denken, musste er zu ihr zurückkehren. Noch einmal wollte er sie sehen, noch ein einziges Mal …

Aber er kam zu spät. Er fand Ciara am Strand, an ihrem Strand, wo sie so viele gemeinsame schöne Stunden verbracht hatten. Die Flut hatte ihren leblosen Körper wieder zurück ans Ufer getrieben. Sie war tot, ihr Herz hatte aufgehört zu schlagen. Aber ihre Essenz, ihre Seele, die war noch bei ihr, die hatte ihren Körper noch nicht verlassen. Dylan wusste, dass er nicht viel Zeit hatte, um zu handeln. Er rief augenblicklich Coimeádaí zu sich, seinen Partner, mit dem er in telepathischer Verbindung stand. Damit eine Fee in einem Menschen wiedergeboren werden konnte, so hatte es mir Dylan erklärt, brauchte es ein Dreiergespann. Realta, die Sternenkonstellationen deuten und einen günstigen Ort und Zeitpunkt für eine erfolgreiche Wiedergeburt vorhersagen konnte, Coimeádaí, der die Essenz der Fee an ein Objekt – meistens ein Edelstein – binden konnte, und Dealan, der die Energie des Blitzes während eines Gewitters in eine Eiche lenkte, in der sich das Objekt befand. Dann wurde die Seele freigesetzt und in das Baby transferiert, das gerade in nächster Nähe geboren wurde. Jeder hatte also seine Fähigkeiten, die selbstverständlich auch missbraucht werden konnten. Das System, so eine Prozedur wie die Wiedergeburt nur gemeinsam abschließen zu können, sollte Machtmissbrauch vermeiden. Was magische Fähigkeiten anging, waren die von Dealan, Realta und Coimeádaí besonders heikel. Dylan hatte mir Folgendes als Beispiel genannt: Eine Fee in der Anderswelt umzubringen war nahezu unmöglich. Sobald jemand einem Feenwesen eine tödliche Wunde zugefügt hatte, was sowieso schon schwierig war, spürten dies intuitiv die Heiler unter den Feen. Sie sahen dann zu, dass diese Wunde geheilt wurde. Wenn einen Rache- oder Mordgelüste plagten, konnte man aber vielleicht auf die Idee kommen, eine Fee einfach auf Erden wiedergeboren werden zu lassen – nach Ablauf des menschlichen Lebens war die Fee dann tot, also praktisch umgebracht. Wenn doch mal jemand unter den Feen rebellierte und seine Fähigkeiten für solch niedere Zwecke missbrauchte, dann galt er als Abtrünniger. Er gehörte nicht mehr zur Gesellschaft der Sidhe und war ein einsames, gesetzloses Feenwesen, das sich irgendwo in der Anderswelt oder unserer Welt verstecken musste.

Als nun also Dylan auf dem Sand kniete und Ciaras nassen, leblosen Körper in den Armen hielt, wurde ihm klar, dass er seine Fähigkeiten missbrauchen musste, um Ciara zu helfen, auch wenn er dabei ein Abtrünniger werden würde. Er hatte verursacht, dass sie sich das Leben genommen hatte, es war seine Schuld, und er musste es irgendwie wieder gutmachen. Coimeádaí kam sofort, als er gerufen wurde.

»Du musst ihre Seele binden«, flüsterte Dylan, als Coimeádaí an ihn herangetreten war.

Der junge schlaksige Mann mit haselnussbraunen schulterlangen Haaren schaute seinen Freund nur stumm an. »Du weißt, dass ich das nicht tun darf.«

Die Verzweiflung, die schiere Traurigkeit und die grenzenlose Liebe in Dylans Augen brachen Coimeádaí fast das Herz – das hatte er ihm später verraten. Schon seit Jahrzehnten arbeiteten die beiden zusammen und waren beste Freunde geworden. Dylan so leiden zu sehen, tat ihm sichtlich weh.

»Selbst wenn ich es täte«, kam sein Entschluss ins Wanken. »Es ist schon öfter versucht wurden, eine Menschenseele auf diese Weise wiederauferstehen zu lassen, und dabei ist immer etwas schiefgegangen.«

»Dann haben wir ja nichts zu verlieren«, antwortete Dylan tonlos. Er schaute Coimeádaí mit flehenden Augen an. »Bitte. Wann habe ich dich je um einen solchen Freundschaftsdienst gebeten?«

Coimeádaí dachte nach. »Noch nie.« In der Tat kannte er seinen Freund so gar nicht. Er war gewöhnlich immer besonnen und nüchtern. Der junge Feenmann seufzte und nahm einen Opal aus seiner Tasche. Er kniete sich neben Dylan in den Sand, nahm den Kopf der jungen Frau und legte den Opal auf ihre Stirn. »Ciara. Ich binde dich an diesen Stein.«

Nichts als ein schwaches Glühen verriet, dass sich etwas an dem Stein verändert hatte. Aber die Atmosphäre um Ciara wurde auf einmal tot und kalt. Und dann zogen graue Wolken auf und warfen einen dunklen Schatten über den Strand.

So hatte es Dylan mir erzählt. Er hatte dabei nicht mit Gefühlen gekämpft, sondern war gefasst gewesen. Nur ein leichtes Zittern in seiner Stimme hatte ab und an verraten, dass ihn innerlich bewegte, wovon er erzählte.

»Dylan«, sagte ich jetzt, nachdem er sich etwas beruhigt hatte. »Warum ist es nicht dasselbe mit einer Menschenseele? Du hast gesagt, es ist Tradition, und es passiert also häufiger, dass Feen in Menschen wiedergeboren werden, um ihren Lebensabend sozusagen auf Erden zu Ende zu bringen. Warum ist das anders?«

Dylan zuckte mit den Schultern. »So soll es eben sein. Das ist für uns der natürliche Lauf der Dinge. Meist macht sich die Feenseele neben der anderen Seele, also im Bewusstsein des Menschen gar nicht bemerkbar. Manchmal scheint das Kind schon so weise, ernst und erwachsen, dass man sagt, es hätte eine ›alte Seele‹. Und das stimmt ja auch irgendwie.« Er musste lächeln.

Ach, wie liebte ich es, wenn er lächelte! Ich starrte ihn an und saugte seinen Anblick förmlich auf. Dieses tiefe Grübchen, die kräuselnde Nase, die funkelnden Augen … hör auf, schalt ich mich sofort und musste mich regelrecht schütteln, um bei der Sache zu bleiben.

»Andere Menschen vertragen die Seele nicht. Das kann psychische Krankheiten zur Folge haben, wie multiple Persönlichkeiten. Menschen mit Autismus sind oft wiedergeborene Feen. Deswegen wurden früher autistische Kinder als Wechselbälger beschimpft. Seltener, und oft im Zusammenhang mit einem Trauma, das diese Fähigkeiten sozusagen aufweckt, entwickelt der Mensch übersinnliche Kräfte. Es gibt eigentlich keinen rationalen Grund für eine Fee, die Wiedergeburt eines Menschen zu initiieren«, fuhr er fort. »Es wurde aber schon versucht. Aus ähnlichen Gründen wie bei mir.« Er schaute nachdenklich auf seine Schuhe. Ich folgte seinem Blick und bemerkte, dass er rote Converse-Turnschuhe anhatte. Unweigerlich musste ich mich fragen, ob das sein persönlicher Geschmack war, oder ob er sich als Student anpassen wollte. Lief er in der Anderswelt auch mit Converse-Schuhen herum?

»Und was ist in den Fällen passiert?«, fragte ich, während ich mich gedanklich damit beschäftigte, wie alt Dylan wohl in Wirklichkeit sein mochte. Dabei war ich mir unschlüssig, ob ich das überhaupt wissen oder lieber in der Illusion leben wollte, dass er ein Junge in meinem Alter war.

Dylan zuckte mit den Schultern. »Vielleicht sind sich die Menschenseelen einfach zu ähnlich. Zwei Seelen halten es nicht in einem Körper aus. Und meistens kommt die zweite Seele irgendwann mal zum Vorschein – spätestens, wenn der Mensch senil wird. Um ehrlich zu sein«, schaute er mich schuldbewusst an, »landen die meisten Menschen mit wiedergeborenen Menschenseelen in der Psychiatrie.«

»Na super«, sagte ich nur. »Vielen Dank.«

»Ich habe nur an Ciara gedacht«, beteuerte Dylan, »ich wollte ihr eine zweite Chance auf ein Leben geben. Ich habe nicht an ...«

»... mich gedacht«, beendete ich den Satz für ihn.

Dylan schaute schweigend in die Ferne. In der Liberty Hall waren die Fenster immer noch beleuchtet. Das Mondlicht spiegelte sich auf der Liffey und beleuchtete die Fassaden der Häuser, die den Fluss säumten.

Ich beschloss, dass ich nicht daran interessiert war, in einer Illusion zu leben. Ich wollte über alles Bescheid wissen, denn je mehr ich wusste, desto besser konnte ich mit meiner Situation umgehen. Ich würde weder die Augen davor verschließen und einfach so weiterleben noch mich in Träumereien von Ciaras Vergangenheit verlieren können. Natürlich war es schön, zu wissen, wie es war, von jemandem wie Dylan über alles geliebt zu werden. Welch große Versuchung, so schön und talentiert wie Ciara sein zu dürfen. Aber wenn mir, Alice, eine solche Liebe nicht begegnen sollte, wenn ich eben nicht mit Schönheit und Talent gesegnet war, dann war dem nun mal so und ich musste damit klarkommen. Ich hatte nämlich das Gefühl, dass ich in beiden Fällen – Ciara zu verdrängen oder Ciara sein zu wollen – tatsächlich irgendwann verrückt werden würde.

»Wie alt bist du eigentlich?«, fragte ich ihn also und wandte mich ihm zu.

Dylan grinste nur. »Jung. Etwa zweihundertdreißig Jahre älter als du. Wenn man Feenjahre in Menschenjahre umwandeln würde, dann wären wir allerdings in etwa gleich alt.« Die Vorstellung, dass er schon zweihundertfünfzig Jahre gelebt hatte, ließ ein paar Synapsen in meinem Hirn durchbrennen, aber ich hatte es ja schließlich unbedingt wissen wollen.

»Und du willst das hier wirklich durchziehen, Dylan?«, fragte ich jetzt mit ernster Stimme. »Du willst hier vier Jahre bleiben, immer wachsam sein, aufpassen, dass wir in der Öffentlichkeit keinen Fehler machen, nur damit die ältesten Feen davon überzeugt sind, dass ich keine Gefahr darstelle?«

Er drehte sich jetzt zu mir um, sodass wir uns direkt gegenüber standen. »Ich will sicher gehen, dass du außer Gefahr bist, Alice. Ich muss wieder gutmachen, was ich dir angetan habe. Bei Ciara habe ich das Falsche getan. Bei dir möchte ich das Richtige tun.«

»Und damit ich mich in der Öffentlichkeit richtig verhalte und nichts preisgebe, triffst du dich hier mit mir jede Nacht auf der Brücke und erklärst mir alles«, fing ich vorsichtig an, seine Methode zu hinterfragen. »Dann glaubst *du* ja nicht, dass ich eine Gefahr für die Feenwelt darstelle, wenn ich alles darüber weiß.«

Er musterte mich. »Nein, ich glaube, ich kann dir vertrauen.«

»Und wie lange soll das weitergehen? Wollen wir uns hier jede Nacht treffen? Das geht so nicht, Dylan, ich bekomme kaum mehr Schlaf. Wäre vielleicht nicht eine bessere Methode, Maggie und die anderen davon zu überzeugen, dass sie mir ebenfalls vertrauen können? Dass es okay ist, dass ich über die Anderswelt Bescheid weiß?«

Dylan schüttelte den Kopf. »Daraus wird nichts, Alice. Du kennst die Sidhe nicht und du kennst Maggie nicht. Sie ist gefährlich. Nicht von ungefähr ist sie in der Position, in der sie jetzt ist. Nein, wir müssen uns weiter unauffällig verhalten.«

Ich dachte kurz nach. »Aber unauffällig als Studenten, nicht wahr? Als Studenten können wir uns doch treffen. Das wäre schließlich das Normalste von der Welt. Wir sind im selben Kurs, haben ein Referat zusammen gemacht ... In Wirklichkeit wäre es noch auffälliger, wenn wir uns aus dem Weg gehen würden. Apropos Referat, hast du noch irgendwelche Ratschläge für mich, wie ich mich morgen verhalten soll?«

Dylan kam einen Schritt näher. Ich konnte jetzt seinen Geruch wahrnehmen. Salziges Meer und frisches Gras ... ich atmete tief ein. Das brachte mich so durcheinander, dass mir entging, was er gerade sagte.

»... halte deine Emotionen im Schach«, bekam ich nur noch mit. »Ich rede über die Inhalte, konzentriere du dich auf die Erzählweise und die Überlieferungen.«

Ich nickte nur und wir machten uns daran, die Brücke zu verlassen. Als ich Dylan so vor mir hergehen sah, da ritt mich auf einmal der Teufel. Ich konnte einfach nicht still halten und abwarten und andere Feen über mein Schicksal entscheiden lassen. Ich hielt Dylan am Arm fest. »Warte mal kurz.«

Er schaute überrascht auf meine Hand und ich ließ ihn schnell wieder los. »Was ist denn, Alice, es ist gleich eins.«

»Ich weiß, aber ... Dylan, wir können nicht einfach nur passiv sein. Wir müssen etwas tun, damit sich diese Situation verändert, ich das alles verarbeiten kann und mein Leben als Alice weiterleben kann. Ich kann nicht dauernd im Hinterkopf haben, dass irgendwelche Feen hinter mir her sind.«

Dylan schüttelte den Kopf. »Ich hab doch schon gesagt, Maggie ...«

Ich hielt die Hände hoch. »Ich schlage ja nicht vor, dass wir uns mit Maggie hinsetzen und ihr sagen, dass sie mir vertrauen soll. Aber einen kleinen Schritt nach vorn könnten wir machen. Einen, bei dem du immer noch sagen könntest, du hast einen Test machen wollen. Wenn es wirklich gefährlich werden sollte.«

Dylan runzelte die Stirn. »Hmmm. Okay. Und was schlägst du vor?«

Ich atmete tief ein. »Ich schlage vor, dass wir zusammen essen gehen. Morgen Abend. Um das Referat zu feiern. Magst du Pizza?«

Dylan war jetzt wirklich verblüfft. Zum ersten Mal betrachtete er mich mit echtem Interesse. »Ja klar. Okay. Na gut. Ja. Tun wir das.«

Ein großes Lächeln breitete sich in meinem Gesicht aus. Und Dylan sah mich nun mit noch intensiverem Blick an. »Was ist? Warum schaust du so entgeistert«, fragte ich. »Hat dich noch nie ein Mädchen auf eine Pizza eingeladen?«

»Nein«, meinte er. »Nein, ich habe dich noch nie so lächeln sehen. Da siehst du völlig anders aus.«

Ich wurde natürlich ganz rot und schaute nach unten. »Dann hatte ich in deiner Gegenwart bisher eben noch keinen Grund zum Lächeln«, brummelte ich.

Dylan lachte und winkte mir zu, während er von der Brücke sprintete. »Bis morgen«, rief er und verschwand, gerade als die Uhr eins schlug.

Zu sagen, dass ich von der Brücke schwebte, wäre eine Untertreibung gewesen.

kapitel neunzehn

Am nächsten Morgen war ich immer noch auf Wolke sieben. Nachdem Dylan und ich uns gestern – besser gesagt, heute früh – getrennt hatten, war ich von der Brücke direkt nach Hause ins Bett gegangen und war sofort selig eingeschlafen. Als ich jetzt über das Uni-Gelände ging, schien mir der Rasen grüner als sonst. Ich hätte schwören können, dass ich aus den Augenwinkeln bunte Schmetterlinge durch die Luft flattern sah. Die Vögel zwitscherten fast schmerzhaft liebliche Lieder und das Licht der Herbstsonne kam mir so warm vor, dass die Atmosphäre um mich herum buchstäblich rosa gefärbt war. Mein Gemütszustand bediente also jedes erdenkliche Klischee – leider auch das Von-der-Wolke-unsanft-auf-den-Boden-Purzeln. Aber das würde erst später kommen. Jetzt war ich noch verträumt und gut gelaunt, so wie schon lange nicht mehr.

Ich spielte mit der Kette in meiner Hand, die ich mir gerade eben von Dr. Brennan abgeholt hatte. Auch sie musste zum Unterricht und wir hatten wenig Zeit gehabt, uns über das Medaillon zu unterhalten. Dr. Brennan hatte mir nur kurz erklärt, dass es längere Zeit im Baumloch einer Eiche gelagert worden war und so die magischen Kräfte des Baumes in sich aufgenommen hatte. Vorne war ein Mondstein eingesetzt. Innen befand sich kein Bild, sondern winzige getrocknete Distelblüten. Dr. Brennan hatte mich auch gebeten, so schnell wie möglich wieder bei ihr vorbeizukommen, um meine Situation zu besprechen, da sie mir Interessantes zu berichten hätte.

Bevor ich den Seminarraum betrat, legte ich mir die Kette um. An meinem Hals hing schon ein kleines Beutelchen mit Lorbeerblättern – das hatte ich mir gestern selber gebastelt. Auch die Kette war lang genug, dass ich das Medaillon unter mein blaues T-Shirt stecken konnte, das ich heute trug.

Beschwingt ließ ich meine Tasche auf den Tisch neben Mary fallen. »Hallo!«

»Hallo«, begrüßte sie mich zurück. »Na, du bist heute aber gut gelaunt. Du strahlst ja förmlich. Freust du dich so unheimlich auf dein Referat?«

»Häh? Ach so, ja, stimmt. Nee, natürlich nicht. Aber man darf doch mal gut gelaunt sein, oder nicht?«

Mary zog misstrauisch die Augenbrauen hoch. Sie hatte es mir nicht übelgenommen, dass ich mich für das Referat mit Dylan zusammengetan hatte. Im Gegenteil: Keinen Partner zu haben, war für sie ein willkommener Anlass, mit Dr. O'Cadhla in seinem Büro über dieses »Problem« zu sprechen. Sie ließ keine Gelegenheit aus, dem Seminarleiter näherzukommen und malte sich dauernd aus, wie die beiden zusammenkommen würden. Um ehrlich zu sein, nervte das meist ein bisschen – aber heute kratzte mich das überhaupt nicht.

Während Dr. O'Cadhla in den Raum kam und Mary somit abgelenkt war, nahm ich meine Karteikarten und die Handouts aus meiner Büchertasche. Dabei war ich mir natürlich die ganze Zeit schon bewusst, wo genau Dylan sich im Raum befand. Er saß wie immer links von mir an den U-förmig angeordneten Tischen, an der Tischreihe vor dem Fenster. Ich musste gar nicht hinschauen, denn seine Präsenz war wie pulsierendes Licht, das ich konstant mit allen Sinnen wahrnahm.

Mary stieß mir den Ellenbogen in die Rippen. Ich hatte gar nicht gemerkt, dass Dr. O'Cadhla Dylan und mich aufgefordert hatte, nach vorne zu kommen. Ich stand auf, verteilte meine Handouts an die anderen Studenten und stellte mich neben Dylan, der gerade eine kleine Einführung in unser Thema gab.

Ich konnte einfach nicht anders, als permanent zu grinsen. Ich zwang mich dazu, nicht zu ihm hinüberzuschauen, weil ich Angst hatte, mich dann in seinem Anblick zu verlieren und mir der Inhalt des Referats völlig entfallen würde. Schon seine Stimme allein …

»… Alice stellt diese jetzt vor«, vernahm ich gerade noch, und verpasste somit nicht meinen Einsatz.

Ich konzentrierte mich auf meine Karteikarten. Meine Aufgabe war es, zusammenzufassen, wie in unterschiedlichen Geschichten von verzauberten Inseln erzählt wurde. Gemein hatten diese Geschichten alle, dass die Inseln nur zu einem bestimmten Zeitpunkt auftauchten. Oft wurden sie von Seemännern in ihren Booten gesehen. Wenn man eine dieser Insel ansteuern wollte, dann verschwand sie allerdings wieder. Es gab verschiedene Hinweise darauf, wie es einem doch gelingen könnte, die Insel zu betreten. Zum Beispiel konnte man einen eisernen Pfeil in einen Bogen spannen und diesen auf die Insel schießen. Dieser Pfeil »ankerte« die Insel praktisch und man konnte an Land gehen. Ich sprach von der Hypothese, die Inseln existierten unter Wasser, wenn sie nicht an der Oberfläche waren. Denn besonders an der Küste Connemaras gab es viele Geschichten über Pferde und Kühe, die im Meer auftauchten und dann den Strand ansteuerten. Der Legende nach kamen diese Tiere von den verzauberten Inseln.

Als ich fertig war, war Dylan wieder an der Reihe. Er las eine Geschichte als Beispiel vor. Wir hatten uns nach längerer Diskussion auf die Roundstone-Geschichte aus dem Flanahan-Buch geeinigt. Dylan hatte gesagt, dass O'Cadhla misstrauisch werden würde. Wir sollten Roundstone besser nicht erwähnen. Ich fand allerdings, dass wir mit unserem Referat keine Kompromisse eingehen sollten – es war nun mal die Geschichte, die unser Thema am besten illustrierte. Davon abgesehen wusste Maggie schließlich sowieso, dass ich in Roundstone gewesen war. Da hätte ich in dem Buchladen neben den anderen Büchern auch das kaufen können, in dem unsere Geschichte stand. Vielleicht wäre es bei dem Thema sogar noch auffälliger, sie *nicht* zu erwähnen. Und außerdem war ich immer noch der Meinung, dass wir ein bisschen mehr wagen sollten. Wenn O'Cadhla sah, dass ich keine komischen Reaktionen zu der Geschichte zeigte, dann würde er sich vielleicht eher davon überzeugen lassen, dass sie keine Erinnerungen in mir weckte.

Soweit die Theorie. Ich hätte ja nicht wissen können, dass ich genau das selber vermasseln würde. Womit wir bei dem unsanften Fall von Wolke sieben wären. Während Dylan die Geschichte vorlas, wurde ich von einer Erinnerung heimgesucht. Es war nicht so, als ob ich mich chronologisch an die Sequenz der Ereignisse erinnerte, so als ob ich sie gedanklich der Reihe nach durchgehen würde. Nein, es war wie ein Blitz, der in meinen Kopf einschlug. Mit einem gewaltigen Schock drangen diese Ereignisse in mein Bewusstsein – ich war ihrer urplötzlich gewahr. Mein Körper war auf die Wucht nicht vorbereitet, mit der mich die Erkenntnis umhaute. Ich sog scharf die Luft ein und klappte förmlich zusammen.

Ich weiß nicht, wie lange ich schon am Strand gesessen und das Meer beobachtet hatte, das durch meine Tränen hindurch in Facetten zerbrach wie ein Edelstein, als die rothaarige Frau sich vor mich stellte und mir die Sicht versperrte. Ich wischte mir mit der Faust über die nassen Augen und blinzelte. Ihr Gesicht konnte ich nicht erkennen, weil die Sonne hinter ihr stand, aber ihr Haar wehte im Wind und sah in dem Licht fast golden aus.

»Wie lange sitzt du schon hier?«, fragte die Frau, ohne spöttisch zu klingen. »Du solltest aus der Sonne gehen. Der Wind ist trügerisch. Die Sonne brennt ganz schön und du wirst dir einen Sonnenbrand holen.«

»Ist mir egal«, schniefte ich. »Meinetwegen kann meine Haut verbrennen, bis sie schwarz wird.«

Die rothaarige Frau lachte hell. »Na, das wäre ja sehr passend. Ciara.«

Ich schaute überrascht auf. »Kennen wir uns?«

Die Frau trat aus dem Licht und setzte sich neben mich. Jetzt

*konnte ich ihre Gesichtszüge erkennen. Ich hatte sie noch nie
zuvor gesehen. Und sie hatte ein hübsches Gesicht, das man so
schnell nicht wieder vergaß.*

*»Du kennst mich nicht, aber ich kenne dich«, antwortete sie.
»Ich bin Maggie, eine Bekannte von Dylan.«*

*Erschrocken schaute ich sie an. »Dylan? Sie kennen Dylan?
Wo ist er?« Meine Stimme überschlug sich fast.*

»Dylan ist in der Anderswelt, wo er hingehört, Ciara.«

*Ich schnaubte verächtlich. »Klar, die Anderswelt ist wahr-
scheinlich ein Pub in Galway, wo er gerade Bier trinkt
und seinen Kumpels erzählt, wie er ein naives Mädchen in
Roundstone klargemacht und dann hat abblitzen lassen.
Klasse Methode, dass da noch niemand drauf gekommen ist.
Wir können nicht zusammen sein, denn ich bin nicht von
dieser Welt. Ich bin kein Mensch, ich bin ein … ein …« Ich
schluckte. Ich konnte es noch nicht mal aussprechen.*

*Maggie lachte wieder. »Glaub mir, Ciara, Dylan hat dir die
Wahrheit erzählt.«*

*Misstrauisch schielte ich sie von der Seite an. »Woher wollen
Sie denn bitte wissen, ob das die Wahrheit war?«*

*Maggie strich sich die roten Haare aus dem Gesicht und
wandte mir das Gesicht zu. »Ich weiß es, weil ich auch von
da bin. Ich bin auch Fee.«*

*Jetzt konnte ich gar nichts mehr sagen, sondern starrte sie nur
mit offenem Mund an.*

*»Und du weißt, dass Dylan nicht gelogen hat. Du willst es
verleugnen, aber tief in dir drin kennst du die Wahrheit.«*

*Ich blickte wieder auf die grauen Wellen, auf denen die Son-
nenstrahlen tanzten. »Ist auch egal, was er ist und wo er ist.
Er ist nicht hier. Er hat mich verlassen.«*

*»Weil er das tun musste, Ciara«, sagte Maggie in einem be-
schwörenden Ton. »Du musst ihn vergessen. Du musst Dylan
und alles, was er dir erzählt hat, hinter dir lassen und dein
Leben weiterleben.«*

Ich schüttelte stumm den Kopf und merkte, wie mir wieder

die Tränen in die Augen schossen. *Eine Weile sagten wir gar nichts. Maggie muss mich wohl die ganze Zeit gemustert haben, denn schließlich sagte sie leise:* »Aber das kannst du nicht, nicht wahr? *Du kannst nicht loslassen. Du kannst ihn nicht vergessen.*« *Wieder schüttelte ich nur kaum merklich den Kopf. Maggie seufzte.* »Was würdest du tun, um ihn wiederzusehen? Um mit ihm zusammensein zu können?« *Ruckartig drehte ich meinen Kopf und sah sie mit geweiteten Augen an. Meinte sie das ernst?* »Liebt mich Dylan wirklich?«, *flüsterte ich. Maggie zögerte nicht mit ihrer Antwort:* »Ja, das tut er«, *sagte sie bestimmt.*

»Dann würde ich alles tun. Bitte«, *flehte ich sie an.* »Sagen Sie mir, was ich tun muss.«

»Du müsstest alles hinter dir lassen. Dein Leben hier in dieser Welt. Du müsstet bereit sein, dich, Ciara, aufzugeben. Dann verrate ich dir, wie du in die Anderswelt gelangen kannst.«

»Und da kann ich mit Dylan zusammen sein?« *Die Hoffnung, die sich in mir ausbreitete, belebte meinen Körper. Alles, was in den letzten Tagen wie abgestorben gewirkt hatte, konnte ich jetzt wieder fühlen. Es war fast so, als ob mein Herz wieder zu schlagen anfing.* »Ich gebe alles auf. Nichts ist mir das alles wert, wenn ich ohne Dylan sein muss. Ich will nur wieder bei ihm sein. Bitte …« *Ich griff ihren Arm. Maggie befreite sich sanft von meinem Griff und hob abwehrend die Hände.* »Du musst nicht betteln. Ich sehe, du bist bereit, dein Leben und dich selber für die Liebe aufzugeben. Hast du schon von der verzauberten Insel gehört, die dort vor der Küste liegt?« *Maggie zeigte mit dem Kopf auf das Meer. Ich folgte ihr mit meinem Blick.*

»Verzauberte Insel? Na klar. Die Geschichten kennt hier jeder.«

»Die verzauberte Insel, das ist die Anderswelt. Du musst nur zu der verzauberten Insel gelangen: Dort wirst du Dylan finden.«

»Aber wie soll ich die denn finden? Und außerdem …«

Beinahe verschlug es mir die Sprache. Vor meinen Augen erschien plötzlich eine Insel in der Ferne. Ich blinzelte ein paarmal. Nein, es war keine optische Täuschung. Es war tatsächlich eine Insel.

Hilflos starrte ich Maggie an. »Da ist Dylan? Wie komme ich dahin? Was muss ich machen?«

Maggie lachte leise. Ihr Lachen klang wie ein filigranes Glockenspiel im Wind. »Du musst einfach nur hinschwimmen.«

Ich runzelte die Stirn. »Aber ... in den Geschichten heißt es, man gelangt nicht einfach so zu der Insel. Dass sie wieder verschwindet, wenn man sich nah dran glaubt. Und es ist doch weit weg, kann ich bis dahin überhaupt schwimmen?«

Maggie stand auf. Sie klopfte sich den Sand vom Rock und machte Anstalten, wegzugehen.

Auch ich sprang auf. »Moment, wohin gehen Sie?«

»Das hier ist wohl reine Zeitverschwendung. Ich habe gedacht, du liebst Dylan.« Ihre Stimme war auf einmal kalt.

Ich hielt sie am Arm fest: »Nein, warten Sie. Ich liebe Dylan. Was muss ich tun?«

Maggie drehte sich zu mir um. Sie war eine große Frau; etwa zwei Köpfe größer als ich. Sie bedachte mich von oben herab mit einem kritischen Blick.

»Du musst mir vertrauen. Du musst handeln. Du musst aufhören, Fragen zu stellen. Dort ist die Insel«, zeigte sie auf das Meer. »Ich zeige sie dir. Ich gebe dir diese Möglichkeit, zu Dylan zu gelangen. Schwimm, so schnell du kannst.«

Ich schaute sie verstört an. »Jetzt, sofort? Ich soll einfach losschwimmen?«

Maggie schüttelte nur unwirsch den Kopf und stampfte davon.

»Nein«, schrie ich ihr nach. »Warten Sie. Ich werde es tun.«

Ich streifte meine Schuhe ab und ging auf das Meer zu. Aus den Augenwinkeln konnte ich sehen, wie Maggie sich zu mir umdrehte. Ich hätte schwören können, dass ihr Lächeln eher hämisch als freundlich aussah, aber vielleicht täuschte ich

*mich, denn mir liefen schon wieder die Tränen übers Gesicht,
die alles verzerrten.*

*Langsam ging ich in das Meer. Nur kurz wurde ich gewahr,
wie kalt das Wasser war. Aber das Feuer in meinem Herzen
wärmte mich von innen und ich blendete alles andere aus.
Ich schwamm in kräftigen Zügen auf die Insel zu. Es war
schwer zu sagen, wie weit sie weg war. Jetzt war ich schon
ein bisschen näher dran – oder bildete ich mir das ein? Ich
traute mich nicht, mich umzudrehen, um zu schauen, ob
Maggie noch am Strand stand. Ich wollte die Augen nicht
von der Insel abwenden, weil ich Angst hatte, dass sie dann
verschwinden würde. Ich konnte es schaffen; Maggie hatte es
versprochen. Ich musste einfach nur daran festhalten, dass ich
bald Dylan in meine Arme schließen konnte.*

*Bald wusste ich nicht mehr, ob ich Minuten oder Stunden ge-
schwommen war. Die Sonne stand immer noch am Himmel,
also konnte es noch kein Abend sein. Aber ihre genaue Position konnte ich nicht feststellen, denn durch das Auf und Ab
der Wellen bobbte die Sonne am Horizont hoch und runter.
Wie lange hielt man es in dem Wasser wohl aus? Die Insel
schien immer noch so weit weg. Und ich konnte meine Glieder schon gar nicht mehr spüren. Nur mein Herz, das pul-
sierte noch wie ein warmes Licht. Zwar schlug es langsamer,
aber es schlug noch. Ich nahm alle Kraft zusammen, um wei-
terzuschwimmen. Ich durfte nicht aufgeben. Dylan zuliebe.*

*Mir kam es vor, als ob meine Schwimmzüge zum Auto-
matismus geworden waren, als ob sie immer gleichmäßig
vonstatten gingen, aber meine Arme mussten doch wohl ein
paarmal ausgesetzt haben, denn ich hatte jetzt schon öfter
Wasser geschluckt. Ich konnte die Arme einfach nicht mehr
fühlen. Als auch meine Beine aufzugeben schienen, kroch
Panik in mir hoch. Mein Atem ging schneller, und ich fing
an, zu hyperventilieren. Das raubte mir die letzte Kraft.
Ich flappte mit Armen und Beinen, nur um mich über der
Wasseroberfläche zu halten und drehte mich im Kreis. Der*

Strand war so weit weg! Aber die Insel war auch noch in weiter Ferne, wie konnte das sein? Als ich mich wieder zur Insel umdrehen wollte, konnte ich sie nicht mehr finden. Panisch suchten meine Augen den Horizont ab. Mein Herzschlag verlangsamte sich noch mehr. Die Kälte breitete sich blitzschnell im ganzen Körper aus wie Millionen Nadelstiche. Ich wollte meine Gliedmaßen bewegen, aber ich konnte nicht mehr. Die Insel – Dylan – ich konnte keinen klaren Gedanken mehr fassen und spuckte Wasser. Die Linie, wo das Meer auf den Himmel traf, schien auf einmal direkt vor mir zu sein. Als ob die Welt hier zu Ende wäre. Dann schlug das Wasser über meinem Kopf zusammen. Wo ich vorher Blau gesehen hatte, war jetzt Grau. Ich konnte nicht mehr kämpfen. Aus Grau wurde Grün. Dylans Augen. Dann ... Schwarz.

Keuchend ließ ich mich auf den Boden sinken. Ich hustete und spuckte, bis ich merkte, dass mir schon lange kein Wasser mehr in die Lungen drang. Ich war nicht unter Wasser. Ich war in Dr. O'Cadhlas Seminarraum. Während mir O'Cadhla auf die Schulter klopfte und fragte, ob alles in Ordnung sei, starrten mich die anderen Studenten von ihren Plätzen aus an.

Mit Tränen in den Augen schaute ich zu Dylan rüber. Der hielt sich einfach nur die Hand über die Augen und schüttelte stumm den Kopf. Die Kraft, mit der die Erinnerung an Ciaras Tod über mich gekommen war, hatte mich buchstäblich umgehauen. Aber ich musste mich zusammenreißen, wenn Dylan und mir diese Situation nicht zum Verhängnis werden sollte. Wahrscheinlich hatte ich schon alles versemmelt.

Ich atmete tief ein. »Mir geht es gut«, sagte ich beschwichtigend. »Ich habe nur manchmal Panikattacken«, log ich. »Die Aufregung, vor allen hier ein Referat zu halten ...«

O'Cadhla nickte langsam. »Ist das auch, was dir in unserer ersten Seminarstunde passiert ist, als du angefangen hast, zu hyperventilieren?«

»Genau«, griff ich das dankbar auf. »Tut mir leid. Aber jetzt geht es mir besser und wir können gerne weitermachen.«

Dr. O'Cadhla runzelte die Stirn. »Bist du dir sicher? Willst du nicht ein bisschen frische Luft schnappen oder so?«

»Nein, nein«, versicherte ich. »Wir machen weiter.«

Während Dylan die Geschichte zu Ende vorlas, betete ich im Stillen, dass ich nicht noch einmal einen solchen Erinnerungsflash erleben würde, während wir uns hier im Klassenzimmer befanden. Aber der Rest des Referats lief glimpflich ab. Und so brachten wir auch die ganze Seminarstunde ohne weitere Zwischenfälle rum. Ich hörte selbstverständlich nicht mehr zu. Die ganze Zeit überlegte ich fieberhaft, wie ich Dr. O'Cadhla davon überzeugen konnte, dass das hier nicht genau das gewesen war, was es gewesen war: eine Erinnerung an das, was Maggie mich wohl mit ihrem Schadzauber hatte vergessen machen wollen.

***

Ein paar Stunden später eilte ich den Korridor im fünften Stock des Arts Buildings entlang und checkte fieberhaft die Nummern und Namen an den Türen. Dr. O'Cadhlas Büro musste hier irgendwo sein. Am liebsten wäre ich gerne direkt nach dem Seminar hergekommen, um mit dem Doktor zu sprechen, aber das war leider nicht möglich gewesen. Ich hatte mich mit ein paar Mädchen aus meinem Geschichtskurs in der Bibliothek verabredet, um ein Referat über Poynings' Law vorzubereiten, das Gesetz, das 1494 das irische Parlament wieder unter die Autorität des englischen Parlaments stellte. Und obwohl ich einen holprigen Start mit dem Geschichtskurs gehabt hatte, machte mir dieser immer mehr Spaß. Ich wollte daher nicht zu spät kommen und hatte mich wohl oder übel damit abgefunden, erst nach diesem Treffen mit Dr. O'Cadhla über den Vorfall zu sprechen – in der Hoffnung, dass ich ihn dann überhaupt in seinem Büro antreffen würde.

Wieder bog ich um eine Ecke. Ich hätte schwören können, ich war schon einmal im Kreis gelaufen. Das war hier ja das reinste Labyrinth. Alle Türen sahen gleich aus und der ockergelbe Teppich gab den Anschein, als ob er noch aus den 1970er-Jahren stammte.

Plötzlich fiel mir ein kurzer Korridor auf, der vom Hauptgang abzweigte. Dort schienen sich auch einige Büros zu befinden. In der Tat stimmten die Nummern hier: Dr. O'Cadhlas Büro befand sich ganz am Ende des kurzen Flurs, gegenüber von einem Kopierraum, in den ich hineinschauen konnte, weil die Tür offen stand.

Vor Dr. O'Cadhlas Büro holte ich noch einmal tief Luft und sammelte mich. Als ich gegen die Tür klopfen wollte, bemerkte ich, dass sie nur angelehnt war. Ich hielt deshalb in der Bewegung inne und schubste die Tür dabei ausversehen ein wenig an, sodass sie noch einen Spalt weiter aufging. Ich hatte schon angesetzt, leise durch den Türspalt zu fragen, ob Dr. O'Cadhla im Büro sei, da vernahm ich eine mir sehr bekannte Stimme. Ich erstarrte vor Schreck. Was machte Bridget denn im Büro meines Seminarleiters? Unschlüssig schaute ich mich um. Der abgelegene Korridor war menschenleer. »Padraig«, hörte ich Bridget in dem Moment sagen. Dass meine Freundin Dr. O'Cadhla beim Vornamen nannte, ließ mich noch mehr stutzen. Es war aber ihr Tonfall, also wie sie seinen Namen sagte, der mich dazu veranlasste, vorsichtig mein Ohr an den Türspalt zu halten.

»Padraig, hör auf, ich muss gleich wieder los«, hörte ich Bridget kichern.

»Bridget, Bridget, in deiner Gegenwart vergesse ich mich immer«, murmelte der Doktor.

Ich musste mir die Hand auf den Mund legen, um zu verhindern, dass ein erschrockener Laut entwich. Um Gottes willen, Bridget hatte doch nicht etwa … Ich hatte den Gedanken kaum zu Ende gedacht, als sich meine dunkle Vermutung bestätigte.

»Kann ich dich heute Nacht wiedersehen?«, wollte Dr. O'Cadhla wissen.

»Puh, ich glaube, heute Nacht sollte ich besser mal schlafen«, seufzte Bridget. »Außerdem müssen wir etwas vorsichtiger sein. Als wir gestern im Seven Deers noch so spät ein Glas Wein trinken waren, da hat uns eine Kommilitonin von mir gesehen. Gott sei Dank studiert sie auch Informatik und wusste also nicht, wer du bist. Sie hat mich am nächsten Tag nur gefragt, wer denn der gut aussehende, etwas ältere Mann war, mit dem ich aus war. Ich habe mir natürlich irgendwas aus den Fingern gesogen. Aber beim nächsten Mal haben wir vielleicht nicht so viel Glück.«

»Macht nichts«, meinte mein Seminarleiter leichthin. »Ich bin sowieso lieber allein mit dir. In meiner Wohnung. In meinem Bett.« Bridget kicherte leise und den Geräuschen nach zu urteilen, gab sie ihm gerade zu verstehen, dass sie auch nichts dagegen hätte. Ich hingegen musste einen Würgereiz unterdrücken. Das war einfach nicht richtig. Er war mindestens fünfzehn Jahre älter als Bridget. Und sie war, wenn auch nicht seine, aber trotzdem immer noch eine Studentin. Und – das hatte ich ganz verdrängt – er war noch nicht mal ein Mensch, sondern ein Feenwesen. Ich musste unweigerlich quieken, als mir diese abstruse Tatsache wieder einfiel, aber die beiden waren wohl so beschäftigt, dass sie es gar nicht hörten.

Gott sei Dank lösten sie sich bald wieder voneinander, denn kurz darauf hörte ich Bridget sagen: »Ich muss jetzt wirklich los. Und du hast mich überzeugt. Bis heute Nacht.«

Wieder schienen sie sich zu küssen, diesmal wohl zum Abschied. Panisch blickte ich mich um. Bridget würde gleich aus dem Büro kommen. Was sollte ich bloß machen? Konfrontieren musste ich sie sowieso, aber hier jetzt gleich … Ohne groß weiter zu überlegen, huschte ich ins Kopierzimmer und versteckte mich hinter der Tür. Ich konnte hören, wie Bridget aus dem Büro kam und die Tür hinter sich zufallen ließ. Dann horchte ich, bis ihre Schritte auf dem ockerfarbenen Teppich verhallten. Ich zählte bis zehn, nur um sicher zu gehen, dass sie auch weg war, und spähte dann vorsichtig aus dem Kopierzimmer. Die Luft war rein. Langsam atmete ich aus. Ich durfte mich nicht beirren lassen, denn ich wusste, was ich zu tun hatte. Beherzt klopfte ich an Dr. O'Cadhlas Tür.

kapitel zwanzig

»Alice, was kann ich für dich tun?«, fragte Padraig O'Cadhla in seinem üblichen, warmen Tonfall.

Ich schaute mich in seinem Büro um. Es war das genaue Gegenteil von Dr. Brennans Büro. Hier stapelten sich kaum Bücher. Das einzige Regal war ziemlich leer und auch sonst war alles sehr spartanisch eingerichtet. Bis auf die blaue Couch, die an der einen Wand stand. Ich musste mich beinahe schütteln, als ich mir überlegte, dass das, was ich eben gehört hatte, wahrscheinlich auf dieser Couch stattgefunden hatte.

»Bitte, setz dich doch«, schlug Dr. O'Cadhla vor, als er merkte, dass ich zögerte.

Schnell nahm ich auf der einzigen anderen Sitzgelegenheit Platz, einem zweiten Stuhl neben dem Schreibtisch. Dr. O'Cadhla hatte auch keinen bequemen Drehstuhl wie Dr. Brennan. Er war wohl noch nicht lange hier: Wahrscheinlich war er eigens dafür hier an der Uni platziert worden, um Dylan und mich zu beobachten.

»Ähm, danke«, versuchte ich mich von meinen Überlegungen loszureißen und mich auf das Hier und Jetzt zu konzentrieren, das schließlich so wichtig war. »Ich wollte gerne noch mal mit Ihnen über den Zwischenfall im Unterricht sprechen, Dr. O'Cadhla«, sagte ich.

»Geht es dir wieder besser? Was genau ist denn passiert?«

Dr. O'Cadhla änderte seinen Tonfall dabei nicht und setzte nur sein engelhaftes Lächeln auf, das ihn so unwiderstehlich wirken ließ.

»Ich hatte eine Panikattacke.« Ich machte eine Pause, in der ich so tat, als ob ich mit mir rang. Auch ich konnte schauspielern. Ich musste mich dabei nur sehr darauf konzentrieren, nicht rot zu werden. In diesem Fall war das aber gar nicht so ein großes Problem. Wenn man aufgewühlt war, dann bekam man ja vielleicht davon einen roten Kopf. Also tat ich aufgewühlt. »Ich würde ihnen gerne anvertrauen, was das Problem war, Dr. O'Cadhla, aber ich habe Angst, dass Sie mir nicht glauben oder mich auslachen.«

»Das werde ich ganz sicher nicht tun, Alice«, erwiderte Padraig O'Cadhla ernsthaft.

»Okay, also, vor ein paar Monaten hatte ich in meiner Heimat, in Deutschland, einen Unfall. Daraufhin lag ich drei Wochen im Koma.« Ich verstummte, um seine Reaktion abzuwarten. Er musste schließlich davon wissen. Doch er reagierte angemessen. Seine grünen Augen drückten großes Mitgefühl aus, als er sagte: »Um Gottes willen, Alice, das ist ja schrecklich.«

»Ja«, flüsterte ich fast. »Das ist noch nicht alles. Als ich aus dem Koma aufgewacht bin, da … da …«

»Du kannst es mir ruhig sagen, egal, was es ist.«

Ich seufzte. »Da habe ich kein Deutsch mehr gesprochen oder verstanden. Ich habe gedacht, meine Muttersprache sei Irisch.«

Dr. O'Cadhla schaute mich mit einem Blick an, den man vielleicht als ungläubig bezeichnen konnte. Ich hatte aber den Verdacht, dass er in Wirklichkeit überlegte, wie er damit umgehen sollte, dass ich ihm das gerade erzählt hatte. Damit hatte er wohl wahrlich nicht gerechnet.

Während er einen Moment lang schwieg, hielt ich tapfer an meiner Strategie fest. Ich hatte gedacht, Angriff sei die beste Verteidigung. Ich würde O'Cadhla einfach mit der Wahrheit entwaffnen. Selbstverständlich würde ich ein paar Dinge auslassen.

»Ich weiß, wie das klingt, Dr. O'Cadhla, aber ich sage die Wahrheit. Sie können sich gerne bei Professor O'Tool von der Fakultät für Linguistik bestätigen lassen, dass dem so ist. Durch ihn bin ich nämlich hierhergekommen. Einer meiner Ärzte in Deutschland hatte einen irischen Bekannten, der bestätigt hat, dass ich wirklich Irisch spreche und der hat mich mit Professor O'Tool in Kontakt gebracht«, erklärte ich.

Als Dr. O'Cadhla immer noch nichts sagte, fügte ich hinzu: »Ich kann Ihnen gerne ein medizinisches Gutachten von meinen Ärzten in Deutschland geben, damit Sie wissen, dass diese Panikattacken, die ich bei Ihnen im Unterricht hatte, wirklich eine medizinische Ursache haben.«

Dr. O'Cadhla hatte sich wohl wieder gefangen und schüttelte den Kopf. »Das wird nicht nötig sein, Alice. Ich werde mit Professor O'Tool sprechen, aber keine Angst, du bekommst aus einem solchen Grund keine schlechte Note für dein Referat von mir.«

Ich tat erleichtert. Das war natürlich die kleinste meiner Sorgen.

»Aber, wenn ich dich das kurz fragen darf«, nutzte O'Cadhla die Situation aus – was ich mit dieser Strategie ja auch bezweckt hatte. »Wie war das denn genau? Ich nehme an, als Deutsche konntest du vorher nicht fließend Irisch sprechen, so wie jetzt?«

»Nein, ich konnte es vorher überhaupt nicht.« Ich erklärte O'Cadhla, was genau damals mit meinen Irisch- und Deutschkenntnissen passiert war.

»Das ist ja erstaunlich«, meinte er. »Und daraufhin bekamst du Panikattacken?«

Ich wusste nicht, wie weit ich gehen musste, denn ich war mir ja nicht sicher, wie viel die Sidhe wussten. Aber meine Besuche bei Dr. Zucker waren leicht herauszufinden und Maggie hatte mich in Roundstone gesehen, hatte gehört, dass wir uns dort nach Ciara erkundigt hatten, also musste ich dafür eine Erklärung liefern. Sonst würde O'Cadhla wissen, dass ich nicht die Wahrheit sagte und ihm etwas verheimlichte.

»Ja, als ich wieder zu Hause war«, gab ich also zu. »Ich bekam Albträume und Panikattacken. In den Träumen fühlte ich mich wie eine andere Person, der schreckliche Dinge zustoßen. Meine Eltern haben mich bei einem Psychiater in Behandlung gegeben.«

Ich stockte, um den Anschein zu geben, dass ich verlegen war und mir nicht sicher war, ob er mir glauben würde.

»Das war bestimmt das Richtige in der Situation. Hat es geholfen?«

»Na ja, er war kein regulärer Psychiater, sondern ein Hypnosespezialist. Es gab die Theorie, ich würde mich durch das Koma an ein früheres Leben erinnern. Ich weiß, das hört sich komisch an, aber wenn man so etwas Irrsinniges erlebt hat wie ich«, ich quetschte mir ein paar Tränen aus den Augen und wischte mit einem Tempo aus der Hosentasche in meinem Gesicht herum, »dann klammert man sich an jeden Strohhalm, für all das eine Erklärung zu finden. Auf jeden Fall habe ich während der Hypnose wohl immer einen Namen und einen Ort genannt: Ciara und Roundstone.«

»Roundstone«, wiederholte Dr. O'Cadhla unschuldig. »Der Ort an der Westküste?«

»Genau. Ich war kurz vor Beginn des Studiums sogar da. Die O'Tools haben dort ein paar Tage Urlaub mit mir gemacht. Ich habe dort ein paar Panikattacken bekommen – das Ganze war also leider eher schmerzlich als hilfreich. Ich habe aufgegeben, weiter über diese Sache nachzudenken und seitdem sind die Panikattacken weniger geworden. Ich will einfach mein Leben leben, wissen Sie?«, sagte ich leidenschaftlich.

Dr. O'Cadhla nickte. »Das kann ich verstehen.«

»Die O'Tools waren so hilfreich. In Deutschland hat mich alles an den Unfall und das Koma erinnert. Ich konnte mir einfach nicht vorstellen, mich dort auf Studienplätze zu bewerben; ich war ein totales Nervenwrack. Professor O'Tool meinte, dies hier wäre eine neue Chance, ein Neubeginn, bei dem ich meine neuen Fähigkeiten einsetzen könnte. Und er hatte recht. Nachdem wir nach dem Roundstone-Aufenthalt beschlossen hatten, wir lassen die Vergangenheit ruhen, ging es mir immer besser.«

»Aber Panikattacken hast du immer noch, wie ich sehe. Auch noch diese Albträume mit Erinnerungen an ein früheres Leben oder worum auch immer es sich dabei handelt …?« Er hielt inne und verzog den Mund zu einem schiefen Lächeln. Das sollte ihn wohl noch unwiderstehlicher machen. Ich fiel aber nicht drauf rein. »Tut mir leid, Alice, wenn ich diesbezüglich skeptisch klinge. Ich möchte natürlich nicht bestreiten, dass dir das alles passiert ist, aber an Übernatürliches und so weiter glaube ich nicht. Für mich sind die Mythen und Sagen eben nur Geschichten, keine Geschichte.« Vielleicht war das ein Test. Wenn ich jetzt sagen würde, ich verstehe ihn, in Wahrheit aber denken würde, ich weiß, dass er lügt – würde er das merken? Sicherheitshalber sagte ich gar nichts dazu. Stattdessen meinte ich vage: »Wer weiß, was es ist, und ich will es gar nicht wissen. Panikattacken habe ich kaum. Aber ich hatte in Roundstone von dieser Geschichte mit der verzauberten Insel gehört. In der örtlichen Buchhandlung hat mir der Buchhändler ein Buch dazu verkauft. Ich fand, dass sich die Geschichte hervorragend als Aufhänger für ein Referat eignen würde. Ich hatte gehört, dass Dylan auch von der Westküste ist, und hoffte, dass er vielleicht etwas beizusteuern hätte. Das hatte er. So kam zustande, dass wir zusammen das Referat hielten und Dylan die Geschichte vorlas. Es war eigentlich alles bis dahin kein Problem und hat mir sogar Spaß gemacht.

Aber als er die Geschichte während des Referats so lebendig vorgetragen hat, da musste ich mich wieder an den Roundstone-Besuch erinnern. Das war wohl die Ursache für meine Panikattacke. Aber sie war bei Weitem nicht so schlimm wie sonst und ich hatte sie ja schnell wieder unter Kontrolle.«

Dr. O'Cadhla nickte stumm. Dann meinte er: »Das stimmt, du hast gleich weitergemacht. Das werde ich bei der Notengebung natürlich honorieren. Es war ein tolles Referat und ihr habt das beide gut gemacht.«

»Dann bin ich wirklich froh, dass ich hergekommen bin und Ihnen von meiner Krankheit erzählt habe, Dr. O'Cadhla.«

»Das bin ich auch, Alice. Danke für dein Vertrauen.« Seine dunkelgrünen Augen sahen ernst aus, so als ob er das wirklich so meinte.

Nachdem ich mich von ihm verabschiedet hatte und erleichtert das Büro verlassen wollte, fiel mein Blick auf einen seltsamen

Gegenstand, der in O'Cadhlas Regal lag. Ich war gedanklich mit zu vielen anderen Dingen beschäftigt, als dass mich diese Entdeckung länger beschäftigte, aber ich behielt den Gedanken im Hinterkopf: Warum hatte O'Cadhla, ein Feenwesen aus der Anderswelt, der hier war, um mich zu beobachten und um einzustufen, ob ich eine Bedrohung war – man könnte also sagen, mein Feind – dasselbe komische Ei in seinem Büro wie Dr. Brennan, der ich schließlich vertraute und auf deren Hilfe ich mich verließ?

***

Während ich die Treppen des Arts Buildings hinunterging, schrieb ich Bridget eine SMS. Ich konnte mich nicht daran erinnern, ob sie jetzt irgendwo Unterricht hatte oder nicht. Ich bat sie, mich im Ginger Man zu treffen, einem Pub in der Nähe der Uni. Ich konnte nach dem nervenaufreibenden Gespräch mit Dr. O'Cadhla auf jeden Fall ein Glas Wein gebrauchen und machte mich dorthin auf den Weg. Währenddessen dachte ich über das sonderbare Ei nach, das O'Cadhla und Claire Brennan in ihrem Büro liegen hatten. Vielleicht hatte es gar nichts zu bedeuten, beschloss ich schließlich, nachdem ich mir fünf Minuten lang vergeblich darüber den Kopf zerbrochen hatte. Möglicherweise war es eine Art Skulptur, ein Geschenk an neue Fakultätsmitglieder oder sonstiges. Ich hatte die Eier nicht aus der Nähe gesehen oder in der Hand gehabt. Es hätte ja sein können, dass eine Inschrift eingraviert war. Sicher gab es eine einfache Erklärung. Ich nahm mir vor, Dr. Brennan bei meinem nächsten Besuch in ihrem Büro danach zu fragen.

Als ich den Ginger Man betrat, war von Bridget nichts zu sehen. Sie hatte auch nicht auf meine Nachricht geantwortet. Ich bestellte mir ein Glas Pinot Grigio an der Bar und setzte mich an einen der kleinen Tische aus dunklem Holz. Um diese Uhrzeit war es relativ ruhig in dem Pub. Wir kamen manchmal zum Mittagessen her – hier gab es preiswerte, aber gute Fish and Chips – und Abends war der typisch irische, kleine, dunkle Pub meist gerammelt voll.

Ich war froh, etwas Abstand von der geschäftigen Atmosphäre der

Uni zu haben. Hier könnten Bridget und ich ungestört reden – wenn sie denn mal auftauchen würde. Vielleicht war sie gerade in einer Vorlesung. Ich nutzte die Zeit, über die Erinnerung an Ciaras Tod nachzudenken. Immer, wenn ich daran dachte, wie hilflos sich Ciara gefühlt hatte, als sie merkte, sie würde die Insel nicht erreichen und es auch nicht schaffen, zurückzuschwimmen, schüttelte es mich. Ich musste Dylan unbedingt davon berichten, dass Maggie Schuld an Ciaras Tod hatte, aber er war nach dem Seminar sofort verschwunden. Wir hatten nicht noch mal über die Verabredung zum Pizzaessen geredet und ich rechnete mir keine großen Chancen aus, dass er mich anrufen würde, um etwas abzumachen. Wahrscheinlich dachte er, dass jetzt alles auffliegen würde – er wusste ja nicht, dass ich das mit meinem Gespräch mit O'Cadhla hoffentlich verhindert hatte. Ich beschloss, heute Nacht zur Brücke zu gehen, in der Hoffnung, Dylan würde dort auftauchen.

Ich hatte mein Glas Wein halb leer getrunken, als ich Bridget tatsächlich durch die Tür kommen sah. Sie winkte mir fröhlich zu und zeigte auf mein Glas. Ich schüttelte nur den Kopf und hob das Glas an, um ihr zu zeigen, dass ich noch nicht ausgetrunken hatte. Bridget holte sich selber ebenfalls ein Glas Weißwein und gesellte sich zu mir.

»Trinken wir Alkohol am Nachmittag? Ist was passiert? Deine Nachricht hörte sich ernst an.«

»Du kannst nicht glauben, was für einen Tag ich hatte, Bridget. Was für eine Woche ich hatte. Ich weiß gar nicht, wo ich anfangen soll«, seufzte ich. »Aber ja, es ist ernst.«

»Okay«, meinte Bridget. »Leg los.«

»Bridget, ich weiß, dass du eine Affäre mit meinem Seminarleiter Dr. O'Cadhla hast.«

Bridget schaute mich mit großen Augen an und sagte erst mal gar nichts. Dann sah sie auf ihr Glas runter und murmelte: »Ja, das stimmt. Woher weißt du das?«

»Ich habe O'Cadhla in seinem Büro aufgesucht, weil ich dringend mit ihm sprechen musste. Die Tür stand einen Spalt offen und ...«

»O Gott«, unterbrach mich Bridget, »du hast uns gehört.«

»Na ja.« Ich wurde rot. »Ich habe bestimmt nicht alles gehört. Aber genug, um zu merken, dass ihr was am Laufen habt. Bridget, was hast du dir nur dabei gedacht?«

»Ich weiß es auch nicht, Alice. Es ist einfach passiert. Erst fand ich es einfach nur aufregend, mit ihm zu flirten. Wir sind uns eines Abends im Pub begegnet und ich habe ihn angesprochen, weil ich ihn doch gesehen hatte, als ich bei eurem ersten Seminar vorbeikam. Es ist … ein Abenteuer, sonst nichts, ich schwör's.«

»Du bist also nicht in ihn verliebt?«, fragte ich misstrauisch.

Bridget lachte. »Nein, wir kennen uns doch kaum. Er sieht unheimlich toll aus und es ist aufregend.«

»Und gefährlich, Bridget! Was meinst du, was passiert, wenn das rauskommt.«

Bridget zuckte mit den Schultern. »Er ist erwachsen und er weiß, was er tut. Wenn er das Risiko auf sich nimmt, wegen einer Affäre mit einer Studentin seinen Job zu verlieren …«

»Vergiss doch mal ihn«, sagte ich etwas zu laut. »Denk an dich. Was du dann für einen Ruf weg hast. Und, o Gott, dein armer Vater. Seine achtzehnjährige Tochter und ein Kollege! Überleg mal, in was für eine Situation du ihn damit bringst!«

»Du musst gerade reden«, meinte Bridget trotzig. »Dich interessiert überhaupt nicht, wie es deinen Eltern geht. Du hast ja noch nicht einmal mit deinem Vater gesprochen, seit du hier bist. Also halte mir keine Moralpredigt, okay!«

Ihre scharfen Worte gaben mir zu denken. So aufgebracht hatte ich Bridget noch nie erlebt. Und es war was Wahres dran, an dem, was sie im Zorn sagte. Natürlich war ich auch verletzt. Schweigend tranken wir unseren Wein aus. Schließlich legte Bridget ihre Hand beschwichtigend auf meine. »Hör mal, es tut mir leid. Du hast ja recht. Ich wollte es einfach nicht hören.«

»Mir tut es auch leid«, meinte ich erleichtert. »Ich wollte nicht mit dir streiten. Ich habe dich und deine Eltern lieb. Ich will einfach nicht, dass ihr wegen Dr. O'Cadhla, der es überhaupt nicht wert ist, in Schwierigkeiten geratet oder dass er irgendwie zwischen euch kommt. Du hast recht, dass mein Verhältnis zu meinen Eltern schlecht ist. Wir standen uns so nahe und diese Verbindung ist seit dem Koma irgendwie immer schwächer geworden. Und ich habe mir nicht gerade ein Bein ausgerissen, um das zu ändern. Also danke, dass du so ehrlich mit mir bist und mir das klarmachst. Aber ich will einfach nicht, dass dir und deinen Eltern auch so etwas passiert. Mal davon abgesehen, was diese Affäre sonst noch für Folgen haben könnte und dass ich von O'Cadhla nichts halte.« Bridget seufzte. »Ach Alice. Ja, ich habe ein gutes Verhältnis mit meinen Eltern, und ich weiß, meine Mutter und mein Vater sind ganz tolle, verständnisvolle Menschen. Aber es ist nicht alles Gold, was glänzt. Meine Eltern sind von mir gewohnt, dass ich alles immer glänzend meistere und dabei noch ein Lächeln aufsetze. Ich war immer ihr Sonnenschein und so wollen sie mich auch sehen. Das ist manchmal ganz schön anstrengend. Ich mache dieses Informatikstudium mit links und bringe nur die besten Noten nach Hause. Darüber freuen sich meine Eltern, sie erwarten nichts anderes. Aber um ehrlich zu sein ...« Bridget kräuselte die Nase und kam näher. »Hört sich das jetzt total eingebildet an? Mir ist todsterbenslangweilig. Ich fühle mich total unterfordert.«

Sie lehnte sich zurück. »So, da, ich hab's gesagt.«

Ich musste unweigerlich lachen. »Bridget, das ist doch nicht eingebildet. Das ist ein Problem, das ganz einfach zu lösen ist. Wechsel in ein anderes Fach, das auch eine Herausforderung für dich ist und das dich begeistert. Rede mit deinen Eltern. Ich wette, dass es ihnen gar nichts ausmacht, wenn du auch mal eine Prüfung total versaust, weil sie einfach zu schwierig war. Sie wollen dich in erster Linie glücklich sehen und nicht nur eine Vorzeigetochter haben, glaub mir, dafür kenne ich deine Eltern genug. Und dann musst du dir deine Kicks vielleicht auch nicht woanders holen. Zum Beispiel mit gefährlichen Affären«, fügte ich leise hinzu.

»Du hast bestimmt recht. Ich werde darüber nachdenken«, erwiderte Bridget. »Aber sag mal. Was genau hast du denn gegen Padraig? Ich höre da doch wohl eindeutig heraus, dass du ihn nicht leiden kannst. Hat er dir irgendwas getan?«

»Warte mal kurz«, sagte ich, ging zur Bar und holte uns beiden noch einen Pinot Grigio. Zwei Gläser Wein am Nachmittag war zwar mein Limit, aber ich hatte das Gefühl, wir würden es beide gebrauchen können, angesichts dessen, was ich Bridget gleich eröffnen würde.

»Halt dich besser an diesem Glas fest«, riet ich Bridget, als ich wieder an unserem Tisch Platz nahm.

Bridget sah mich gespannt an. Ich sah mich im Pub um. Niemand war in unserer Nähe, der unsere Konversation mitanhören könnte. »O'Cadhla ist nicht der harmlose, gut aussehende Akademiker, für den du ihn hältst, Bridget. Er ist ein Feenwesen aus der Anderswelt, der mich ausspioniert.«

Erst machte Bridget keinen Mucks. Dann schielte sie auf mein Glas Wein. »Wie viel hast du schon getrunken, bevor ich reinkam?«

Ich winkte ab und seufzte. »Am besten fange ich wohl ganz von vorne an …«

kapitel einundzwanzig

Als ich an diesem Abend auf der Ha'penny-Brücke stand, hatte die Uhr noch nicht halb zwölf geschlagen. Aber ich war einfach viel zu ungeduldig. Ich hoffte bloß, Dylan würde überhaupt auftauchen.

Nachdem ich Bridget im Ginger Man die ganze Geschichte über Dylan und Ciara und die Feen aus der Anderswelt erzählt hatte, war es schon so spät gewesen, dass wir fast nicht rechtzeitig zum Abendessen nach Hause gekommen wären. Bridget musste mir hoch und heilig versprechen, dass sie niemandem, wirklich niemandem von der ganzen Sache erzählen würde. Ob sie mir das alles glaubte, was ich ihr erzählt hatte, war schwer einzuschätzen. Doch sie hatte sich von Anfang an auf meine sonderbare Situation einlassen können, hatte schon an meinen Träumen und Erinnerungen an Dylan nicht gezweifelt. Und jetzt kannten wir uns mittlerweile viel besser, waren beste Freundinnen geworden – ja, ich dachte, ich konnte Bridget so weit vertrauen, dass sie mich zumindest nicht in die Psychiatrie einweisen lassen würde. Ob sie der Sache mit den Sidhe wirklich Glauben schenken konnte, blieb abzuwarten. Wir würden darüber noch mal sprechen müssen, nachdem sie das alles verdaut hatte, so viel war sicher.

Bridgets Kommentar über mein Verhältnis zu meinen Eltern, besonders meinem Vater, hatte mir zu denken gegeben. Ich hatte nach dem Abendessen versucht, bei meinen Eltern zu Hause anzurufen, aber keiner hatte abgenommen. Es hatte mir jedoch keine Ruhe gelassen, und so hatte ich kurz entschlossen einfach meinen Vater auf dem Handy angerufen. Ich wusste, das war teuer für die O'Tools, dachte aber, ich würde ihnen einfach anbieten, die Kosten zurückzuerstatten, falls das Gespräch länger ging. Dem war allerdings nicht so. Mein Vater hatte zwar abgenommen, aber nicht lange mit mir gesprochen. Zuerst klang er sehr erfreut, als er meine Stimme hörte. Er fragte mich, wie es mir ging und wie das Studium lief. Ich gab ihm einen kurzen Abriss. Sobald ich das Gespräch auf ihn lenkte, wurde er sehr kurz angebunden. Als ich wissen wollte, wo er denn war, weil daheim keiner abgenommen hatte, brummelte er nur etwas über »unterwegs von einem Auswärtstermin bei einem Kunden«. Und als ich fragte, wo Mama denn sei, meinte er nur, er wüsste es momentan nicht und er müsste jetzt aufhören, weil grade sein Chef anrief. Er versprach, in den nächsten Tagen irgendwann anzurufen, wenn er abends zu Hause war.

Ich wusste nicht, was ich von dem Verhalten meines Vaters halten sollte. Zeigte er mir die kalte Schulter, weil ich mich so lange nicht gemeldet hatte? Das war so gar nicht seine Art. Ich nahm mir vor, morgen noch mal zu Hause anzurufen. Wenn er wieder nicht da war, würde ich eben meine Mutter fragen.

Heute Nacht war es windig. Mich fröstelte es, und ich zog den Reißverschluss meines Parkas ganz hoch. Ein Blick auf die Uhr verriet mir, dass es jetzt kurz vor zwölf war. Ich trat von einem Fuß auf den anderen. Aber ich hätte gar nicht zittern müssen, denn kaum hatte die Uhr zwölf geschlagen, kam Dylan auch schon schnellen Schrittes auf die Brücke geeilt.

Ich kam ihm entgegen und sagte: »Gott sei Dank bist du gekommen, ich muss dir unbedingt ...«

Doch Dylan fiel mir sofort aufgebracht ins Wort: »Was hast du dir denn bloß dabei gedacht? Konntest du dich nicht zusammenreißen? Nachdem ich dir hundertmal erklärt habe, wie vorsichtig wir sein müssen.« Seine Augen funkelten wütend und er fuchtelte mit den Händen in der Luft herum, während er sprach. Von dem kühlen, bedächtigen Dylan, den ich als Alice bislang kennengelernt hatte, war keine Spur mehr zu sehen. »Ich hab dir doch verraten, dass O'Cadhla zu den Sidhe gehört und hier ist, um uns zu beobachten. Ich habe dir vertraut! Und du, du dankst mir dafür, indem du im ungünstigsten Moment so einen mädchenhaften Schwächeanfall hinlegst! Wie soll ich dich denn unter diesen Umständen beschützen?«

Ich blieb ganz ruhig und ließ ihn zu Ende reden. »Dylan, du musst mich gar nicht beschützen, das kann ich selber ganz gut auch ohne dich. Ich habe doch schon längst Schadensbegrenzung betrieben. Ich war nämlich vorhin noch bei O'Cadhla im Büro und habe das Ganze wieder hingebogen. Ich bin mir sicher, er schöpft keinen Verdacht, dass hinter meinem mädchenhaften Schwächeanfall, wie du ihn nanntest, mehr steckt als eine gewöhnliche Panikattacke.«

Dylan schaute mich entsetzt an. »Du warst bei ihm Büro? Was hast du ihm erzählt?« Er legte den Kopf in die Hände und stöhnte. »O Gott, o Gott, das wird ja immer schlimmer mit dir. Ich glaube wirklich, dass ich das jetzt nicht mehr geradebiegen kann. Ist dir nicht bewusst, dass er auf hundert Meter riechen kann, dass an deinen fabrizierten Ausreden etwas faul ist?« Er ließ resigniert die Hände sinken und wich ein paar Schritte zurück, so als ob er meine Nähe nicht mehr länger ertragen konnte.

Wieder bemühte ich mich, ruhig zu bleiben, aber so langsam brachte mich Dylan in Rage. Er traute mir wohl überhaupt nichts zu. »Das habe ich mir gedacht. Deshalb habe ich ihm auch die Wahrheit gesagt. Ich habe ihm von dem Unfall, dem Koma, den Erinnerungen an Roundstone und Ciara erzählt. Eben so viel, wie er schon wusste. Einige wichtige Dinge habe ich selbstverständlich nicht erwähnt. Wie oft du in meinen Träumen vorgekommen bist, habe ich natürlich ausgelassen«, platzte es aus mir heraus. Ich biss mir auf die Zunge und ich merkte, wie mein Gesicht ganz heiß wurde. Bestimmt hatte ich einen roten Kopf. Ich trat einen Schritt vor, um mich weiter vom Licht der Laterne zu entfernen. Dylan musste ja nicht unbedingt wissen, wie oft ich von ihm träumte.

»Ich habe alles erzählt, was Maggie weiß, und das ausgelassen, was uns betrifft«, redete ich schnell weiter. »Ich habe so getan, als ob es mir sehr unangenehm wäre, darüber zu reden, und ihm ein bisschen geschmeichelt, dass ich ihn ins Vertrauen ziehe. Dann habe ich gesagt, mein Anfall war eine Panikattacke und dass ich die manchmal habe, wenn ich an diese schrecklichen Dinge erinnert werde. Und dass ich lieber Abstand von denen haben möchte und seit dem Roundstone-Aufenthalt alles vermeide, was mich daran erinnert.«

»Und das hat er dir abgenommen?«, wollte Dylan wissen, nachdem er seinen Mund wieder zubekommen hatte.

»Ich glaube schon«, murmelte ich weniger selbstsicher als zu Beginn des Gesprächs.

»Hmm«, war Dylans einzige Antwort darauf. Dann sagte er erst mal eine Weile gar nichts.

Ungeduldig spielte ich am Reißverschluss meines Parkas herum. Ich hatte ihm noch so viel zu berichten, aber ich wollte ihn nicht schon wieder verärgern. Ich zog ein Haarband aus meiner Jeanstasche und stellte mich so hin, dass der Wind meine Haare nach hinten blies. Dann band ich sie zu einem Pferdeschwanz zusammen. Dylan sah mir dabei aufmerksam zu. Als er seinen Blick immer noch nicht abgewandt hatte, als ich mich wieder gegen das Brückengeländer lehnte und meine Hände in die Jackentaschen steckte, wurde ich schon wieder rot.

»Ich muss sagen, so einen mutigen Schachzug hätte ich dir gar nicht zugetraut«, meinte Dylan.

»Na, vielen Dank«, antwortete ich sarkastisch.

»Aber hör mal, nächstes Mal sprechen wir so etwas lieber ab. Das hätte auch nach hinten losgehen können.«

»Hätte ich gerne, aber du bist ja schließlich sofort mit eingezogenem Schwanz abgehauen. Und du bestehst darauf, dass wir nur hier auf der Brücke Klartext reden. Bis morgen wollte ich nicht warten.« Ich klang etwas trotzig; das merkte ich selber.

Auch Dylan schaute ein wenig beleidigt drein. »Ich bin es eben nicht gewohnt, dass ein Mädchen wie du einfach solche Dinge selber in die Hand nimmt. Du bist so impulsiv. Du handelst einfach, bevor ich mir eine Strategie ausgedacht habe. Dabei habe ich es mir zur Aufgabe gemacht, dich zu beschützen, weil es schließlich meine Schuld war, dass dir das hier überhaupt passiert ist. Du musst mir schon vertrauen, dass ich weiß, wie man das hier am besten regelt. Am besten, wir sitzen das alles aus, ohne Aufmerksamkeit zu erregen, bis man sich nicht mehr für dich interessiert. Das war zumindest mein Plan bevor du ...« Dylan stockte und brach ab.

»Klar, du hast leicht reden.« Jetzt war ich damit dran, mich aufzuregen. »Du hast mir erzählt, du bist über zweihundert Jahre alt. Feen können tausende Jahre leben – noch länger, wenn sie wollen. Klar kannst du da mal vier Jahre deine Lebens darauf verwenden, am Trinity College abzuhängen und dich ruhig zu verhalten, sprich, rein gar nichts zu tun. Das hattest du doch vor, oder?«

»Ja, aber ...«, setzte Dylan kleinlaut zur Antwort an, doch ich ließ ihn nicht ausreden.

»Du hast ja auch anscheinend die Weisheit mit dem Löffel gefressen und musst nichts mehr dazulernen oder dich sonst wie weiterentwickeln. Diesen Luxus habe ich nicht. Ich will und kann nicht vier Jahre im Stillstand verbringen, so tun, als sei alles in Ordnung, und meine inneren Konflikte verdrängen. Ciara ist ein Teil von mir. Das habe ich mir nicht so ausgesucht, aber so ist das jetzt nun mal. Und das kannst du nicht wieder gutmachen. Ich muss irgendwie damit fertigwerden und ihr Schicksal selber verarbeiten. Das kann ich aber nicht, wenn ich die Augen davor verschließe, was wirklich passiert ist. Das kann ich nicht, wenn ich wie ein ängstliches Häschen in meinem Bau kauere und dort vier Jahre darauf warten muss, dass die bösen Jäger endlich weg sind.«

Dylan starrte mich nur an. Anscheinend hatte es ihm die Sprache verschlagen. Ob ihn ein Mädchen schon mal so die Meinung gegeigt hatte? Wahrscheinlich nicht. Der offene Mund stand ihm nicht besonders gut. Er sah irgendwie dämlich damit aus. Auf einmal änderte sich das Bild, das ich von ihm hatte. Die ganze Zeit war Dylan nur der Dylan meiner Träume oder besser gesagt, Ciaras Erinnerungen gewesen. Es war ein bisschen so, als hätte ich ihn die ganze Zeit auf dem Bildschirm eines alten Fernsehers gesehen, wo seine Gesichtszüge etwas unscharf waren und man keine Makel erkennen konnte. Jetzt sah ich ihn in HD. Er war immer noch gut aussehend. Sehr gut aussehend, sogar. Nichts würde jemals etwas daran ändern, wie umwerfend seine grünen Augen waren, wie attraktiv seine gerade Nase, wie süß dieses tiefe Grübchen an einer Seite. Aber jetzt sah ich Dylan nicht mehr mit Ciaras Augen, sondern mit Alices. Dylan, wie er wirklich war, in meiner Realität. Ich wusste, er war ein Sidhe – was immer das bedeutete – und kein normaler Mensch, aber so sah er jetzt auf einmal für mich aus. Das machte mir Mut. Ich hielt mein Gesicht in den Wind und genoss die frische Brise. Die Liffey plätscherte unter uns etwas lauter als gewöhnlich, floss etwas schneller. Ich wandte mich wieder Dylan zu.

»Und aus dem Grund musste ich auch, was Ciara angeht, handeln. Es wird dir nicht gefallen. Aber ich konnte nicht still dasitzen und mich damit abfinden, dass Maggie mir vielleicht Erinnerungen genommen hat, die Aufschluss über Ciaras Schicksal geben. Ich musste wenigstens den Versuch unternehmen, mich vor Maggies Einfluss zu schützen.«

Zwischen Dylans Augenbrauen bildete sich eine tiefe Falte. »Gott, Alice, was hast du getan?«

»Ich habe mir ein Schutzamulett anfertigen lassen. Von traditionellen irischen Hexen. Hier.« Ich zog den Reißverschluss meiner Jacke etwas runter, nahm das Amulett ab und reichte es ihm. »Das soll mich vor Maggie beschützen und verhindern, dass sie mir die Erinnerungen an mein früheres Leben nimmt.«

Er betrachtete ungläubig das Amulett. »Wo zum Teufel hast du das denn her?«, fragte er düster.

»Von einer Bekannten«, verriet ich nur. »Es wäre ein Vertrauensbruch, wenn ich ihren Namen bekanntgeben würde. Aber sie ist mit modernen Druidinnen bekannt, traditionellen Hexen, die es für mich angefertigt haben.«

Dylan ächzte. »Ich nehme an, du hast dieser Person von dem allem hier erzählt?«

»Nur das, was nötig war.«

»Mensch Alice, wie kannst du nur so naiv sein. Das hier ist wahrscheinlich Hokuspokus. Ja, es sieht echt aus, aber das heißt doch nichts.« Er drehte das Amulett in der Hand und machte es auf. »Disteln. Na gut, über die Magie der Pflanzen wissen sie ein wenig Bescheid. Vielleicht ist es wenigstens harmlos. Aber vielleicht auch nicht. Wer weiß, über wie viele Ecken zu Maggie gelangt, was diese Hexen über dich erfahren haben.« Er ging auf und ab und sah ziemlich verzweifelt aus.

»Erstens kann ich sehr wohl einschätzen, ob ich einer Person vertrauen kann oder nicht«, sagte ich kühl. So langsam wurde es mir zu bunt, dass er mir rein gar nichts zutraute. »Und zweitens ist es kein Hokuspokus und geschadet hat es mir auch nicht. Im Gegenteil. Es hat Maggies Schadzauber entgegengewirkt. Ich konnte mich an das erinnern, was sie mich vergessen machen wollte.«

Damit hatte ich Dylans Aufmerksamkeit wieder. Er blieb abrupt stehen und blinzelte verwirrt. »Wie bitte?«

»Ja, und ich hätte liebend gerne unser Gespräch damit angefangen, dir diese wichtigen Informationen mitzuteilen, aber du warst ja zu sehr damit beschäftigt, mir Vorwürfe zu machen.«

»Die Panikattacke?«, fiel Dylan ein.

»Ganz genau.« Ich trat einen Schritt auf Dylan zu. »Mit einem Mal kam die Erinnerung zurück, während du die Geschichte mit der verzauberten Insel vorgelesen hast. Die Erinnerung an Ciaras Tod. Dylan, Maggie ist schuld daran. Sie hat Ciara weisgemacht, dass sie zur verzauberten Insel schwimmen solle. Dass sie dich dort, in der Anderswelt finden würde und auf ewig mit dir zusammen sein könnte. Ciara sah die Insel und schwamm los. Und …« Mir versagte die Stimme und ich musste den Kloß im Hals runterschlucken. »Und dabei ist sie ertrunken.«

Dylan schüttelte den Kopf. »Nein, Alice, das kann nicht sein.«

»Doch, glaub mir, ich habe es gesehen und gefühlt, so als ob ich es selber erlebt hätte.«

Selbst im Dunkel der Nacht konnte ich erkennen, dass Dylan ganz blass geworden war. Seine linke Hand tastete nach dem Geländer, um sich zu stützen. Doch er ließ es sofort wieder los. Ich nahm seinen anderen Arm.

»Was … was genau hat Maggie denn getan?«, stammelte er, während ich ihn aufrecht hielt.

Behutsam erzählte ich ihm, wie Ciara sich von Maggie hatte überreden lassen, ins Meer zu gehen. »Sie hat dich zu sehr geliebt«, schloss ich meine Erzählung ab. »Ich glaube, es war ein Test von Maggie. Wenn sie den Eindruck gewonnen hätte, Ciara könne dich vergessen, dann hätte sie das vielleicht nicht getan. So muss sie Ciara wohl als Gefahr eingeschätzt haben …«

»Ciara, eine Gefahr?«, brach es aus Dylan heraus. Sein Atem ging stoßweise, so als müsste er sich sehr anstrengen, nicht in lautes Schluchzen auszubrechen. »Sie hätte doch gar nichts gemacht, gar nichts. Sie wäre ihr Leben lang unglücklich gewesen, hätte mir stillschweigend nachgetrauert. Sie hätte die Informationen, die sie von mir über die Anderswelt und die Sidhe hatte, nie weitererzählt, geschweige denn verwendet, denn sie wollte nicht daran glauben. Sie kam damit doch gar nicht klar. Ich war für sie die verlorene Liebe ihres Lebens, keine Fee aus der Anderswelt. Sie hätte niemals aktiv etwas unternommen und von ihr wäre bestimmt keine Gefahr ausgegangen. Nicht so wie …« Er biss sich auf die Lippen.

» … wie ich«, beendete ich seinen Satz. »Nicht so wie ich.«

Dylan hatte sich jetzt wieder ein wenig gefasst. Seine Worte verletzten mich nicht. Im Gegenteil: Ich musste ihm zustimmen. Ich war nicht wie Ciara. Das traf nicht nur auf die Äußerlichkeiten zu. Sie war auch eine andere Person als ich. Sehr empfindsam, hochsensibel, eine wahre Künstlerseele. Fähig, tief und leidenschaftlich zu lieben. Wenn etwas Schlimmes in ihrem Leben passierte, dann zog sie sich in sich zurück. Sie war passiv, ließ sich genauso vom Schicksal übermannen wie von Leidenschaft und Liebe. Ich war eigentlich nicht so. Jetzt war aber ihre Persönlichkeit Teil von mir und besonders nach dem Koma hatte ich vieles von ihr als neue Facetten meiner eigenen Persönlichkeit angenommen. Ich hatte gedacht, das Koma hätte mich auf immer in meinem Wesen verändert und dass ich nur verstehen und annehmen musste, wer ich in einem früheren Leben einmal gewesen war. Unweigerlich wollte Ciara in mir das Schicksal akzeptieren, egal wie tragisch das Ende. Andere, die den Wandel stoppen und Alice retten wollten, wie meine Eltern und Freunde, waren mir auf einmal im Weg gewesen. Alldieweil hatte ich die dunkle Vorstellung, dass das Ziel meiner Aufarbeitung von Ciaras Leben war, einmal Ciara werden zu können. In Wirklichkeit hatte es zur Folge, dass mir immer klarer wurde, wie anders ich, Alice, eigentlich war – und dass das eine gute Sache war.

»Ich bin froh darüber«, unterbrach Dylan meine Gedanken.

»Was?«, fragte ich geistesabwesend.

»Dass du nicht wie Ciara bist.«

Ich schaute ihn erstaunt an. Ich war mir nicht sicher, ob ich das als Beleidigung oder Kompliment auffassen sollte.

»Ciara hätte das hier alles nicht verkraftet. Sie hätte nicht gekämpft, so wie du«, erklärte er. »Du hast recht, wenn du sagst, ich muss dich nicht beschützen, denn Ciara hätte ich beschützen müssen. Stattdessen bin ich gegangen und habe sie allein gelassen. Ich habe nie etwas im Leben mehr bereut als das. Deshalb habe ich das bei dir wieder gutmachen wollen, aber anscheinend kommst du ganz gut ohne mich klar.«

Mir kam auf einmal ein Gedanke. »Sag mal, Dylan, warst du seit den fünfziger Jahren oft in unserer Welt?«

»Nicht so oft«, sagte er, anscheinend verwirrt, wie ich darauf kam. »Ich hatte mich ja praktisch selber in die Anderswelt verbannt, um zu büßen. Ich habe meine Berufung nicht ausgeübt, Realta und Coimeádaí haben mit anderen Dealans gearbeitet. Ich habe versucht, so wenig Aufmerksamkeit zu erregen wie möglich, da ich im Stillen an dem Plan für Ciaras Wiedergeburt gearbeitet habe. Wieso fragst du das?«

»Seit den fünfziger Jahren hat sich hier einiges verändert, Dylan. Frauen sind vielleicht etwas proaktiver als damals und trauen sich vor allem mehr zu. In den siebziger Jahren …«

»Ich habe mich natürlich über die Ereignisse in dieser Welt unterrichten lassen, Alice. Ich weiß über Feminismus Bescheid, darüber musst du mir keine Lehrstunde geben, vielen Dank.«

Ich musste unweigerlich lächeln, beim Gedanken daran, wie Dylan in der Anderswelt saß – wie auch immer man die sich vorstellen musste, in meiner Fantasie sah sie aus wie Irland minus die Zivilisation – und sich Zeitungsartikel in ein Album klebte, um auf dem Laufenden zu bleiben, was die aktuellen Geschehnisse in dieser Welt anging. Ob er irgendwo auch einen Artikel gelesen hatte, dass rote Converse bei Studenten der totale Hit waren? Ich musste ein Kichern unterdrücken. »Darüber zu lesen ist ja noch was anderes, als es selbst zu erleben. Ich meine ja bloß, dass ich anders bin als Ciara, bestimmt auch, weil Mädchen heutzutage einfach ein bisschen weniger passiv sind.«

Dylan sah mich mit leuchtenden Augen an. »Nein, Alice, das liegt nicht daran, dass Mädchen heutzutage anders sind. Das bist einfach du. *Du* bist anders, Alice.« Seine Stimme klang beinahe ein bisschen heiser, als er das sagte.

Mir wurde ganz heiß und ich war bestimmt krebsrot. Gut, dass es dunkel war.

»Was machen wir denn jetzt, Dylan?«, wechselte ich schnell wieder das Thema zu Wichtigerem. Viel Zeit blieb uns nicht mehr und wir sollten darüber reden, was wir mit der Information anstellen würden, dass Maggie verantwortlich für Ciaras Tod war.

Dylans Gesicht verdunkelte sich wieder. »Leider kann ich nicht viel machen, Alice.«

Ich schüttelte unwirsch den Kopf. »Nein, du verstehst mich nicht. Wir müssen doch was gegen Maggie unternehmen können. Es war doch wohl nicht in Ordnung, dass sie das mit Ciara gemacht hat. Das müssen die Ältesten doch auch so sehen. Wenn nicht, hätte sie sich doch nicht so sehr angestrengt, mir die Erinnerung daran zu nehmen.«

»Ich verstehe dich schon. Ja, ihre Handlungen hätten wahrscheinlich Konsequenzen, würden die Ältesten davon erfahren. Aber ich kann wirklich nichts machen. Ich habe mit den Ältesten einen Deal abgemacht. Sie haben mir die Chance gegeben, vier Jahre in dieser Welt zu weilen, praktisch an deiner Seite. Wenn du dich erinnerst, dann würde sich das schnell herausstellen und kaum verheimlichen lassen. Wie gesagt, besonders heutzutage sind die Ältesten immer daran interessiert, so wenig Menschen wie möglich verschwinden zu lassen. Wenn es sich irgendwie vermeiden lässt, dann tun sie es nicht. Deshalb haben sie sich auf meinen Vorschlag eingelassen. So können sie leicht herausfinden, ob das bei dir nötig sein wird. Ich nehme an, Maggie hat ohne die Erlaubnis der Ältesten gehandelt, als sie Ciara …« Er schluckte. »… hat verschwinden lassen, aber …«

»Genau«, unterbrach ich ihn. »Du musst die Ältesten darüber unterrichten!«

»Das kann ich nicht, Alice«, meinte Dylan verzweifelt. »Ich habe ein schweres Vergehen begangen, wäre fast Abtrünniger geworden. Man hat mir alle Magie genommen. Ich kann weder meine Berufung ausüben, noch bin ich zu sonstigem Feenzauber in der Lage. Bei dem Deal mit den Ältesten bin ich darauf eingegangen. Das hat viele Konsequenzen. Keine Fee mit der Begabung des Heilens wird mir zur Hilfe eilen, wenn ich tödlich verwundet werde. Und ich kann vier Jahre lang nicht in die Anderswelt zurück.«

Ich dachte kurz über die Implikationen dieser Abmachung nach, die Dylan eingegangen war. Es gab viel dazu zu sagen. Doch bevor ich dazu kam, griff Dylan meinen Arm. »Alice, es schlägt gleich eins. Wir müssen von der Brücke runter.« Er zog mich mit sich.

»Der Brückenzauber«, rief ich. »Wenn du keine Magie hast, wie kommst du zum Brückenzauber?«

»Jemand hat mir geholfen, jemand aus der Anderswelt. Ich hatte diesen Zauber schon eingefädelt, bevor ich den Deal einging, weil mein Plan die ganze Zeit schon der war, dich hier zu treffen, um dir die Wahrheit zu sagen. Ich wollte dich nur beschützen.« Dylan keuchte, weil wir in hohem Tempo von der Brücke liefen. »Die Person kann uns hiermit nicht helfen.«

Wir waren gerade am Ende der Brücke angelangt. »Ich kenne vielleicht jemanden, der uns helfen …«

Die Uhr schlug eins. Dylan war verschwunden, bevor ich den Satz zu Ende sprechen konnte.

kapitel zweiundzwanzig

»Ich weiß überhaupt nicht, warum sie sich darüber Sorgen gemacht hat. Als ob wir ihr jemals schon bei etwas im Weg gestanden wären, das sie sich in den Kopf gesetzt hat«, meinte Vera und reichte mir einen nassen Teller. In ihrer Stimme schwang etwas Enttäuschung mit, aber sie war tief über das Spülbecken gebeugt, deshalb konnte ich ihren Gesichtsausdruck nicht erkennen.

»Das war, glaube ich, auch nicht das, was sie befürchtet hat«, sagte ich vorsichtig, während ich den Teller mit dem Geschirrtuch trocken rieb und ihn dann auf den sauberen Stapel im Küchenschrank stellte. »So wie ich das verstanden habe, wollte sie euch einfach nicht enttäuschen. Oder, dass andere denken, sie sei eine Enttäuschung für euch. Schließlich ist ihr Vater Professor an der Uni, an der sie studiert, da sind die Erwartungen vielleicht etwas höher.«

Vera schüttelte den Kopf. »Das interessiert uns doch nicht, das sollte sie wissen. Wir wollen nur, dass sie glücklich ist, mit dem, was sie tut.«

Wenn Vera nur wüsste, dass ihre Tochter eine Affäre mit Dr. O'Cadhla hatte, dann würde sie das vielleicht anders sehen. Ich versuchte, die Situation etwas aufzulockern und von dem Thema wegzukommen, bevor mir noch aus Versehen etwas rausrutschte. »Das weiß sie sicher auch. Allerdings kann ich mir nicht vorstellen, dass man mit einem Ingenieurstudium glücklich werden kann.«

»Ich ehrlich gesagt auch nicht«, lachte Vera und reichte mir noch einen Teller.

»Ich habe sogar den Verdacht, dass Bridget einen schwierigeren Studiengang angefangen hat, weil sie somit immer eine gute Entschuldigung hat, sich nach dem Abendessen sofort zu verdrücken, weil sie noch lernen muss.« Ich verzog das Gesicht.

»Na besser, sie verzieht sich in ihr Zimmer, um zu lernen, als jede Nacht um die Häuser zu ziehen. Das ist mir zumindest lieber«, entgegnete Vera. »So, das wär's. Damit bist du auch entschuldigt und hast die Erlaubnis, dich selbst zum Lernen in dein Zimmer zu verziehen.«

Bridget hatte sich zu der Entscheidung durchgerungen, ihr Studium zu Ingenieurinformatik zu wechseln. Obwohl dieser Studiengang in einer anderen Fakultät untergebracht war, hatte sie die Möglichkeit bekommen, den Wechsel unverzüglich zu vollziehen. Mit dem angefangenen Informatikstudium besaß sie nötige Vorkenntnisse, außerdem hatte sie schon einen Wahlkurs in Ingenieurwesen belegt, und dass ihr Vater sich für sie eingesetzt hatte, war sicherlich auch von Vorteil für sie gewesen. Nachdem sie mit ein paar Professoren gesprochen und einige Tests bestanden hatte, war es ihr erlaubt worden, direkt mit dem Computeringenieurstudium weiterzumachen.

Ich seufzte. Glückliche Bridget. Mir würde es wohl anders ergehen.

Vera war mein Seufzer augenscheinlich nicht entgangen, denn sie musterte mich nachdenklich. »Oder hast du noch Zeit, eine Tasse Tee mit mir zu trinken?«, fragte sie.

Dankend nahm ich ihr Angebot an.

Nachdem sie uns jeder eine Tasse Pfefferminztee aufgegossen hatte, setzten wir uns an den Küchentisch.

»Na los«, meinte Vera und blies auf ihren heißen Tee. »Was brennt dir auf der Seele?«

»Der Grund, warum ich Bridget überhaupt auf die Idee gebracht habe, ihren Studiengang zu wechseln«, fing ich an, »ist, dass ich selber schon länger darüber nachdenke.«

Vera schaute mich überrascht an. »Okay. Gefällt dir dein Studium nicht?«

»Doch, es gefällt mir schon. Aber ich habe das gegenteilige Problem von Bridget. Ich fühle mich nicht unterfordert, sondern überfordert.«

»Wieso hast du denn bislang nichts gesagt? Das hat hier keiner von uns gemerkt. Dass Bridget sich nicht sonderlich für ihr Studium interessiert hat, ja klar, aber du: Du bist doch sowieso so ein Bücherwurm. Wir dachten einfach, du gehst ganz in deinem Studium auf.«

Ich nahm einen Schluck Tee. »Meine Situation ist ja auch ein wenig anders als Bridgets. Es ist nicht so leicht für mich, das Studium abzubrechen. Ich meine, toll, wenn man ein Genie ist, und sein Fach wechselt, damit man mehr herausgefordert wird. Nicht so toll, wenn man nicht genug auf dem Kasten hat, um seine Prüfungen zu bestehen.« Ich zog eine Grimasse.

»Ach Alice, so schlimm wird es wohl nicht sein.« Vera legte ihre Hand auf meinen Arm. »Vielleicht malst du auch nur den Teufel an die Wand und deine Noten werden gar nicht so schlecht sein.«

»Aber es ist mehr als das«, versuchte ich zu erklären und starrte dabei angestrengt auf meine blaue Tasse. »Nach dem Koma fühlte ich mich wie ein anderer Mensch. Du weißt schon, die Träume und Erinnerungen an Ciara. Ich hatte diese neue Fähigkeit, Irisch zu sprechen. Ich dachte, ich muss das auch nutzen. Weißt du, als ob mir offenbart wurde, dass das die Richtung ist, die ich in meinem Leben einschlagen soll. Man weiß doch nicht so hundertprozentig, was man nach der Schule machen soll. Man ist ständig unsicher, ob dieses Studium oder jene Ausbildung wirklich das Richtige für einen ist. Man muss sich auf etwas festlegen, obwohl man keine Garantie hat, dass man die richtige Wahl getroffen hat.« Ich schaute zu Vera auf. »Weißt du, was ich meine?«

Vera schmunzelte. »Alice, ich komme dir wahrscheinlich sehr alt und weise vor, aber ob du es glaubst oder nicht, es ist noch gar nicht so lange her, als auch ich vor diesem Problem stand. Als ich meine Ausbildung als Krankenschwester gemacht habe, war ich mir nicht so sicher, ob ich die richtige Entscheidung getroffen hatte. Erst später stellte sich heraus, dass das tatsächlich meine Berufung ist.« Vera fuhr sich durch das lockige Haar. »Aber auch heute noch muss ich wichtige Lebensentscheidungen treffen, ohne dass mir der richtige Weg vorher offenbart wird, so wie du es ausgedrückt hast. Leider gibt es das nicht; jeder kann dabei nur auf sich selber vertrauen. Und manchmal liegt man falsch. Dann muss man sich das eingestehen und vielleicht wieder ein kleines Stück des Weges zurückgehen, um einen neuen einzuschlagen.«

Ich seufzte. »Was, wenn ich den Weg nicht wieder zurückfinde? Ich habe mich praktisch auf diese Zeichen, die mir durch das Koma gegeben wurden, gestürzt, habe alles hinter mir gelassen und einen kompletten Neuanfang gewagt. Da ist es nicht so einfach, eine Kurskorrektur zu machen.«

Wir beide schwiegen einen Augenblick. Nur das Ticken der Küchenuhr war zu hören. Draußen war es mittlerweile dunkel geworden. In der Küche brannte nur die Lampe in der Dunstabzugshaube. Die warme Küche schien wie ein gemütlicher Kokon, eine sichere Oase – weit weg von der Anderswelt, Maggie und den Sidhe.

»Bereust du es, nach Dublin gekommen zu sein?«, durchbrach Vera schließlich die Stille.

Ich schüttelte den Kopf. »Nein, und ich bereue auch Trinity nicht. Ich würde gerne hierbleiben. Aber ich weiß, dass sich der Professor schon für mich einsetzen musste, damit ich überhaupt an der Uni angenommen wurde. Mir nichts, dir nichts das Fach zu wechseln, so wie Bridget, das geht vielleicht gar nicht. Ich sollte mir erst ganz genau überlegen, was ich machen möchte.«

Vera nickte langsam. »Das ist auf jeden Fall eine gute Idee. Du musst nichts überhasten. Was meinen denn deine Eltern dazu?«

Ich trank einen Schluck vom mittlerweile lauwarmen Tee. Ich würde Vera liebend gerne mein Herz ausschütten und ihr alles erzählen, was mich bedrückte, aber das ging leider nicht. Doch was meine Eltern anging, dabei könnte sie mir vielleicht helfen.

»Ich habe noch gar nichts zu ihnen gesagt. Denn es war so schwierig am Anfang, als ich aus dem Krankenhaus kam. Irgendwas ist da zwischen uns kaputtgegangen, weißt du? Ich meine nicht nur zwischen ihnen und mir, sondern auch zwischen meinem Vater und meiner Mutter. Wir sind einfach keine Familie mehr.«

Ich schaute Vera verzweifelt an. Bridgets Mutter, die mir sehr ans Herz gewachsen war, hatte Tränen in den Augen. »Ich kann mir vorstellen, wie das eine Familie entzweien kann«, sagte sie.

Mit dem Zeigefinger fuhr ich ein Astloch auf der Holzoberfläche des Küchentisches nach, immer wieder rundherum, damit ich selber nicht zu weinen anfing. »Und ich hatte einfach so sehr mit mir selber zu tun. Ich war nur damit beschäftigt, mit dem klarzukommen, was mir nach dem Unfall passiert war. Jetzt fühle ich mich schuldig dafür, dass ich so selbstsüchtig war. Alles, was mich interessiert hat, war, sie davon zu überzeugen, mich nach Irland kommen zu lassen. Ich habe mich nicht darum gekümmert, wie es ihnen dabei geht.«

Ich umklammerte meine Tasse Tee mit beiden Händen, weil ich das Gefühl hatte, mich an etwas festhalten zu müssen. Ich wollte Ciara sein, dachte ich mir im Stillen. Dabei habe ich Alice hinter mir gelassen. Alice und ihre Familie. Ich konnte die Tränen nicht mehr zurückhalten, als ich leise sagte: »Wir sprechen kaum noch miteinander. Meine Mutter hat es am Anfang öfter versucht, jetzt immer seltener. Wir haben uns auch nicht mehr viel zu erzählen. Es ist, als ob eine Wand zwischen uns steht. Vor ein paar Wochen habe ich meinen Vater auf dem Handy angerufen. Er war ganz kurz angebunden gewesen. Seitdem hab ich nichts mehr von ihm gehört. Sie wissen gar nichts davon, dass ich das Studium nicht packe. Nach all dem – das kann ich ihnen nicht auch noch antun.«

Vera stand leise auf und öffnete eine Küchenschublade. Mit einer Packung Taschentücher und einem Briefumschlag kam sie wieder zurück. Schweigend reichte sie mir ein Taschentuch. Wir wischten uns beide die Tränen ab und putzten uns die Nase. Als wir beide im selben Moment Schnäuzgeräusche machten, mussten wir unweigerlich lachen.

Schließlich sagte Vera: »Alice, vielleicht steht diese Wand zwischen euch, genau aus dem Grund, weil du ihnen nicht erzählst, wie du fühlst. Ja, es könnte es alles noch schlimmer machen. Du könntest sie verletzen. Aber wenigstens bist du ehrlich zu ihnen und ihr könntet wieder miteinander reden.« Vera stand auf, räumte die Taschentücher ab und stellte unsere Tassen in die Spüle. »Ich schlage vor, du rufst sie an und erzählst ihnen das, was du mir gerade erzählt hast. Ich weiß, es gibt vieles, was du ihnen nicht sagen kannst. Genauso wie es vieles gibt, was du auch mir gerade nicht gesagt hast.« Ich schaute überrascht zu Vera rüber. Sie lächelte. »Ich bin ja nicht von gestern. Ich weiß, dass du seit unserem Roundstone-Aufenthalt einiges mehr herausgefunden und erlebt hast. Ich weiß, dass Seamus dich mit Claire Brennan an der Uni bekannt gemacht hat und dass sie einiges über den Hexenbeutel herausfinden konnte. Aber Seamus und ich haben beschlossen, uns nicht weiter einzumischen und auch nicht nachzufragen. Wir fanden, du musst es mit dir selber ausmachen. Das ist auch völlig okay – wenn du uns brauchst, kannst du zu uns kommen, das weißt du ja. Du musst auch deinen Eltern nicht alles erzählen. Aber trotzdem kannst du ehrlich sagen, wie es dir geht. So wie du es mir gesagt hast. Du meinst, du weißt nicht, wie du deinen Weg wieder zurückfindest. Man kann nichts ungeschehen machen, aber wenn du wieder zu deinen Eltern zurückfinden willst, dann ist der erste Schritt, dass du Kontakt zu ihnen suchst und mit ihnen offen redest.«

Ich nickte stumm. Gedankenverloren bedankte ich mich bei Vera und wollte auf mein Zimmer gehen.

»Moment kurz«, hielt sie mich zurück und gab mir den Briefumschlag. »Hätte ich fast vergessen. Ein Brief für dich, ist gestern angekommen.«

»Danke«, sagte ich, steckte ihn in die Gesäßtasche meiner Jeans und ging nachdenklich auf mein Zimmer. Was das Verhältnis mit meinen Eltern anging, hatte ich nicht mehr viel zu verlieren. Wahrscheinlich sollte ich Veras Rat befolgen. Ich schnappte mir kurz entschlossen das Telefon und wählte die Festnetznummer meiner Eltern. Gespannt wartete ich, dass jemand abnahm, aber am Ende war es nur der Anrufbeantworter, der antwortete. Enttäuscht legte ich wieder auf.

Nach dem Gespräch mit Vera fühlte ich mich ein wenig rastlos.

Um Mitternacht sollte ich mich heute wieder mit Dylan treffen. Wir trafen uns nicht mehr jede Nacht, sondern nur noch jede zweite. Wir hatten uns auch schon ab und zu einfach so getroffen – nachdem ich Dylan dazu überredet hatte, sich auf dieses Experiment einzulassen. Zuerst hatten wir uns mit Mary und ein paar anderen aus dem O'Cadhla-Seminar im Pub getroffen. Dann mal auf einen Kaffee an der Uni. Und schließlich vor ein paar Tagen hatten wir es endlich geschafft, zusammen Pizza essen zu gehen. Ich musste lächeln, als ich an diesen Abend dachte. Schließlich mussten wir dabei so tun, als ob wir nicht mittlerweile fast alles übereinander wussten – was irgendwie befreiend war. Wir konnten scherzen und unbefangen über Gott und die Welt reden. In dem Pizzarestaurant existierten die Anderswelt und die Sidhe nicht – Dylan und ich waren ganz normale Studenten. Heute Nacht jedoch stand wieder ein anderes Gespräch an als die unverfängliche Konversation, um die wir uns in der Öffentlichkeit bemühten. Es war erst halb neun und ich hatte noch ein paar Stunden zu killen.

Ich versuchte, die Zeit mit Recherche für einen Aufsatz zu verbringen, aber ich konnte mich nicht wirklich darauf konzentrieren. Besonders nach dem Gespräch mit Vera. Es war schwer, sich für ein Seminar zu begeistern, wenn man vielleicht vorhatte, den Kurs gar nicht zu Ende zu bringen. Stattdessen nahm ich mir ein Buch für meinen Geschichtskurs vor. Doch selbst das konnte meine Aufmerksamkeit nicht gefangen halten.

Schließlich schmiss ich frustriert das Buch auf den Schreibtisch, ging zu Bridgets Zimmer rüber und klopfte vorsichtig an die Tür.

»Komm rein.«

Bridget saß tatsächlich vor ihrem Computer, etliche Bücher aufgeschlagen auf dem Schreibtisch verteilt.

»Hey, ich will dich nicht unterbrechen …«

»Macht nichts, macht nichts, ich lass mich gerne unterbrechen«, winkte Bridget ab.

Vorsichtig machte ich die Tür hinter mir zu und setzte mich auf Bridgets lila Bettdecke. »Hast du dich seit Dienstag mal wieder mit Padraig getroffen?«

Bridget kräuselte die Nase. »Ja, gestern war ich bei ihm. Wieso?«

»Dylan und ich waren allein Pizza essen.«

»Oh, ein Date«, meinte Bridget verzückt. Ihre Bücher mit den kompliziert aussehenden Formeln schien sie nun ganz vergessen zu haben. Ich merkte, wie mir die Röte ins Gesicht schoss. »Nein, nicht wirklich. Aber egal, wichtig ist, hat O'Cadhla was gesagt?«, wechselte ich schnell das Thema.

Bridget war seit geraumer Zeit sozusagen unsere Spionin bei O'Cadhla. Auch er fragte sie immer ein wenig nach mir aus und schien bislang noch nicht gemerkt zu haben, dass Bridget über alles längst Bescheid wusste.

»Nein«, meinte Bridget nun. »Er hat sich ganz normal verhalten. Aber mittlerweile geht er mir ein wenig auf die Nerven. Er sieht immer noch super aus und hat einen tollen Körper, aber wenn er den Mund aufmacht …« Bridget verdrehte die Augen. »Sagen wir mal, diese Affäre ist nicht mehr so aufregend und spannend wie am Anfang. Ich würde sie langsam mal gerne beenden.«

Ich musste grinsen. »Das kann ich gut verstehen.« Eigentlich fand ich es schon einen ganz außerordentlichen Freundschaftsdienst von Bridget, dass sie mir zuliebe diese Sache immer noch am Laufen hatte. Aber so konnten wir aus erster Hand erfahren, ob O'Cadhla – und damit die Feen – Verdacht schöpften, dass Dylan und ich mehr voneinander wussten, als wir in der Öffentlichkeit zugaben.

»Triff dich doch vielleicht noch einmal mit ihm, wenn es dir nichts ausmacht.«

»Na klar, kein Problem«, grinste Bridget. »Ich sage ihm dann einfach, dass ich ganz viel Zeit für mein neues Studium brauche, und deshalb keine Zeit mehr für ihn habe. Ich hoffe, er verkraftet es, dass ich mit ihm Schluss mache«, fügte sie sarkastisch hinzu.

Ich musste daran denken, wie sich O'Cadhla verhalten hatte, als ich ihn und Bridget in seinem Büro belauscht hatte, und meinte: »Da bin ich gar nicht so sicher. Unterschätz dich nicht.«

Bridget prustete vor Lachen. »Ich bin doch nur eine kleine Studentin. Er hat in seinen tausend Feenjahren bestimmt schon was mit unzähligen Feen und Menschen gehabt. Ich glaube wohl kaum, dass er sich irgendwas aus mir macht. Er hat mich doch anscheinend von Anfang an nur benutzt, um mehr über dich herauszufinden.«

Ich stand auf und wuschelte Bridget durch die Locken. »Ich glaube, dass er trotzdem recht verknallt in dich ist. Also sei vorsichtig.« Ich nahm den kleinen Beutel mit den Lorbeerblättern, den ich um den Hals hängen hatte, ab und gab ihn Bridget. »Hier, nimm den mit, wenn du dich mit ihm triffst. Ich weiß nicht, ob es groß was helfen wird, aber schaden kann es nicht.« Bridget hängte sich das Beutelchen um und steckte es unter ihren Pullover.

»Alles klar. Ich halte dich auf dem Laufenden«, antwortete sie. »Und jetzt raus, ich muss weiterlernen.«

Lachend verabschiedete ich mich von ihr.

Als ich wieder in meinem Zimmer war, schaute ich aufs Telefon. Meine Eltern hatten nicht zurückgerufen und jetzt war es schon ein wenig spät, um es noch mal zu versuchen. Ich würde einfach morgen noch mal probieren, mit ihnen zu reden.

Ich zog mir Parka, Schal und Mütze an, schlüpfte in meine Stiefel und ging nach draußen in die Novembernacht. Ein kleiner Spaziergang würde mir guttun, bevor ich mich auf den Weg zur Ha'penny-Brücke machte. Ich musste über ein paar Dinge nachdenken. Und diesmal ging es nicht um Feen, die Anderswelt, Dylan oder Ciara. Es ging um mein Studium. Um eine ganz reale Sache in der realen Welt. Zum ersten Mal seit Langem dachte ich wieder über Alice nach.

kapitel dreiundzwanzig

Es war mitten in der Woche und schon spät, doch trotzdem schlief Dublin nicht. Die Straßen waren voller Menschen an diesem ungewöhnlich warmen Herbstabend. Ich konnte besser in dem Getümmel von Touristen, Studenten und anderen Nachtschwärmern nachdenken als in meinem stillen Kämmerlein. Während ich meine Runden im Temple-Bar-Viertel drehte, die kleinen Grüppchen Menschen beobachtete, die mal vergnügt, mal verhalten miteinander umgingen, der Musik lauschte, die aus den Pubs drang, und die ständig wechselnde Geruchskulisse der Restaurants und Imbissstände wahrnahm, bekam ich viel klarere Vorstellungen davon, was ich mit meinem Leben anfangen wollte. Die letzten Monate hatten mich unweigerlich verändert und das würde sich nicht wieder rückgängig machen lassen. Aber Alice existierte ja noch und ich würde wieder zu ihr zurückfinden. Auf gewisse Weise hatte ich das unbewusst schon getan. Alice wollte einmal Geschichte studieren. Als ich gedacht hatte, ich müsste Ciaras Pfad folgen, waren nur noch irische Sprache und Kultur, also Ciaras Sprache und Kultur, interessant für mich gewesen. Ich hatte mich aber trotzdem zusätzlich in den Geschichtskurs eingeschrieben. Obwohl er erst schwer erschienen war, weil ich mich so sehr mit Ciara beschäftigt hatte, dass ich mich auf die Kursinhalte nicht konzentrieren konnte oder wollte, war er im

Laufe der Zeit zu meinem Lieblingskurs geworden. Wie ich es Vera gegenüber zugegeben hatte, war für Alice das Geschichtsstudium keine Berufung gewesen – aber irgendwie hatte sich diese ihre Vorliebe auf ganz leise Weise durchgesetzt. Ich musste mir eingestehen, dass ich mich damit wohlfühlte und mit den Irish Studies überfordert war.

Die Erlebnisse in den vergangenen Monaten hatten mich allerdings geprägt. Ich war nicht Ciara – aber die alte Alice war ich auch nicht mehr. Auf einmal wurde mir bewusst, was mich in Wirklichkeit einzigartig machte – nicht die irische Sprache, sondern die Erfahrung, Geschichte gelebt zu haben. Sich mit Haut und Haar in eine Person hineinzuversetzen, deren Bewusstsein zu teilen. Und trotzdem nicht zu wissen, wer genau die Person war. Die Geschichten von Zeitzeugen zu sammeln, und zu verstehen, dass es keine Puzzleteile waren, die, wenn zusammengesetzt, das komplette Bild der Person ergaben. Stattdessen beleuchteten die Geschichten den Menschen, indem er wie durch verschiedene Prismen betrachtet wird. Und so gab es kein vollständiges Bild, das die Menschen und im erweiterten Sinne die Vergangenheit darstellen konnte, sondern verschiedene Facetten, wie die Oberflächen eines Edelstein, in denen sich auch das Auge des Betrachters widerspiegelte.

Ich war so in meine Gedanken vertieft, dass ich beinahe auf dem Kopfsteinpflaster gestolpert wäre. Ich konnte mich gerade noch so fangen. Als ich aufschaute, war ich schon beim Merchant's Arch; ich musste nur noch den Wellington Quay überqueren, der am Fluss entlanglief, und dann würde ich schon auf der Ha'penny Bridge sein. Ich schaute auf meine Armbanduhr. Ich hatte noch ein wenig Zeit, beschloss aber, trotzdem schon einmal auf die Brücke zu gehen. Ich verschob meine Kontemplation über meine berufliche Zukunft und konzentrierte mich darauf, was wir heute besprechen mussten: meinen Plan, einen Weg zu finden, Dylan in die Anderswelt zu bringen. Ich fand, er musste den ältesten Sidhe sagen, was Maggie Ciara angetan hatte. Nach langem Überlegen hatte ich mich dazu entschlossen, Dr. Brennan um Hilfe zu bitten. Wenn die Druidinnen, mit denen sie in Kontakt stand, mächtig genug waren, um eine Verbindung zur Anderswelt herzustellen, dann hätten wir vielleicht eine Chance.

Ich wusste, dass ich mich damit in Gefahr brachte. So würden die Ältesten unweigerlich erfahren, dass ich Erinnerungen an Ciara hatte. Und bald würde sich auch nicht mehr verheimlichen lassen, was ich alles über die Sidhe wusste. Ich konnte einfach nur darauf vertrauen, dass die Sidhe erkennen würden, dass ich ihnen nichts Böses wollte und ich ihr Geheimnis für mich behalten könnte. Früher hatten sie ihr Druidenwissen an Menschen weitergetragen. Da hatten sie Menschen auch noch vertraut. Schließlich war ich mit meiner mehr oder minder erfolgreichen Mensch-in-Mensch-Wiedergeburt auch ein Präzedenzfall. Da konnten sie doch wohl in meinem Fall eine Ausnahme machen.

Ich hatte Dylan noch nicht davon überzeugen können, dass das der richtige Weg für uns war. Ich fand aber, dass ich das für Ciara tun musste. Ihr sollte Gerechtigkeit widerfahren. So würde wenigstens etwas Gutes aus Dylans Verrat an seinem Volk kommen, den er mit Ciaras Wiedergeburt begangen hatte. Ich war mir immer noch nicht so sicher, was er sich davon versprochen hatte, Ciara in mir weiterleben zu lassen. Er behauptete ja, er wollte ihr die Möglichkeit auf ein zweites, normales Leben schenken. Das vielleicht von einfachem Glück erfüllt war und nicht in einer Tragödie endete. Da hatte ich ihm wohl einen Strich durch die Rechnung gemacht. Das würden er und ich Ciara nicht geben können. Aber Gerechtigkeit, die könnten wir ihr vielleicht verschaffen.

Normalerweise, wenn ich auf der weißen Eisenkonstruktion der Brücke stand, Wind im Haar, das ruhige Plätschern des Flusses unter mir, wurde ich von Mut und Zuversicht erfasst. Heute wehte nicht die kleinste Brise und ich versuchte diese Tatsache dafür verantwortlich zu machen, dass ich dieses sonderbare Gefühl der Beunruhigung nicht abschütteln konnte. Ich atmete tief ein und aus, was leider nicht viel half. Am liebsten wäre ich wieder umgekehrt und in das bunte Temple-Bar-Viertel zurückgekehrt. Mir kam der widersinnige Gedanke, dass inmitten der vielen Leute und der grün und rot angemalten Fassaden der Bars und Pubs nichts

Schlimmes passieren konnte. Dabei wusste ich doch, dass die Brücke mit einem Zauber geschützt war und mir *hier* nichts passieren konnte. Es fühlte sich bloß heute wirklich nicht so an.

Um mich abzulenken, ging ich in Gedanken noch einmal das Gespräch durch, das ich am Vortag mit Dr. Brennan geführt hatte. Ich hatte ihr verraten, dass ich einen Weg in die Anderswelt suchte – nicht für mich, sondern für jemand anderen. Wenn die Hexen, die mit Dr. Brennan bekannt waren, nicht helfen konnten, so gab es doch vielleicht andere, die enger mit der Anderswelt in Kontakt standen. Ich hatte Dr. Brennan gefragt, ob es eine Art Netzwerk dieser Druidinnen gab. Ich hatte mich nicht getraut, das Wort Hexenzirkel in den Mund zu nehmen, weil es einfach lächerlich klang. Glücklicherweise gab es dieses Netzwerk wohl wirklich: Moderne Druidinnen kommunizierten online in einem Forum und konnten sich somit austauschen. Irgendwie passten Ogham-Stöcke und Pflanzenmagie in meinen Augen nicht wirklich mit moderner Technologie zusammen, aber was wusste ich schon. Schließlich hatte ich auch nur die vagsten Ideen, wie man überhaupt in die Anderswelt gelangen würde, und zwar aus meinem O'Cadhla-Seminar. Portale, wie Steinzirkel oder Feenhügel, nahm ich an. Dr. Brennan hatte sich dazu auch nicht weiter geäußert – kein Wunder, bis vor Kurzem hielt sie schließlich die Anderswelt auch noch für einen Ort aus Mythen und Sagen. Sie hatte mir aber versprochen, sich der Sache anzunehmen.

Nachdem sie ihre Bekannten nach dem Schutzzauber-Amulett gefragt hatte, und zu ihrer Überraschung tatsächlich einige der Druidinnen Avalynn Wannaughs Theorie, dass die ersten Druidinnen Feen gewesen waren und die Druiden ihr Wissen von Feen erlangt hatten, nicht abwegig fanden, hatten wir uns ein paar Mal getroffen und darüber geredet. Dabei hatte ich ihr immer mehr anvertraut. Es blieb mir auch nicht viel übrig, sie war schließlich die einzige, die mir helfen konnte. Heute hatte ich ihr die ganz Geschichte um Maggie und Dylan verraten. Hatte ich vorher schon angedeutet, dass eine Sidhe, also eine der ursprünglichen Druidinnen, hinter mir her war, so hatte ich diesmal von Dylan erzählt. Sie hatte die Tatsache, dass ein Feenwesen in unserem unmittelbaren Umfeld weilte, mit demselben unerschütterlichen Gesichtsausdruck aufgenommen, wie alles andere auch, was ich ihr verraten hatte.

»Hallo, Alice.«

Dylans Stimme riss mich aus den Gedanken. Ich drehte mich um, und er stand lächelnd vor mir. Wir umarmten uns kurz und mir wurde plötzlich bewusst, wie unbefangen wir miteinander umgingen. Vor nicht allzu kurzer Zeit hätten mir beim Gedanken, Dylan zu berühren, die Knie geschlottert. Erstaunlich, wie schnell sich so etwas ändern konnte.

Ich erzählte Dylan von meinem Besuch bei Dr. Brennan. Er rieb sich nervös das Kinn. »Ich weiß nicht, Alice. Jetzt soll Dr. Brennan in ihrem Hexenzirkel einen Aufruf starten? Ist das nicht viel zu öffentlich? Da könnten sich doch auch Druidinnen melden, die ganz andere Sachen mit mir vorhätten, als mich wieder in die Anderswelt zu schicken.«

Ich verdrehte die Augen. »Dr. Brennan wird kaum eine Nachricht ins Online-Forum stellen mit dem Wortlaut: *Kenne einen Sidhe, der am Trinity College studiert und wieder in die Anderswelt will. Um Hilfe wird gebeten.* Ich gehe mal schwer davon aus, dass sie etwas diskreter dabei vorgehen wird.«

Dylan ging vor mir auf und ab. Anscheinend war er immer noch nicht überzeugt, dass das der richtige Weg war.

»Also, jetzt erklär mir das doch noch mal genau«, versuchte ich ihn dazu zu bringen, konkretere Pläne zu machen. »Es gibt Portale in die Anderswelt, aber die sind für dich jetzt alle geschlossen?«

Er nickte abwesend.

»Und wir brauchen eine Druidin, die über die nötigen magischen Fähigkeiten verfügt, ein solches Portal für dich zu öffnen?«, ließ ich nicht locker.

»Genau, denn so einfach wird es nicht sein. Es ist viel einfacher, sich vor dem Eintritt in die Anderswelt zu schützen, als zu versuchen, selber hindurchzugelangen. Du hast ja zum Beispiel den Ebereschenzauber auf dir. Er ist auch mit deinem Namen verbunden. Das l in Alice steht dafür; für luis, die Eberesche.«

Ich konnte mich daran erinnern, mit Dr. Brennan darüber gesprochen zu haben, als wir über das Ogham-Alphabet geredet hatten. »Maggie hatte auch Vogelbeeren in ihrem Hexenbeutel – nicht als Schutz für mich, sondern um mich von allem, was Fee und Feenwelt ist, abzuhalten. Klar, auch ihrerseits bestand das Interesse, mich mit dem Eberschenzauber zu belegen. Heißt das, ich könnte nicht in die Anderswelt?«, fragte ich neugierig und machte meinen Parka zu. Auf einmal war es kalt geworden.

Er zuckte mit den Schultern. »Wenn jemand sehr Mächtiges sich was Gutes einfallen lässt, dann schon.«

»Und du?«, kam ich wieder auf unseren Plan zurück.

»Ich habe das Problem, dass ich keine Magie besitze. Eine andere Fee könnte mir helfen. Aber die, mit denen ich hier im Kontakt bin, kommen dafür natürlich nicht infrage. Ich kann ja schlecht O'Cadhla um Hilfe bitten. Da ich so lange Zeit als Quasi-Abtrünniger gelebt hab und schon ewig nicht mehr auf Erden war, habe ich hier keine Freunde. Ich habe keinen telepathischen Kontakt mit Heilern oder anderen Feen, mit denen ich zusammenarbeite. Da bleiben nur Druidinnen, wenn sie *eichenweise* genug sind.«

»Eichenweise?«, fragte ich und erinnerte mich im selben Moment an die Recherchen zu Druiden, die ich gemacht hatte, und an die Herleitung des Namens »Druide«. »Ach so, ich verstehe schon.«

»Aber wenn wir nach einer solchen Druidin suchen, könnten wir dabei, wie gesagt, auch eine finden, die es nicht gut mit uns meint.«

»Dylan, jetzt überleg doch mal. Was wollen wir denn sonst machen? Willst du Maggie etwa davonkommen lassen?«

Er blieb vor mir stehen und schaute mich für einen Moment schweigend an. Das machte mich verlegen und ich sah weg.

»Bislang scheint unser öffentlicher Umgang miteinander keinen Alarm ausgelöst zu haben. Anscheinend hast du O'Cadhla überzeugt, dass du harmlos bist. Wir könnten einfach so weitermachen. Du weißt nicht, wer Maggie wirklich ist und was für eine Machtposition sie hat. Es wird sicher unbequem für sie, wenn die Ältesten davon erfahren, unter Umständen kann es einen politischen Skandal geben, und wenn bestimmte Feen am richtigen Hebel ziehen, dann bedeutet das das Aus für Maggie. Ich nehme an, um solchen Ärger zu vermeiden, hat sie dir auch die Erinnerung an Ciaras Tod genommen. Wir können davon ausgehen, dass sie sich deshalb in Roundstone aufgehalten hat und in verschiedenen öffentlichen Läden gearbeitet hat; um dich zu finden, falls du je als Ciara nach Roundstone zurückkommst. Aber sicher ist gar nichts; wer weiß, wie sie sich wieder da herauswinden wird. Und was am Ende bleibt, ist der Fakt, dass ich einen Deal gebrochen habe und du über alles Bescheid weißt und als Gefahr eingestuft wirst. Wir bringen uns beide in Gefahr, und für was?«

Ich sah ihn ernst an. »Für Ciara, Dylan.«

Seine Schultern sackten zusammen und er hielt sich am Geländer fest, so als wolle er verhindern, dass er ganz zu Boden sinken würde. Er fing sich aber schnell wieder, ließ los und drückte die Schultern durch. »Ciara bringen wir nicht wieder zurück«, sagte er leise. »Weder so noch sonst irgendwie. Das habe ich mittlerweile verstanden.«

Er blickte mit so traurigen Augen in die Ferne, dass ich dem Impuls nachgab, ihn tröstend zu umarmen. »Hey«, sagte ich und streichelte seinen Rücken. »Ich hatte es wirklich versucht, Ciara wiederzufinden, glaub mir.«

Dylan löste sich aus meiner Umarmung. Er strich mir eine Haarsträhne aus der Stirn »Das weiß ich, Alice. Dabei wollte ich das doch gar nicht unbedingt. Ich wollte nur, dass Ciara in dir glücklich ist, und nicht, dass sie sozusagen in dir aufwacht und auch dein Leben zerstört.«

»Ich weiß, dass es gut und richtig ist, dass ich nicht völlig von ihr eingenommen wurde. Aber ich bereue nicht, dass ich ihrem Pfad gefolgt bin. Es hört sich vielleicht blöd und klischeehaft an, aber ich glaube wirklich, dass ich so mich selber finden konnte.« Ich musste lächeln. »Na ja, deinem Pfad gefolgt bin. Schließlich verdanke ich meine Verbindung zu Ciara, dass du mich für die Wiedergeburt auserwählt hast.«

Er schüttelte den Kopf. »Ich habe dich nicht ausgewählt. Das stand in den Sternen. Realta musste mir helfen. Sonst hätte es gar nicht geklappt.«

Ich schluckte. Das klang so ominös. Dann nahm ich mir ein Herz, das zu fragen, was mir schon länger auf der Seele brannte. »Dylan, wenn du ganz tief in dein Innerstes schaust, musst du da nicht zugeben, dass du Ciara auch wieder zum Leben erweckt hast, weil du sie wiederhaben wolltest? Du sagst, du hast gewusst und gehofft, dass Ciara nicht bis an die Oberfläche meines Bewusstseins vordringt; dass sie sozusagen versteckt in mir ein zweites glückliches Leben leben kann. Weil die Komplikationen, die dadurch entstehen können, oft schrecklich sind. Aber wirklich, hast du nicht gehofft, Ciara käme wieder zu dir zurück?«

Im Mondlicht konnte ich Tränen in seinen schönen grünen Augen glitzern sehen. »Ich habe sie so geliebt. Und sie musste wegen mir sterben. Ich hätte alles getan, alles, um sie wieder zum Leben zu erwecken.«

Ich steckte die Hände in die Jackentaschen und schaute nach unten auf meine Fußspitzen. »Wenn du die leise Hoffnung hattest, Ciara würde sich wieder irgendwie in mir zeigen, dann muss es eine herbe Enttäuschung gewesen sein, als du erfahren hast, wer Ciara nun war.«

»Wie meinst du das?«

»Alles, was du an Ciara geliebt hast, das wirst du in mir nicht wiederfinden, so sehr du es dir auch wünscht. Ich bin nicht so schön wie sie, nicht so talentiert wie sie … Teile ihrer Persönlichkeit sind jetzt in mir, aber sie machen mich schließlich nur zu einem billigen Abklatsch der Person, die du geliebt hast.«

Ich wandte mich ab und trat einen Schritt vor, damit er meine Tränen nicht sah. Wieso tat mir das so weh? Dylan gehörte zu Ciara und ich war nicht sie. Es war ihre Liebe zu Dylan, an die ich mich die ganze Zeit erinnert hatte, nicht meine Liebe, die ich für ihn fühlte. Das hatte ich doch schon längst festgestellt. Nun sah ich Dylan mit Alices Augen, und nicht mehr mit Ciaras. Das dumpfe Gefühl der Eifersucht, das mich gerade überwältigte, schien mir unerklärlich.

Auf einmal spürte ich Dylans Hand auf meiner Schulter. Er drehte mich zu ihm um und ich ließ es widerwillig zu. Als ich aufschaute, stand er so dicht vor mir, dass ich dem Drang widerstehen musste, zurückzuweichen. Doch das würde ich nicht tun, beschloss ich störrisch. Ich hatte weder vor Dylan Angst noch vor seinen Worten, egal, was er mir gleich sagen würde. Und so sah ich ihm in die Augen und hielt seinem Blick stand.

»Ja, du bist Alice. Vielleicht war ich anfänglich enttäuscht, und vielleicht brauchte ich eine Weile, mich daran zu gewöhnen. Ciara war vieles, was du nicht bist. Sie war unheimlich schön, talentiert, hochintelligent, sensibel. Ciara war eine ganz besondere Person, eine Künstlerin mit viel Charisma.«

Ich stand wie versteinert da. Wenn ich Dylan zuerst mit Entschlossenheit in den Augen angeschaut hatte, dann konnte es jetzt sein, dass ich ihn wütend anfunkelte. Wie sollte man sich auch dabei fühlen, wenn man all die wundervollen Eigenschaften einer Person aufgezählt bekommt, die man nie nachahmen könnte – als Beispiel für das, was man nicht war. Vielen Dank auch! Am liebsten hätte ich mich umgedreht und wäre davon gelaufen, aber die Genugtuung wollte ich Dylan nicht geben.

»Ich habe Ciara geliebt. Denn wie konnte ich sie denn auch nicht lieben? Auf eine Weise werde ich sie immer lieben. Aber damit meine ich die Ciara aus Fleisch und Blut, nicht das, was von ihr in dir steckt. Ich hoffe, das weißt du?« Er runzelte die Stirn und schaute mich besorgt an.

»Ich bin mir dessen vollkommen bewusst«, antwortete ich durch zusammengebissene Zähne.

»Du könntest niemals sein wie Ciara, denn du bist aus einem anderen Holz geschnitzt. Du bist stärker als sie, tapferer als sie und viel mutiger.«

Das ist genau das, was ein Mädchen hören will, dachte ich zynisch. *Du bist hässlich und dumm, aber wenigstens hast du Courage.* Mittlerweile schäumte ich vor Wut, versuchte, mir aber nichts anmerken zu lassen. Das erforderte so viel Konzentration, dass ich fast nicht mitbekommen hätte, was Dylan als Nächstes sagte.

»Es war nicht Liebe auf den ersten Blick wie bei Ciara, das gebe ich zu. Aber je mehr ich dich kennenlerne, desto mehr verliebe ich mich in dich, Alice.«

Auf einmal begriff ich, was mit dem Begriff »aus allen Wolken fallen« wirklich gemeint war. Sicherlich stand ich gefühlte fünf Minuten lang mit offenem Mund da. Schließlich kam ich zu der Schlussfolgerung, dass ich mich verhört haben musste. Ich schüttelte verwirrt den Kopf und sagte: »Bitte, wie?«

Dylan kam mir noch näher und diesmal trat ich tatsächlich einen Schritt zurück. »Ja, ich bin dabei, mich in dich zu verlieben. Es fühlt sich ganz anders an als bei Ciara. Deshalb weiß ich auch, dass ich meine Gefühle für sie nicht mit meinen Gefühlen für dich verwechsle. So etwas habe ich noch nie erlebt.«

Wieder starrte ich ihn nur mit großen Augen an. Er war wohl ob meiner mangelnden Reaktion ein wenig aus der Bahn geworfen. Er blinzelte und schenkte mir dieses umwerfende schiefe Lächeln. »Hast du vielleicht auch Gefühle für mich?«, fragte er fast schüchtern.

»Ich …« Meine Stimme war heiser und quäkig. Ich räusperte mich und versuchte es noch einmal. »Ich weiß nicht. Ich war viel zu sehr damit beschäftigt, zu lernen, dass Ciaras Gefühle für dich nicht meine Gefühle sind, um zu wissen, *was* ich tatsächlich für dich empfinde …« Ich brach ab und fasste mir an den Kopf. »Mann, ist das kompliziert.«

Dylan lächelte. »Ja, vielleicht sollte man nicht zu lange darüber nachdenken. Vielleicht ist das keine Sache, die man analysieren und darüber nachdenken sollte. Vielleicht sollte man das nicht mit dem Kopf entscheiden, sondern mit dem Herzen.«

»Na, das ist ja leichter gesagt, als getan«, fing ich an. »Wie soll ich denn abschalten können, was da alles in meinem Bewusstsein abläuft? Für eine Person in ihrem eigenen Kopf ist es ja schon schwer genug, aber bei mir spukt auch noch Ciara mit im Kopf herum. Langsam, ganz langsam, finde ich wieder zu Alice zurück, zu einer neuen Alice. Ich habe gerade vorhin beschlossen, dass ich doch Geschichte studieren möchte, und zwar Oral History. Das ist ein ganz kleiner Schritt. Dich zu lieben, als Alice zu lieben, wäre ein großer Schritt. Ein Meilenstiefelschritt, sozusagen. Wie soll ich denn …«

Dylan unterbrach mich, indem er einfach seine Lippen auf meine legte. Ich war so geschockt, dass ich zu keiner Reaktion fähig war, und ihm so die Chance gab, mich ganz sanft zu küssen. Gewöhnlich wäre mein Impuls gewesen, ihn wegzustoßen, denn wer lässt sich schon gerne so überrumpeln, auch wenn der Junge noch so süß war, der einen küsste? Aber dazu kam ich nicht. Denn der Kuss stellte irgendwas mit mir an. Ich bekam am ganzen Körper Gänsehaut und fühlte mich wie elektrisiert. Bevor ich wusste, wie mir geschah, lösten sich seine Lippen wieder von meinen.

»Du lässt dein Herz die Entscheidung treffen. Denn tief in deinem Innern weißt du doch, wer du bist, Alice.«

»Sei still und lass uns das noch mal probieren«, unterbrach ich ihn. Diesmal war ich es, die ihn mit einem Kuss überrumpelte. Nur war meiner viel ungestümer als seiner. Es war, als ob mein Körper Feuer fangen würde, je länger wir uns küssten. Noch nie hatte ich so viel Leidenschaft erfahren; alles, was ich bisher mit Jungs erlebt hatte, schien mir jetzt äußerst langweilig im Vergleich. Ich fuhr mit einer Hand durch sein Haar, streichelte mit der anderen seinen Rücken. Wir pressten unsere Körper aneinander, dass es mir fast erschien, als ob sie ineinander schmelzen würden. Atemlos lösten wir uns etwas voneinander, als die Glocken ein Uhr schlugen. Aber wir standen immer noch in enger Umarmung da und schauten uns an. Ich war mir der Gefahr bewusst, doch schien es mir in dem Moment eine weitaus schrecklichere Vorstellung, Dylan loslassen zu müssen, als von Maggie erwischt zu werden.

»Oh, oh«, sagte ich schließlich. »Ich glaube, wir werden in Schwierigkeiten geraten.«

Dylan schüttelte nur lächelnd den Kopf. »Uns kann gar nichts passieren. Unsere Liebe wird ewig währen.«

Ich sah ihn verdutzt an. »Wieso bist du dir da so sicher?«

Er lachte leise. »Na, schau doch mal hoch.«

Ich schaute nach oben und musste unweigerlich lächeln. Über unseren Köpfen erstreckte sich der mittlere Brückenbogen und direkt über uns: die Laterne. Inmitten des Gefühlschaos, in das mich Dylan geworfen hatte, war mir total entgangen, wo wir uns auf der Brücke befanden. »Glaubst du wirklich daran, dass Liebenden ewiges Glück beschert wird, wenn sie sich unter der Laterne in der Mitte der Ha'penny-Brücke küssen? Ist das denn nicht nur ein Märchen?«

Dylan zog die Augenbrauen hoch. »Ich bin ein Feenwesen aus der Anderswelt. Fragst du mich ernsthaft, ob ich an Märchen glaube?« Ich kicherte und vergrub mein Gesicht in seinem Mantel. Dylan war genau so viel größer als ich, dass mein Kopf perfekt unter sein Kinn passte.

»Das ist nicht der springende Punkt«, fuhr er fort. »Ich glaube daran, aber ob uns ewiges Glück beschert wird oder nicht, liegt dann wohl an etwas anderem. Dafür müssen sich hier schließlich Liebende küssen.« Seine Stimme war heiser und zittrig, als er mich fragte: »Liebst du mich denn, Alice?«

Ich umarmte ihn fest, legte den Kopf in den Nacken und schaute zu ihm auf. Das Laternenlicht über unseren Köpfen ließ seine Wimpern Schatten auf die Wangen werfen. Mit seinen grünen Augen sah er mich ernst und erwartungsvoll an.

Ich schenkte ihm das Lächeln, von dem er einmal gesagt hatte, dass es mein Gesicht erstrahlen ließ. »Ja, Dylan, ich liebe dich.«

kapitel vierundzwanzig

Wir hatten es tatsächlich geschafft, irgendwann die Brücke zu verlassen. Für einen kurzen Moment hatten wir auf dem Wellington Quay gestanden und hatten halb befürchtet, dass jemand, wahrscheinlich Maggie, für uns kommen würde. Doch nichts war passiert. Dylan hatte darauf bestanden, mich nach Hause zu bringen. Vor der Haustür der O'Tools hatte er mir noch einen langen Abschiedskuss gegeben. In der Nacht hatte ich natürlich nicht viel schlafen können. Zum ersten Mal seit Langem war mir etwas Schönes passiert, das nur Alice gehörte.

Am nächsten Morgen wachte ich überglücklich auf. Als ich meine Jeans von gestern wieder anziehen wollte, bemerkte ich den Briefumschlag, den ich da hineingesteckt und völlig vergessen hatte. Ich schaute ihn an. Er war an Vera adressiert – wieso hatte sie gemeint, er sei für mich? Meine Augen flogen zum Absender. St Mary's Kirche, Roundstone. Er musste vom Pfarrer sein, der damals Bridget und dem Prof Einblick in die Kirchenbücher gewährt hatte. Schnell riss ich den Umschlag auf und faltete das Blatt Papier auseinander. Ich hatte richtig vermutet.

Der Pfarrer hatte vor Kurzem ein Gespräch mit einer älteren Dame geführt, die etwas außerhalb von Roundstone lebte, und dabei etwas erfahren, das ihm seitdem keine Ruhe mehr ließ, so las ich. Die ältere Dame hatte ihn darauf angesprochen, dass im Ort wieder von

Ciara geredet wurde, seit die Familie aus Dublin Nachforschungen angestellt hatte. Wie nebenbei hatte sie wohl erwähnt, dass man nur hoffen konnte, das arme Mädchen sei tatsächlich bei Gott im Himmel, wo doch ihr Grab leer sei. Auf seine Nachfrage hin hatte die alte Frau steif und fest behauptet, Ciaras Leiche sei nie gefunden wurden. »Man hatte sie ins Meer gehen sehen, wo sie weit vor der Küste ertrunken war, aber sie wurde nie wieder an den Strand gespült.« Verwirrt las ich den Satz noch einmal. Die alte Dame musste sich irren, beschloss ich. Schließlich wusste ich von Dylan, dass sie an die Küste getrieben worden war – dort hatte er ihren leblosen Körper selbst gefunden. Vielleicht war die Flut gekommen und hatte sie wieder ins Meer gerissen, dachte ich. Ich steckte den Brief weg und beschloss, Dylan darauf anzusprechen, wenn wir uns das nächste Mal sahen. Bei dem Gedanken an Dylan trat alles andere wieder in den Hintergrund. Dieser himmlische Kuss ließ mich einfach nicht mehr los.

Am Frühstückstisch muss ich wohl etwas weggetreten gewirkt haben, doch es entging mir trotz allem nicht, dass sich Vera, der Prof und Bridget verstohlene Blicke zuwarfen. Ich beschloss allerdings, gar nichts zu sagen und stattdessen erst einmal still in meinem Glück zu schwelgen.

Bridget und ich hatten an dem Tag volles Programm an der Uni und sahen uns daher erst auf einen Kaffee am Nachmittag. Mittlerweile hatte ich festgestellt, dass ich mich sehr schlecht auf den Unterricht konzentrieren konnte und beschloss, dass es vielleicht besser wäre, wenn ich es mir von der Seele redete. Wir setzten uns auf eine Bank und ich erzählte ihr bis ins kleinste Detail von dem romantischen Kuss auf der Brücke. Es war mir ein bisschen peinlich, weil ich ja nicht mit meiner neuen Liebe vor ihr angeben wollte, aber das machte Bridget gar nichts aus. Im Gegenteil, sie freute sich riesig für mich und wollte alles ganz genau wissen.

»So, genug über mich«, sagte ich schließlich und nahm einen Schluck von dem mittlerweile vor lauter Reden kalt gewordenen Kaffee. »Jetzt erzähl doch mal, wie das Schlussmachen mit O'Cadhla gelaufen ist.«

Bridget zog eine Schnute. »Nicht so toll. Ich hatte das Gefühl, er wollte es nicht wirklich akzeptieren. Er drehte mir immer die Worte im Mund um. Zuerst war ich noch ganz diplomatisch, du weißt schon ›Ich muss mich aufs Studium konzentrieren und habe für was anderes keine Zeit.‹ Daraufhin meinte er immer nur, egal, dann würden wir uns eben nur ganz kurz treffen. Aber dann hab ich es ihm schließlich gesagt, dass wir die Sache beenden und auch erstmal keinen Kontakt haben sollten. Schließlich war er ganz still geworden und hat mit diesem Ei herumgespielt, das er zu Hause hat, du weißt schon, er bringt das auch manchmal ins Büro?«

Ich nickte. Ich hatte ganz vergessen, dass O'Cadhla auch so ein Ei hatte. Dasselbe wie Claire Brennan. Diese Tatsache war bei den vielen anderen Dingen total untergegangen. Ich musste unbedingt Dylan fragen, was es damit auf sich hatte.

»Dann hat er nur geheimnisvoll gelächelt«, erzählte Bridget weiter, »und gemeint, bitte schön, dann solle ich doch gehen. Ich würde mich noch wundern und am Ende noch einsehen, was das Beste für mich sei.«

»Klingt irgendwie unheimlich«, meinte ich.

»Fand ich auch.« Bridget schüttelte sich. »Jetzt bin ich auf jeden Fall umso froher, dass ich mit ihm Schluss gemacht habe.«

Dann kamen wir wieder auf Dylan und den Kuss zu sprechen, und was das alles zu bedeuten hatte. Dylan sah ich an dem Tag nicht. Wir waren so mit dem Küssen beschäftigt gewesen, dass wir völlig vergessen hatten, abzusprechen, wann wir uns das nächste Mal treffen würden. Aber so unerschrocken wir gestern Nacht unter dem magischen Laternenlicht auch gewesen waren, bei Tageslicht sah alles schon wieder anders aus, und wir trauten uns wohl beide nicht, über SMS oder Ähnliches Kontakt aufzunehmen, falls sich da jemand einhackte. Ich beschloss, unserer Routine zu folgen und morgen Abend wieder auf der Brücke zu stehen – bestimmt würde er dann da sein.

Am Abend versuchte ich noch einmal, meine Eltern anzurufen. Mittlerweile war ich etwas besorgt. Wieso nahm nie jemand zu Hause ab? Wenn sich jetzt keiner meldete, würde ich es auf ihren beiden Handys versuchen, nahm ich mir vor. Ich ließ es trotzdem lange klingeln und schaute dabei geistesabwesend aus dem Fenster. Die bunten Blätter der Eiche vor dem Haus wurden vom Wind auf die nasse Straße geweht und blieben dort kleben. Draußen wurde es immer früher dunkel. In Deutschland war es noch eine Stunde später, fiel mir ein. Eigentlich müssten meine Eltern beim Abendessen sitzen.

Die Stimme meines Vaters riss mich aus den Gedanken.

»Lohmann?«

»Papa, ich bin's, Alice«, sagte ich erleichtert und setzte mich aufs Bett. Ich arrangierte die lila Kissen in meinem Rücken so, dass ich bequem saß und stellte mich auf ein längeres Gespräch ein.

»Ach, Alice, hallo.« Er hörte sich sehr niedergeschlagen an, was mich ein bisschen aus der Bahn warf.

»Mensch, Papa, dass ich dich überhaupt mal zu Haus antreffe«, versuchte ich mich betont locker zu geben, um die gedrückte Stimmung zu überspielen.

»Ja … ach.«

Einen kurzen Moment schwiegen wir beide. Ich wusste nicht, wo ich anfangen sollte. Natürlich hatte ich nicht damit gerechnet, dass wir noch nicht einmal einen kleinen Small Talk hinbekommen würden, der den Einstieg in ernstere Themen ein wenig erleichterte. Es half alles nichts. Ich musste ins kalte Wasser springen.

»Papa, ich weiß, dass es dir so vorkommen muss, als hätte ich mich in letzter Zeit nur für mich selber und nicht so sehr für euch interessiert. Und das stimmt auch, ich war sehr mit mir selbst beschäftigt, aber ich versuche seit einiger Zeit, mit euch beiden zu reden, und ich merke, dass irgendwas nicht in Ordnung ist. Ich würde so gerne mit euch beiden sprechen. Wo ist Mama denn?«

Es kam ein leises Geräusch durch die Leitung, das sich fast so wie ein kleiner Schluchzer anhörte. Aber das konnte nicht sein, schließlich handelte es sich hier um meinen Papa, und der weinte nicht. Und überhaupt, wieso sollte er? Während ich noch angestrengt versuchte, seine Reaktion einzuordnen, platze mein Vater heraus:

»Anne ist ausgezogen.«

Mir blieb das Herz kurz stehen, aber dann wurde mir bewusst, dass ich mich verhört haben musste. »Was?«

»Wir haben schon längere Zeit Probleme und ich habe in einem Hotel gewohnt, bis deine Mutter etwas anderes gefunden hat.« »Aber ... das geht doch nicht ... ihr habt doch, ihr seid doch ...«, stammelte ich ratlos. Mit so etwas hatte ich überhaupt nicht gerechnet. Mein Vater seufzte. »Wir wollten es dir sagen, wenn du Weihnachten nach Hause kommst. Wenn du überhaupt vorhattest, Weihnachten nach Hause zu kommen.« Er hörte sich irgendwie komisch an. Hatte er etwa getrunken? Ich kannte meinen Vater nur als lustigen Betrunkenen, der peinliche Geschichten zum Besten gab, wenn er ein paar Gläser Rotwein zu viel intus hatte. Nie hatte ich ihn in diesem Zustand schwermütig erlebt, aber seine Worte klangen etwas undeutlich, und ich konnte es mir nicht anders erklären. Natürlich traute ich mich nicht, meinen Vater darauf anzusprechen.

»Doch klar, ich hatte schon vor, zu kommen«, sagte ich hastig. In Wirklichkeit hatte ich mir gar keine Gedanken darüber gemacht, zu sehr war ich mit Dylan beschäftigt gewesen. Mein Magen krampfte sich zusammen. Ich wusste die Wahrheit, aber dennoch stellte ich meinem Vater die Frage: »Papa, ist es meine Schuld?« Ich beugte mich vor und kniff die Augen zusammen, um zu verhindern, dass die Tränen daraus hervorquellen würden. »Bin ich schuld daran, dass ihr euch getrennt habt?«

»Nein, im Gegenteil, wir geben uns die Schuld daran, was mit dir passiert ist«, fiel mir mein Vater schnell ins Wort. »Versteh mich nicht falsch. Ich freue mich, dass es dir gesundheitlich so viel besser geht, dass dir dein Studium sehr gefällt und du anscheinend deinen Weg gefunden hast. Und es ist wohl normal, wenn das Kind flügge wird und das Elternhaus verlässt, dass die Familieneinheit etwas zerbricht. Aber seit dem Unfall bist du wie ein anderer Mensch, Alice. Ich erkenne meine eigene Tochter nicht mehr wieder.« Jetzt war ich mir fast sicher, dass mein Vater weinte.

»Es ist weder Anne noch mir gelungen, damit umzugehen, oder das zu ändern. Und wie weit haben wir es kommen lassen: Du hast ein neues Leben, in einem neuen Heimatland, hast sogar eine neue Familie.« Damit verpasste er mir einen Stich ins Herz. Wohl oder übel musste ich zugeben, dass ich mich in den letzten Wochen bei den O'Tools mehr wie zu Hause gefühlt hatte als in der Zeit nach dem Unfall bei meinen Eltern. Ich fühlte mich deshalb so schuldig, dass ich erst mal gar nichts entgegnen konnte.

»Du brauchst uns nicht mehr«, sagte mein Vater leise. »Dafür haben wir uns gegenseitig die Schuld gegeben, bis auch zwischen deiner Mutter und mir nichts mehr zu kitten ging.«

Ich musste schlucken. Ich dachte daran, wie ich meine Eltern manipuliert hatte, um nach Irland zu kommen. Wie ich gemerkt hatte, dass wir immer mehr auseinanderdrifteten, nicht nur ich und meine Eltern, sondern dass die unterschiedlichen Ansichten über meinen ungewöhnlichen Unfall und den Folgen auch meine Eltern auseinandergebracht hatte. Und ich hatte nichts dagegen getan. Im Gegenteil, ich war stur meinem eigenen Weg gefolgt, ohne daran zu denken, wie andere davon beeinträchtigt wurden. Ich war so egoistisch gewesen.

»Papa, es tut mir leid. Ich wollte das alles nicht. Ich konnte euch einfach nicht erklären, wie ich nach dem Koma fühlte, was in mir vorging. Ja, ich habe euch ausgeschlossen, weil es Dinge gibt, die ihr nicht versteht.«

»Aber du hast es nie wirklich versucht, uns zu erklären. Du gehst einfach davon aus, dass wir es nicht verstehen. Was auch immer dein Leben jetzt ist, Alice, du siehst uns nicht mehr als Teil davon. Soviel ist klar. Du hast dein altes Leben abgestreift, wie eine Schlange, die ihre tote Haut abstreift.« Mein Vater wurde immer lauter. »Ich habe das Gefühl, du warst nicht wirklich ehrlich mit uns, die ganze Zeit über hast du uns was vorenthalten«, brach es aus ihm aus. »Und wir wollten dir doch nur helfen.«

»Papa, ich will ehrlich sein, wirklich, ich weiß nur nicht wie …« Jetzt konnte ich die Tränen nicht mehr unterdrücken.

»Jetzt ist es sowieso egal«, unterbrach mein Vater mich mit frustrierter Stimme. »Ich habe lange darum gekämpft, jeden Tag mit deiner Mutter. Ich bin es müde, Alice, ich will nicht mehr kämpfen. Ich gebe auf. Ich habe deine Mutter verloren, aber dich hatte ich schon verloren, als du damals im Krankenhaus aufgewacht bist. Ich wollte es nur nicht wahrhaben. Es ist okay, ich gebe auf. Lebt ihr euer Leben ohne mich.«

Ich sprang vom Bett auf. Mir liefen die Tränen über die Wangen und ich hatte Mühe, die Schluchzer zu unterdrücken, die in meiner Kehle aufstiegen, um die Worte herauszubringen. »Gib mich nicht auf, Papa, bitte. Ich werde dir alles erklären. Ich werde dir ehrlich alles erzählen, und dann können wir sehen, wie wir damit gemeinsam umgehen. Dann können wir Mama überreden, zurückzukommen. Das Wochenende steht vor der Tür und nächste Woche ist *Study Week*, wo wir eine Woche frei haben, um zu lernen. Ich komme nach Hause, bleibe ein paar Tage, bis die Uni wieder losgeht und wir können alles besprechen.«

»Falls du Angst hast, dass ich dir dein Studium nicht mehr finanziere: Das brauchst du nicht, natürlich komme ich noch dafür auf. Du musst deshalb nicht extra herkommen.«

Schamesröte stieg mir ins Gesicht. Wie musste ich mich ihm gegenüber verhalten haben, dass er von mir denken würde, ich wolle aus Pflichtgefühl oder des Geldes wegen mit ihm reden.

»Papa, nein!«, rief ich. Frustriert lief ich auf dem kleinen Stück Teppich zwischen Bett und Schreibtisch auf und ab. »Darum geht es mir nicht. Ehrlich, ich will kommen. Ich will mit euch reden. Es tut mir alles so leid.«

Mein Vater seufzte. »Wie willst du denn jetzt auf die Schnelle einen Flug bekommen, ist das überhaupt praktikabel?«

»Mach dir darüber keine Gedanken, irgendeinen Flug bekomme ich schon in den nächsten Tagen. Ich komme nach Hause, ich verspreche es dir. Denn es ist mir wirklich wichtig. Gib mir noch eine Chance, Papa, alles wieder ins Lot zu bringen. Gib mich noch nicht auf.«

Er schwieg eine Weile.

»Na gut«, sagte er schließlich.

Ich hatte gar nicht gemerkt, dass ich die Luft angehalten hatte. »Ich bin so froh, Papa. Ich melde mich, um dir zu sagen, wann ich ankomme.«

»Gut, Alice, bis dann.«

Nachdem er aufgelegt hatte, hielt ich den Hörer noch einen Moment in der Hand und hörte dem Piepton zu. Ich war wie im Schock. Ich hatte das alles nicht gewollt. Ob Ciara in mir war oder nicht, natürlich liebte ich meine Eltern. Sie hatten mich, Alice, großgezogen, mir Leben, Liebe und Vertrauen geschenkt. Ich war ihnen schuldig, all das und mehr zurückzugeben. Dylan und die Sidhe musste ich jetzt hinten anstellen. Ich nahm eine Packung Tempo aus der Schreibtischschublade und putzte mir die Nase. Dann machte ich unverzüglich meinen Laptop an und suchte nach Flügen im Internet. Es gab keine Direktflüge, aber ich konnte eine Verbindung über London Gatwick finden. Schon morgen früh um sechs ging der Flieger, aber wenn ich den nicht nahm, würde ich bis Dienstag warten müssen, weil die anderen Flüge dazwischen aufgrund der kurzfristigen Buchung viel zu teuer waren. Ich bezahlte mit der Kreditkarte für Notfälle, die meine Eltern mir gegeben hatten. Ich wusste nicht, was der Kreditrahmen war und ich hatte sie noch nie zuvor benutzt, aber die Transaktion wurde problemlos abgewickelt.

Ich schrieb meinem Vater eine SMS, um ihm zu sagen, wann ich ankommen würde. Dann druckte ich die Bordkarten aus und warf ein paar Klamotten und zwei Bücher in meine Reisetasche. Nach dem Aufstehen würde ich noch Zahnbürste und Kosmetika in die Kulturtasche tun und diese in die Reisetasche werfen. Laptop, ein Kreuzworträtselheft, Bordkarten, Portemonnaies, Pass und einen Stift tat ich in meinen Rucksack. Damit war alles in Nullkommanichts gepackt.

Nach längerem Nachdenken schrieb ich Dylan einen kurzen Brief, um ihm mitzuteilen, wo ich war. SMS oder E-Mail schienen mir zu unsicher – vielleicht würden sie die abfangen und dann würden sie sich wundern, wieso ich es für nötig hielt, ihn darüber zu informieren, dass ich nach Deutschland ging. Vielleicht kamen sie dann auf den Trichter, dass unsere Beziehung in Wirklichkeit enger war, als wir vorgaben. Wenn Bridget es gelingen würde, Dylan den Brief unbemerkt zuzustecken, dann war die einzige Person, die den Brief außer uns gelesen hatte, wahrscheinlich Bridget – das war sogar sehr wahrscheinlich, in Anbetracht dessen, wie neugierig meine Freundin war. Deshalb hielt ich mich auch sehr kurz in dem Brief und vermied jegliche Gefühlsduseleien.

Nachdem ich Bridget den Brief gegeben und sie gebeten hatte, mich morgen früh zum Flughafen zu fahren, sowie auch Vera und den Prof von meinen Plänen unterrichtet hatte, ging ich wieder auf mein Zimmer. Mein Vater hatte mir zurückgeschrieben: »Meine scharfen Worte tun mir leid. Aber ich freu mich so, dass du kommst. Damit hast du mich davon überzeugt, dass wir alles wieder in Ordnung bringen und wieder eine Familie sein können. Bis morgen. Alles Liebe, Papa.«

Kapitel Fünfundzwanzig

Ich begrüßte die Stewardess mit einem Nicken und suchte meinen Platz. Dann stellte ich mein Handy aus und tat es in den Rucksack. Bevor ich diesen im Gepäckfach verstaute, nahm ich Kreuzworträtselheft und Stift heraus. Das Heft steckte ich in die Sitztasche vor mir, den Stift erst mal in die Innentasche meiner Jacke, die ich anbehielt. Mir war kalt, sicherlich auch, weil ich noch so müde war. Ich kuschelte mich in den Sitz und gähnte. Ich freute mich auf den Kaffee, obwohl er wahrscheinlich scheußlich schmecken würde. Ich hatte den Fensterplatz gewählt und schaute nach draußen. Es war noch dunkel und es gab nicht viel zu sehen, außer den Regen, der gegen die Fensterscheibe klatschte, und diverse Lichter von Flugzeugen, Gepäckwagen und den Landebahnen. Der Anblick ließ mich noch mehr frösteln und ich zog die Jacke enger um mich. Ich legte den Gurt an, lehnte den Kopf zurück und schloss die Augen. Als ich sie wieder aufmachte, waren wir schon in der Luft. Ich musste eingenickt sein – hoffentlich hatte ich den Getränkewagen nicht verpasst. Ich rieb mir die Augen und schaute durch den Spalt der Sitze von mir auf die herunterklappbaren Tabletts der anderen Passagiere. Gut, niemand hatte einen Becher oder dergleichen vor sich stehen.

Als ich mich umdrehte und halb aufstand, um zu sehen, ob die Stewardessen mit ihrem Wägelchen schon im Anmarsch waren, fiel mir das lange rote Haar meiner Sitznachbarin auf, die ihr Gesicht hinter einem Magazin versteckte. Erschrocken plumpste ich wieder in meinen Sitz. Sie drehte sich zu mir um.

»Hallo, Alice«, sagte Maggie und lächelte.

Ich starrte sie nur sprachlos an. Ich war mit den Gedanken so sehr bei meinem Vater und meinen Familienproblemen gewesen, dass ich Maggie schlichtweg verdrängt hatte. Dylan und ich hatten uns außerdem so in Sicherheit gewiegt, nachdem all unser Kontakt anscheinend unbemerkt geblieben war, oder sich keiner daran gestört hatte.

»Hat es dir die Sprache verschlagen oder erinnerst du dich nicht mehr an mich?«, flötete Maggie.

»Natürlich«, krächzte ich. »Maggie. Ganz schön weit weg von Roundstone – oder kümmerst du dich auch noch an anderen Orten um Cottages?« Ich hatte mich wieder gefangen.

»Süße, ich kümmere mich um noch ganz andere Sachen als Cottages. Damals wusstest du noch nicht das, was du jetzt weißt, nicht wahr? Damals warst du noch die unschuldige Schülerin, die von der irischen Westküste und einem grünäugigem Jungen träumte. Jetzt wünschte ich mir natürlich, ich hätte es nicht drauf ankommen lassen und ich hätte mich damals schon um dich *gekümmert*.«

»Leider haben wir deinen Hexenbeutel gefunden und dir einen Strich durch die Rechnung gemacht«, sagte ich gespielt mutig. Mein Mund war trocken. Wo blieb bloß die Stewardess mit den Getränken? Vielleicht konnte ich ihr auch irgendwie signalisieren, dass ich in Gefahr war.

Sie winkte ab. »Ein harmloser Zauber, der deine Erinnerungen unter Verschluss halten sollte. Wie du ja mittlerweile weißt, kann ich auch weitaus schwerere Geschosse auffahren.«

Ihre eisblauen Augen schauten mich kalt an und mir lief ein Schauer über den Rücken. Doch ich versuchte mir nichts anmerken zu lassen.

»Nun, ich denke, hier wirst du keine Möglichkeit dazu haben, mir das unter Beweis zu stellen, denn schließlich sind wir in einem Flugzeug voller Menschen, die auch nach der Landung aussteigen und durch einen wiederum menschenbepackten Flughafen gehen müssen.«

Maggie lächelte wieder. »Wir werden sehen.«

Die Stewardessen waren mittlerweile bei unseren Plätzen angekommen und ich konnte endlich meinen Kaffee bestellen. Was zu sagen, traute ich mich nicht. Mir fiel einfach auf die Schnelle nicht ein, wie ich erklären konnte, dass mir Maggie Böses wollte, ohne total lächerlich zu klingen. Ich dachte angestrengt nach, aber schnell waren die Flugbegleiterinnen auch schon weitergezogen. Mist, fluchte ich innerlich. Ich klappte das Tablett runter und stellte den Becher darauf. Dann schaute ich angestrengt aus dem Fenster auf die Wolkendecke unter uns, damit Maggie mein Gesicht nicht sehen würde, während ich um Fassung rang und fieberhaft versuchte, meine Optionen abzuwägen. Tausend Gedanken spukten in meinem Kopf herum; ich konnte einfach keinen klaren Plan formulieren. Je mehr ich von Maggie erfuhr, desto größer standen die Chancen, dass mir etwas einfiel. Also machte ich mir innerlich Mut und drehte mich wieder zu ihr um. »So, was hast du denn jetzt mit mir vor?« Ich nahm einen Schluck Kaffee. Er schmeckte noch scheußlicher als erwartet.

Maggie lächelte nur und sagte ein paar Worte auf Irisch, die ich kaum verstand, mit so starkem Akzent sprach sie. Es hörte sich so an, als hätte sie gesagt: »Ich schenke dir Aphonie.«

»Wie bitte?«, sagte ich und runzelte die Stirn. Affenie, Aphonie? Was sollte das sein? Ich nahm noch einen Schluck Kaffee. Er war wirklich bitter.

Maggie lächelte nur immer weiter ihr komisches, geheimnisvolles Lächeln, das ich jetzt schon satthatte. Ich wollte ihr gerne sagen, dass sie doch bitte aufhören sollte, um den heißen Brei herumzureden. Doch es kam kein Ton aus mir heraus. Ich schüttelte verwirrt den Kopf und versuchte es noch einmal, diesmal mit mehr Anstrengung. Doch nichts. Ich fasste mir an den Hals, als nicht mal ein Krächzen da raus kam. Wo war mein Amulett? Mir wurde ganz heiß, als mir einfiel, dass es im Rucksack war. Bei der Personenkontrolle hatte ich es abgenommen und darin verstaut. Mein

Atem ging schneller und ich fühlte Panik in mir aufsteigen. Entsetzt starrte ich Maggie an.

»Ganz ruhig«, sagte sie. »Kein Grund zur Sorge. Nur ein kleiner Zauberspruch für Stimmverlust. Wirkt mit den Tropfen des Elixiers, das ich in deinen Kaffee getan habe. Schmeckt's?«

Ich folgte meinem Impuls und schüttete ihr meinen Kaffee kurzerhand über den Schoß.

»Tz, tz, tz. Was soll das denn bitte bringen? Stewardess«, rief sie laut und winkte diese heran. Die Stewardess kam und drehte sich sofort wieder um, als sie sah, was passiert war, um einen feuchten Lappen zu holen. Maggie bedankte sich und ich stand auf und fuchtelte wütend mit den Armen, um die Flugbegleiterin auf mich aufmerksam zu machen. Sie schaute mich verstört an. »Ja, ja, kein Problem, ich bringe Ihnen natürlich einen neuen Kaffee. Einen Moment, bitte.« Und weg war sie.

Frustriert ließ ich mich in den Sitz fallen. Als sie mit meinem Kaffee wiederkam, versuchte ich gar nicht erst, ihre Aufmerksamkeit zu erregen. Missmutig saß ich da und schlürfte den Kaffee, der auch ohne Elixier noch bitter schmeckte. Ich würde mir etwas überlegen müssen, wie ich aus dieser Situation auch sprachlos wieder herauskommen könnte. Noch waren wir im Flugzeug und wir würden auch weiterhin unter Menschen sein. Maggie würde also keine Gewalt anwenden können, ohne dass es Leuten um uns herum auffiel. Es sei denn, sie wendete noch einen Zauberspruch an … Misstrauisch schielte ich auf meinen Kaffee. Nein, ich hatte ihn die ganze Zeit in der Hand gehabt und ihr damit keine Gelegenheit gegeben, etwas unbemerkt hineinzutun. Trotzdem ließ ich den Kaffee stehen.

Nach der Landung wollte ich meinen Rucksack aus dem Gepäckfach holen, doch Maggie kam mir zuvor. »Ich mache das schon«, sagte sie mit liebenswürdigem Ton. Sie hängte ihn sich selbst über die Schultern. Egal, dachte ich. Hauptsache, ich komme von ihr weg. Wenn ich losrennen muss, ist der Rucksack sowieso nur unnötiger Ballast. Ich schaute auf Maggies lange Beine. Ob ich sie wohl abhängen könnte? Ich würde auf den richtigen Zeitpunkt warten müssen, beschloss ich, wenn ich in einer Menge untertauchen konnte oder es viele Versteckmöglichkeiten gab.

Geschlossen verließen alle Passagiere langsam das Flugzeug. Wir gingen den Gangway hinunter, betraten einen schmalen Korridor und folgten den Schildern zur Gepäckausgabe. Im Korridor nahm Maggie mein Handgelenk und hielt es mit eisernem Griff umschlossen. Ich versuchte, ihre Hand abzuschütteln, doch Maggie war so stark, dass sich ihr Arm kaum bewegte. Als ich stehen blieb, zog sie mich einfach mit. Was schiere körperliche Kraft anging, war ich ihr eindeutig unterlegen, und so blieb mir nichts anderes übrig, als mich mitschleifen zu lassen. Außerdem befanden wir uns im Strom von Passagieren, die aus weiteren Korridoren kamen und sich dem Exodus Richtung Ausgang anschlossen – wenn ich in dieser Einbahnstraße gegen den Strom laufen würde, wäre das viel zu auffällig. Kurz vor der Gepäckausgabe zweigte ein Gang ab, den man nehmen sollte, um zu den Anschlussflügen zu gelangen. Dort bogen wir auch ab und gingen somit den Weg, den ich sowieso hätte nehmen müssen. Die vage Hoffnung keimte in mir auf, dass Maggie mich lediglich nach Deutschland bringen wollte, um die räumliche Trennung zwischen den Sidhe und mir zu gewährleisten. Vielleicht würde sie mich dort mit einem Zauberspruch oder Ähnlichem belegen, dass ich daheim bleiben musste und nicht wieder nach Irland zurückkehren konnte. Ich würde mein Versprechen meinem Vater gegenüber nachkommen und Dylan irgendwie kontaktieren können – sobald ich meine sprachlichen Fähigkeiten wieder zurückerlangt hatte.

Doch diese Hoffnung starb, als wir uns bei der nächsten Abzweigung von der jetzt weniger dichten Menge der Passagiere lösten und dem Schild zu den Anschlussflügen nicht mehr folgten. Ich sah immer weniger Leute um uns herum. Mein einziger Plan war gewesen, mich irgendwann loszueisen und Maggie in der Menge abzuschütteln, aber der war jetzt gestorben. Wir gingen auf einen Teil des Flughafens zu, der wohl abgesperrt war, weil dort Bauarbeiten stattfanden. Das konnte doch nur eins bedeuten: Man wollte mich in einem abgelegenen Teil des Flughafens kaltmachen.

Ich dachte daran, wie Maggie Ciara in den Tod geschickt hatte. Ihr war alles zuzutrauen.

Fieberhaft dachte ich darüber nach, was ich tun könnte. Mir blieb nicht viel Zeit – gleich waren wir an der Absperrung. Ich stemmte die Füße in den Boden. Mit einem Ruck zog Maggie mich weiter. Ich ließ mich fallen. Endlich hatte ich ihre Aufmerksamkeit und sie schaute mich verärgert an. Links von uns befand sich eine Damentoilette. Darauf zeigte ich. Sie schüttelte nur den Kopf und wollte mich weiterziehen. Ich stellte mich vor sie, versuchte ihr den Weg zu versperren. Sie schaute sich um, während ich ihr angestrengt deutlich zu machen versuchte, dass ich dringend mal musste.

Ich jauchzte innerlich, als sie nachgab und mit mir zu den Toiletten ging. Sie kam mit hinein und baute sich vor der Tür auf. Da der Flughafen in diesem Teil so gut wie menschenleer war, hielt sich niemand sonst in den Toiletten auf, aber ich hätte sowieso nicht kommunizieren können. Ich schloss mich in die letzte Kabine in der langen Reihe ein und holte meinen Stift aus der Jacke, den ich vorhin eingesteckt hatte. So geräuschlos wie möglich schrieb ich groß an die Tür. *Hilfe! Ich wurde von Maggie ENTFÜHRT. Bitte kontaktieren Sie meinen Vater.* Ich schrieb die Telefonnummer hin – es war die einzige Nummer, die ich auswendig kannte. Dann fügte ich hinzu. *Bridget weiß, wer helfen kann. DAS HIER IST KEIN SCHERZ. Danke, Alice.*

»Bist du bald mal fertig?«, rief Maggie ungeduldig vom Waschraum rüber. Einer Eingebung folgend steckte ich den Filzstift in den Toilettenpapierspender und hielt dann die Hand vor den Infrarot-Sender, um die Spülung zu betätigen. Dann verließ ich die Toilette so ruhig wie möglich. Maggie stand mittlerweile direkt vor meiner Kabine und schaute mich misstrauisch an.

»Ich weiß, du hast dein Handy in diesem Rucksack, aber hast du vielleicht noch ein zweites, oder so? Nicht, dass dir jetzt noch jemand helfen könnte, aber ich lasse mich ungern für dumm verkaufen.« Sie durchsuchte meine Taschen und fand nichts, außer ein paar Münzen in meiner Jacke. Dann hielt sich mich an der Hand fest und stieß die Tür zur Toilette auf. Sie schaute sich darin um.

Doch mit mir im Schlepptau konnte sie nicht hineingehen und die Tür hinter sich zu machen – glücklicherweise sah sie deshalb die Tür nicht von innen. Ich versuchte, so kontrolliert wie möglich zu atmen, damit mein rasender Puls mich nicht verraten würde.

Sie zog mich aus der Toilette und wir betraten den abgesperrten Teil des Flughafens. Hier war kein Mensch, noch nicht einmal Bauarbeiter. Wenn ich nicht um mein Leben gebangt hätte, dann hätte ich es hier wahrscheinlich unheimlich gefunden. So bibberte ich nur vor Angst. Ich tat mein Bestes, um es ihr so schwer wie möglich zu machen, mich mit sich zu ziehen, aber sie war einfach zu stark, und nachdem ich ein paar Minuten lang über den Boden geschleift wurde, tat mir der Arm so weh, dass ich es aufgab. Ich hätte das vorher machen sollen, um die Aufmerksamkeit der Leute auf mich zu ziehen, verfluchte ich die vertane Chance. Aber zu dem Zeitpunkt hatte ich noch gedacht, es würde sich mir eine bessere Fluchtmöglichkeit präsentieren als eine Situation, in der ich mein komisches Verhalten aufgrund meiner Sprachlosigkeit nicht hätte erklären können und Maggie wahrscheinlich eine rationale Erklärung dafür parat gehabt hätte, wieso ich mich wie ein trotziges Kind aufführte.

Ich schaute mich um. Hier wurden anscheinend neue Gates gebaut. Als ich mich schon fragte, wie weit wir denn noch gehen würden, zog Maggie mich zu einem Gate. Wir gingen die Treppe hinunter, stießen eine schwere Tür auf und standen plötzlich auf dem Rollfeld in der Kälte. Immer noch keine Menschenseele zu sehen. Doch vor uns stand ein kleines Flugzeug, an das eine Treppe herangerollt worden war. Darauf ging Maggie zu. Jetzt begriff ich: Die Reise war noch nicht zu Ende, Maggie wollte irgendwo anders mit mir hinfliegen. Die Hoffnungslosigkeit der Situation überrollte mich in so großen Wellen, dass ich dachte, ich müsse darin ertrinken. Wieder wurde ich unweigerlich an Ciaras Tod erinnert – und dann an ihren Grabstein. Wenigstens hatte ihre Familie die Gelegenheit gehabt, sich von ihr zu verabschieden. Wer weiß, wo Maggie mich zum Sterben hinbrachte … Würde ich einfach spurlos verschwinden, ohne dass meine Familie, ohne dass Dylan oder die

O'Tools je herausfinden würden, was mit mir geschehen war? Ich machte es Maggie so schwer wie möglich, aber sie brachte mich die Treppe hoch und in das Flugzeug hinein. Wir waren nicht die einzigen Passagiere; es saßen noch ein paar Leute hinten im Flugzeug. Aber Maggie stieß mich in einen der vorderen Sitze. Ein Mann in Pilotenuniform kam aus dem Cockpit und verschloss die Tür. Kurz darauf fing die Maschine an zu rollen. Bevor ich mich versah, hatten wir schon abgehoben. Es dröhnte laut in der kleinen Propellermaschine, in der ich nirgends den Namen einer Fluggesellschaft sehen konnte. Es gab wohl auch keine Flugbegleiter. Wir waren noch nicht lange waagerecht in der Luft, als ich mal wieder einen Versuch unternahm, laut zu schreien. Zu meiner Überraschung kamen dabei diesmal tatsächlich Töne aus meinem Mund.

»Hilfe!«, rief ich erst krächzend, dann mit lauterem Volumen.

»Es bringt dir hier nichts, um Hilfe zu schreien«, sagte Maggie zuckersüß. »Hier wird dir sicher keiner helfen.«

Ich drehte mich um, doch in der Tat hatte sich keiner der Passagiere im hinteren Teil des Flugzeuges gerührt.

»Hast du deinen Gurt um?«, fragte Maggie.

Ich schaute sie verwirrt an. »Ja, wieso?«

»Weil wir gleich an Fahrt zunehmen werden.«

Ich hörte ihr gar nicht richtig zu, da ich endlich die Gelegenheit hatte, sie zu fragen, was sie mit mir vorhatte.

»Ich will sofort wissen, wo wir hinfliegen«, forderte ich wütend.

»Das wirst du schon noch früh genug sehen.« Maggie schien es sehr zu genießen, die Oberhand zu haben. Dieses süffisante Grinsen regte mich so auf, dass meine Wut zumindest die Angst verdrängte.

»Falls du glaubst, dass du mich wie Ciara in den Tod locken kannst, dann hast du dich gewaltig ...« Das Flugzeug wurde immer schneller und ich spürte einen starken Druck auf den Ohren. So wie bei einer dieser Turbo-Achterbahnen in einem Vergnügungspark. Mir wurde leicht übel und vor meinen Augen bildeten sich schwarze Punkte. Bevor ich wusste, wie mir geschah, hatte ich das Bewusstsein verloren.

Als ich wieder zu mir kam, hörte ich Maggies Stimme neben

mir. »Hier nimm das, du wirst es brauchen.« Die Worte hörten sich fürsorglich an, der Ton, in dem sie sie sagte, allerdings nicht. Sie reichte mir einen Eimer. Keine Sekunde zu spät, denn schon musste ich mich übergeben. Gott sei Dank hatte ich nur den Kaffee von vorhin im Magen und viel kam nicht hoch. Als ich fertig war, gab mir Maggie ein Erfrischungstuch, mit dem ich mir über das Gesicht und dann über den Mund wischte.

»Ich brauche Wasser«, krächzte ich. Maggie nickte einem der Männer zu, die um unsere Sitze herumstanden – wahrscheinlich die, die vorhin hinten im Flugzeug gesessen hatten. Einen Augenblick später kam er mit einem Glas Wasser zurück. Ich roch misstrauisch daran, trank aber doch davon. Ich hatte einen üblen Geschmack im Mund und wenn sie hier jetzt etwas mit mir anstellen wollten, dann hatte ich sowieso keine Chance.

Maggie half mir hoch und schubste mich zum Ausgang. Ich musste mich darauf konzentrieren, die Treppe herunterzugehen, doch als ich unten angekommen war, schaute ich auf. Ich kniff die Augen zusammen. Unweit von dem Platz, auf dem wir gelandet waren, war ein Küstenstreifen und dahinter Wasser. In der Ferne eine riesige Landmasse. Es war neblig und somit konnte ich nicht genau sehen, wo sie anfing und wo sie aufhörte. Etwas kam mir aber sehr bekannt daran vor. Was mich verwirrte, waren die sonderbaren weißen Bauten. Sie sahen aus wie große Iglus. Und die vielen Bäume. Die Küstenlandschaft erinnerte mich an Irland, aber so dichte Wälder hatte ich auf der Insel noch nicht gesehen. Während mich Maggie drängte, weiterzugehen, sah ich mich ein bisschen um. Wir gingen auf einen Anlegesteg zu, an dem aber keine Boote befestigt waren. Links hinter mir war eine Bergkette. Ich rieb mir die Augen. Ungeduldig schubste Maggie mich weiter, aber ich musste mich erst mal von der Erkenntnis erholen, dass hinter mir eindeutig die Twelve Bens lagen. Die Landmasse vor mir musste Connemara sein. Aber es sah so anders aus. Wo waren die Küstenorte, die Häuser, die Straßen? Und was war mit den Wäldern los? Ich war so verwirrt und geschockt, dass ich auf dem unebenen Boden über einen Stein stolperte und hinfiel.

»Pass doch auf«, rief Maggie ungeduldig. Als ich aufstand, war mein Blick auf das Flugzeug gerichtet. Beinahe wäre ich wieder zu Boden gesunken. Es sah aus wie ein Vogel. Buchstäblich, wie ein Vogel mit Federn! Nur hatte es keinen Schnabel; da, wo der Kopf eines Vogels gewesen wäre, war tatsächlich ein Cockpit mit durchsichtigen Scheiben. Dennoch, für einen Augenblick dachte ich, ich halluziniere. Hatte man mir etwa doch was ins Wasser getan? In London war das Ding eindeutig noch eine gewöhnliche Propellermaschine gewesen.

»Komm doch endlich!«, hörte ich Maggie rufen.

»Ich … äh, irgendwas stimmt nicht mit mir.«

Maggie kam zu mir zurück und atmete entnervt aus. »Ja, du siehst richtig. Das Flugzeug war in deiner Welt durch einen Zauber transformiert, weil dort alle so blöd schauen würden wie du, wenn sie ein Flugzeug mit Federn zu Gesicht bekämen. Aber wenn du bei allen Dingen, die du gleich sehen wirst, so reagierst wie jetzt, dann bekommst du noch einen Herzinfarkt. Und damit ist hier keinem gedient. Also reiß dich zusammen. In deiner Welt nennt man das Biomimetik. Ihr seid erst vor kurzer Zeit auf den Trichter gekommen, dass die Natur ein recht perfektes System ist und dass man besser damit fährt, im Einklang mit ihr zu leben und sich an ihr zu orientieren, statt sie zu vergewaltigen. Wir haben das schon vor langer Zeit begriffen und unsere Technologien sind dementsprechend etwas weiter als eure. Stell dich drauf ein und fall nicht jedes Mal in Ohnmacht, wenn du etwas siehst, was du nicht kennst.«

Ich sah Maggie entgeistert an und folgte ihr wie eine Traumwandlerin zum Steg. So langsam begriff ich, wo ich mich befand. Das hinter mir waren tatsächlich die Twelve Bens und die Landmasse vor mir war Connemara – aber nicht das Connemara, das ich kannte. Wir befanden uns in der Anderswelt. Ich schaute mich noch mal um. Tatsächlich. Das hier musste die verzauberte Insel sein, die es in meiner Welt nicht gab.

Wir standen auf dem Steg und schienen auf etwas zu warten. Mir schwirrten tausend Gedanken im Kopf herum, denn für mich ergab das hier alles keinen Sinn: Warum hatte man bis jetzt gewartet, mich hierher zu entführen? Und wieso die ganze Show mit dem Flugzeug. Das passte überhaupt zu gar nichts, was ich über die Sidhe wusste – waren sie nicht gegen Eisen allergisch? Und wurden nicht in den Sagen immer Hügel oder Inseln oder Ähnliches als Portale in die Anderswelt beschrieben? Allerdings hatte ich auch in den Mythen noch nie etwas von biomimetischen Technologien gelesen.

»Wieso der ganze Zirkus?«, fragte ich Maggie. »Warum hast du mich im Flieger gekidnappt? Hättest du mich nicht auch in Irland in die Anderswelt entführen können? Was auch immer du hier mit mir vorhast«, fügte ich murmelnd hinzu und verschränkte die Arme vor der Brust.

»Ach Alice«, seufzte Maggie. »Du kleines Dummerchen. Hast du denn noch nicht begriffen, dass du etwas ganz Besonderes bist?« Wie sie das Wort *Besonderes* betonte, ließ es irgendwie sarkastisch klingen. »Ja, normalerweise können wir Menschen in die Anderswelt mitnehmen. Gewöhnliche Menschen. Aber du bist ja eher ungewöhnlich, nicht wahr?« Ihre Lippen lächelten, aber ihre blauen Augen waren kalt. »Mit deinem Ebereschenzauber kann dich auf der Erde niemand in die Anderswelt locken. Da musste ich mir schon etwas anderes einfallen lassen. Lufttransport ist auch für uns eine neue Sache und wurde bislang noch nicht wirklich an Menschen getestet, aber es hat dir anscheinend ja keinen Schaden zugefügt.«

Ich wollte weitere Fragen stellen, aber in dem Moment tauchte aus dem Wasser eine graue Form auf. Für den Bruchteil einer Sekunde dachte ich, es wäre ein großer Hai. Die Beschaffenheit der Oberfläche, die graue Farbe, die Flosse. Aber bevor ich die Chance hatte, wegzulaufen, öffnete sich das Ding. Darin steckte ein Mensch – oder wahrscheinlich ein Sidhe, verbesserte ich mich gedanklich – und ich konnte einige Apparate erkennen.

Maggie schubste mich mehr da hinein, als dass sie mir hineinhalf. Es war eng in dem komischen Fischboot, aber sonderbarerweise trotzdem nicht klaustrophobisch. Unter anderen Umständen hätte ich es hier wahrscheinlich gemütlich drin gefunden. Ich nahm an, dass wir wie ein U-Boot untertauchten, denn auf dem Monitor vor uns sah ich, dass wir durch das Wasser schossen.

Ich durfte mich nicht ablenken lassen, ermahnte ich mich. Ich musste so viel wie möglich über meine Situation herausfinden. Obwohl es mir nicht besonders viel Zuversicht gab, dass Maggie so frei aus dem Nähkästchen plauderte. In Filmen verriet der Killer seinem Opfer nämlich immer nur seine Motivation und seine Vorgehensweise, wenn er nicht beabsichtigte, es am Leben zu lassen. Andererseits, wieso mich erst hier herbringen, wenn sie vorhatte, mich umzubringen? Oder war das jetzt die bevorzugte Weise der Sidhe, Menschen verschwinden zu lassen?

»Also habt ihr extra darauf gewartet, bis ich nach Hause fliegen musste?«, knüpfte ich an Maggies vorherige Aussage an, dass ich nur über Luftwege in die Anderswelt transportiert werden konnte.

»Wir dachten, irgendwann wirst du dich sicher darauf besinnen, dass du noch eine Familie in Deutschland hast, und ich hatte gehofft, du wirst nach Hause fliegen, bevor du in Dublin zu viel Schaden anrichten kannst. Aber ansonsten wäre mir sicher noch was Nettes eingefallen, wie ich dich dazu *überreden* könnte, zu einem Flughafen zu gelangen.«

Ich musste an Dylan und den Brückenzauber denken. Hatte er nicht gewirkt?

Als hätte sie meine Gedanken gelesen, lachte Maggie zynisch. »Aaah, du hast wohl gedacht, wir hätten von deinem kleinen Stelldichein mit Dylan nichts mitbekommen? Hast geglaubt, euer Geturtel wäre unter dem Radar geblieben?« Das falsche Lächeln war auf einmal wie weggewischt. Fast tonlos fuhr sie fort: »Da hast du dich gewaltig getäuscht. Wir wissen alles. Und keine Angst, Dylan wird auch noch dafür büßen.«

Jetzt bekam ich es richtig mit der Angst zu tun. Es hörte sich auf jeden Fall so an, als würde sich Dylan in größte Gefahr begeben, wenn er einen Weg in die Anderswelt fand, um mich zu retten. Und ich hatte naiverweise gedacht, wenn er einen Weg hierherfand und den Ältesten von Maggies Untaten berichtete, dann würde sich alles richten. Meine Zähne klapperten und mein Mund war trocken, aber trotzdem nahm ich meinen Mut zusammen und fragte Maggie: »Hast du nicht versucht, meine Erinnerungen an Ciaras Tod genau aus dem Grund auszulöschen, damit niemand davon erfährt? Wieso, wenn das anscheinend hier keinen kratzt? Wieso bringst du mich hierher?«

»Ich weiß überhaupt nicht, wovon du redest, mein Herzchen«, flötete Maggie.

Ich schaute sie ungläubig an. »Ich rede davon, dass du für Ciaras Tod verantwortlich bist. Dass du alles daran gesetzt hast, dass niemand davon erfährt. Dylan hat mir gesagt, dass die ältesten Sidhe den Mord an Menschen verboten haben und dass du dafür zur Verantwortung gezogen werden würdest, sollte hier jemand davon erfahren«, fügte ich verzweifelt an.

»Wie kommst du darauf, dass ich für Ciaras Tod verantwortlich sein soll? Ich glaube, du bist noch etwas durcheinander.« Sie sah mich mit leeren Augen an.

Bevor ich protestieren konnte, ging die Luke auf und wir mussten aussteigen. Auf einmal waren wir wieder von den Männern umzingelt, die auch im Flugzeug gewesen waren. Ich fragte mich, wie die hier jetzt vor uns angekommen waren. Der Bootssteg, an dem wir angedockt hatten, war nicht viel größer als der auf der Insel. Mit dem Hafen von Roundstone hatte das hier nicht viel gemein, aber in meiner Welt würden wir jetzt in etwa dort stehen. Wir gingen zu Fuß weiter und an einigen der runden Kuppelbauten vorbei. Aus der Nähe sahen sie natürlich größer aus als Iglus, aber für Häuser schienen sie mir doch etwas klein. Als wir schließlich vor einem stehen blieben, war ich dicht genug dran, um zu sehen, dass die Oberfläche fast porenartig aussah. Diese Poren waren innen grün und pulsierten auf merkwürdige Art und Weise; so als würden sie atmen.

»Für den weiteren Weg durch den Wald müssen wir dir erst mal die Augen verbinden. Du sollst ja nicht unbedingt die gesamte Infrastruktur von Connemara kennenlernen – ich meine, unserem Connemara«, sagte Maggie.

Ein paar der Männer waren in das große »Iglu« gegangen und

kamen jetzt mit ein paar Sachen in der Hand wieder heraus. Mein Blick fiel sofort auf einen schwarzen Sack, den man mir über den Kopf stülpte, bevor ich mich dagegen wehren konnte. Ich erwartete, Schwierigkeiten mit dem Atmen zu bekommen, aber anscheinend war das Material luftdurchlässig. Dennoch war alles um mich herum schwarz. Ich wurde von mehreren starken Armen hochgehoben und irgendwo abgesetzt. Ich nahm an, es war ein Gefährt, denn bald setzten wir uns in Bewegung. Panisch griff ich um mich, um etwas zum Festhalten zu finden; beinahe wäre ich durch die plötzliche Bewegung hingefallen. Ich griff ins Leere, aber jemand hielt mich fest und half mir, mich hinzusetzen.

Die Fahrt dauerte eine Weile – mir war jegliches Zeitgefühl abhandengekommen –, und ich hatte zum ersten Mal seit meiner Entführung Zeit, wirklich darüber nachzudenken, was mit mir passiert war. Konnte ich Maggies Worten Glauben schenken, dann wusste sie schon seit Langem über alles Bescheid. Aber wie nur – hatte Dylans Brückenzauber nicht funktioniert? Auch wenn das der Fall war, auf der Brücke waren wir immer allein gewesen und es wäre schwierig gewesen, unsere Gespräche zu belauschen. Ich hatte nur zwei Menschen so gut wie alles erzählt: Bridget und Claire Brennan. Ich konnte einfach nicht glauben, dass eine von beiden mich verraten haben sollte und verdrängte den Gedanken daran schnell wieder.

Das Herz rutschte mir in die Hose, als ich mir die Hoffnungslosigkeit meiner Situation verdeutlichte. Anscheinend tat Maggie so, als ob sie mit dem Tod Ciaras nichts zu tun hätte. Ich verstand zwar nicht, warum sie sich die Mühe gemacht hatte, zu verhindern, dass ich mich daran erinnerte und anderen davon erzählen konnte. Aber mit dieser Taktik waren Dylan und mein einziger Plan hinfällig. Im Gegenteil, sollte Dylan es gelingen, in die Anderswelt zu reisen – wer weiß, was ihm dann passieren würde. Trotzdem war er der Einzige, der mir helfen konnte. Ob wohl jemand meine Nachricht in der abgelegenen Toilette im Flughafen lesen und überhaupt ernst nehmen würde? Die Nachricht erinnerte mich an meinen Vater. Das versetzte mir einen Stich ins Herz und Tränen begannen meine Wangen herunterzukullern. Er hatte mir eine Chance gegeben, durch meinen Besuch in Deutschland alles wieder geradezubiegen. Die kaputte Beziehung zwischen Mama und Papa und zwischen meinen Eltern und mir wieder zu kitten. Ich hatte ihm versprochen, dass ich kommen würde. Jetzt konnte ich das Versprechen nicht einhalten. Wie enttäuscht musste er gewesen sein, als ich auf dem Flughafen nicht mit der angekündigten Maschine angekommen war. Ich stellte mir vor, wie er vor dem Ankunftsgate vergeblich auf mich wartete. Wahrscheinlich hatte er mich jetzt wirklich aufgegeben.

Als mir jemand den Sack vom Kopf zog, musste ich die Augen zusammenkneifen, weil ich vom plötzlichen hellen Licht geblendet wurde. Ich blinzelte ein paar Mal und wischte mir die Tränen vom Gesicht. Wir standen vor einem riesigen Gebäude. Es sah ein bisschen aus wie ein Bienenstock mit ganz vielen kleinen begrünten Terrassen. Maggie führte mich durch das Eingangsportal. Die Männer vom Flugzeug, die wohl mit uns mitgefahren waren, umzingelten uns, deshalb konnte ich nicht viel sehen. Aber auch innen schienen die Wände wabenartig auszusehen, mit irgendwelchem Grünzeug darin. Wir gingen durch eine Tür, und das Erste, was mir auffiel, war eine riesige Eiche, die mitten im Raum stand. Dann hörte ich ihre Stimme. Sie klang irgendwie vertraut, aber etwas stimmte nicht mit ihr. So wie die eigene Stimme, die sich im ersten Augenblick befremdend anhört, wenn man sie von außerhalb seines eigenen Kopfes, zum Beispiel auf Band hörte.

»Hallo Alice. Ich freue mich, dich endlich persönlich kennenzulernen.«

Ich war wie gelähmt. Vor mir stand eine wunderschöne junge Frau mit dunklem Haar und grauen Augen. Sie schenkte mir ein zauberhaftes Lächeln. Ich kannte sie wie mein eigenes Ich und doch war sie mir so fremd. Ich hatte gedacht, ich müsse ihr Geheimnis um jeden Preis aufdecken, ich müsse sie nur finden, dann würde alles gut werden. Zu spät hatte ich gemerkt, dass sie nicht meine Bestimmung war, sondern dass ich mein Leben selbst bestimmen musste. Denn jetzt *hatte* ich sie gefunden, und plötzlich wünschte ich mir, ich wäre niemals auf die Suche gegangen nach diesem anderen Ich.

Vor mir stand Ciara.

epilog

Dylan stand immer noch über Ciara gebeugt. Graue Wolken zogen auf und warfen einen dunklen Schatten über den Strand.

»Wir müssen gehen«, drängte Coimeádaí seinen Freund.

»Nun noch einen Augenblick«, murmelte Dylan.

»Sie ist nur noch eine kalte Hülle. Wir haben ihre Essenz.«

Coimeádaí hielt den Opal hoch, der noch schwach glühte.

»Bist du dir bewusst, was wir getan haben? Wenn du nicht willst, dass das umsonst war, dann müssen wir gehen. Jetzt sofort.«

Dylan nickte und stand auf. Coimeádaí hatte recht. Sie hatten keine Zeit zu verlieren. Schnellen Schrittes eilten sie beide davon. Dylan warf keinen Blick mehr zurück auf die leblose Gestalt im Sand.

In der Ferne tauchte eine Frau auf. Ihre langen roten Haare wehten im Wind. Sie hatte es nicht eilig. Als sie bei Ciara angekommen war, ließ sie sich neben ihr nieder. Leise fing sie an zu summen. Sie stimmte ein Lied an. Wenn jemand vorbeigekommen wäre, dann hätte er es vielleicht als ein caoine-adh *erkannt, ein altes irisches Klagelied. Doch niemand kam vorbei und der Wind trug ihre glockenhelle Stimme hinfort, über das Meer.*

Nach einer Weile fing die Gestalt neben ihr an zu zucken. Sie warf den Kopf hin und her und spuckte schließlich hustend Wasser aus. »Macha«, flüsterte sie.

»Schhh. Ich bin ja hier. Keine Angst, ich bin hier. Und du sollst mich doch jetzt Maggie nennen. Hast du das vergessen?« Sie lächelte das Mädchen an und strich ihr die nassen dunklen Locken aus dem Gesicht. Das Mädchen, das einmal Ciara gewesen war, schaute sie für einen Moment aus großen grauen Augen an. Dann zog sie die Brauen zusammen und setzte sich abrupt auf.

»Es ist was schiefgelaufen«, rief sie atemlos.

»Nein, es ist alles gut«, sagte Maggie in beruhigendem Ton. »Es ist alles wie immer, Morrigan. Es gab ein paar Komplikationen mit einem Dealan, der sich ausgerechnet in ›deinen‹ Menschen verlieben musste. Aber ich habe mich darum gekümmert. Ich musste Ciara nur etwas schneller als geplant in den Freitod verhelfen. Aber die Wiedergeburt hat geklappt, du hast deine schöne Menschengestalt, alles ist jetzt in Ordnung.«

Morrigan schüttelte wild den Kopf und sprang auf. »Nein, nichts ist in Ordnung.« Sie schaute an sich runter. »Gut, ich habe ihre Gestalt. Wenigstens das. An ein paar weiteren Dingen konnte ich auch noch festhalten. Aber an das meiste nicht. Sie haben mir die Essenz genommen, Maggie. Dieser Dealan und sein Coimeádaí, sie haben meine Seele gestohlen.«

Jetzt sprang auch Maggie auf. »Was? Nein, du musst dich irren, das dürfen sie nicht, das würden sie nicht wagen.« Ihre Ruhe war wie weggeblasen.

Morrigan lachte höhnisch. »Das dürfen sie nicht? Natürlich dürfen sie das nicht. Ich dürfte auch nicht den Tod betrügen und mich alle Jahre wieder in einem schönen Mädchen reinkarnieren lassen. Ich mache es aber trotzdem.«

Maggie winkte unwirsch ab. »Das ist doch was anderes. Du bist die Phantomkönigin. Es ist dein Recht. Sie hingegen verstoßen gegen die Regeln.«

»Es ist mein Recht, weil ich es mir nehme, kleines Schwesterchen. Und sie verstoßen gegen Regeln, die ich aufgestellt habe.« Maggie starrte auf das Meer, zu der Insel hinüber, die aus den Wellen auftauchte. »Es ist deine Magie, das Geheimnis von Leben und Tod zu kennen. Niemand sonst hat die. Nur du kannst dem Tod entkommen und somit wahrlich auf ewig jung und schön bleiben. Damit ist es dein Recht.« Sie löste den Blick von der Insel und schaute Morrigan an. »Du hast deine schöne Gestalt, was willst du mehr? Der Dealan hat die Essenz dieses Mädchens, na und? Was will er schon groß damit anfangen? Sie einem Kind geben, das dann irgendwann später mal im Irrenhaus landet? Die Chancen, dass die Wiedergeburt eines Menschen in unserem Sinne erfolgreich ist, sind gleich null, das weißt du doch. Komm, wir sollten gehen.« Sie zeigte mit dem Kinn auf die Insel. »Man wartet auf uns.«

Morrigan stampfte wütend mit dem Fuß auf. »Wenn ich nur eine schöne Gestalt wollte, dann würde ich mich schön machen, so wie der Rest von euch ordinären Feen. Verstehst du nicht, es geht um viel mehr. Ich brauche ihre Seele. Ihre ganze, menschliche Seele. Wenn ich sie nicht habe, reißt irgendwann meine Verbindung zur Menschenwelt ab. Und wir sind auf die Menschen angewiesen, das weißt du.«

Maggie seufzte. »Na gut. Wenn du meinst, dass es dir so wichtig ist … Finde den Dealan. Du musst in die Anderswelt, es ist Zeit. Suche ihn dort. Ich bleibe hier und suche in dieser Welt.«

Morrigan nickte langsam. »Ja, ja, du hast recht, er ist nur ein unbedeutender kleiner Sidhe. Den finden wir schon.« Sie ging auf die Wellen zu. Bevor sie ins Meer stieg, drehte sie sich noch einmal zu Maggie um. Sie lächelte ihr wunderschönes, liebliches Lächeln und sagte: »Niemand darf es wagen, sich mit der Phantomkönigin anzulegen. Wir holen uns Ciaras Essenz wieder.«

Du möchtest wissen, wie es mit Alice und Dylan weitergeht? Der nächste Band der CONNEMARA-SAGA, EFEURANKEN, ist überall im Handel erhältlich (ISBN: 9783746050232).

Dunkle und geheimnisvolle keltische Sagen, wilde irische Landschaften und eine verbotene Liebe: In der spannenden Romantic-Fantasy-Saga DAS GEHEIMNIS VON CONNEMARA erfährt Alice, dass ihr Schicksal mit dem eines alten irischen Volkes verwoben ist.

Band 1: EICHENWEISEN
Band 2: EFEURANKEN
Band 3: EBERESCHENZAUBER
CONNEMARA-SAGA: ERLENSCHILD und ESPENGEIST
– Novelle und Kurzgeschichte in einem Band

Mehr zu der Serie auf www.felicitygreen.com/Connemara-Saga

Wenn dich mein Buch begeistert hat, dann kannst du mir damit den größten Gefallen tun, indem du eine gute Bewertung abgibst oder eine schöne Rezension schreibst.
Natürlich freue ich mich auch über persönliches Feedback. Auf meiner Website www.felicitygreen.com kannst du mich direkt kontaktieren und ich bin auf Facebook (/felicitygreenauthor), Twitter (@feligreen) und Instagram (@felicitygreenauthor) vertreten. Ich freue mich darauf, von dir zu hören.

Wer keine Neuerscheinungen und News von mir verpassen möchte, der sollte Mitglied im Felicity-Green-Leserclub werden! Hier gibt es auch exklusive Angebote und Give-Aways. Melde dich auf felicitygreen.com/leserclub für den Newsletter an.

Bis zum nächsten Mal!
Deine Felicity Green

Felicity Green

Felicity Green wurde in der Nähe von Hannover geboren und zog nach dem Abitur nach England. In Canterbury studierte sie Literatur und Schauspiel. Später tingelte Felicity mit diversen Theatergruppen durch England, Irland und Schottland, besuchte eine Schauspielschule in L. A. und trat in Indie-Filmen auf.

Nachdem sie ihre eigene One-Woman-Show für das Brighton Festival geschrieben hatte, packte sie die Schreibwut. An der University of Sussex schloss sie einen MA in Kreativem Schreiben ab.

Die Liebe holte sie nach Deutschland zurück. Mit ihrem Mann Yannic, Tochter Taya und Kater Rocks lebt sie an der Schweizer Grenze. Zwei Jahre lang arbeitete Felicity Green bei Kleinverlagen in Zürich, bevor sie sich als Übersetzerin und Autorin selbstständig machte.

Weitere Bücher von Felicity Green:

Paranormal Mystery in den schottischen Highlands: Die magischen HIGHLAND-HEXEN-KRIMIS von Felicity Green.

Band 1, DER TEUFEL IM DETAIL, ist überall im Handel erhältlich.

Im malerischen Städtchen Tarbet in den schottischen Highlands führt eine mysteriöse Gruppe Frauen etwas Böses im Schilde. Davon ist Dessie McKendrick überzeugt, deren Mann Connor während der Flitterwochen am Loch Lomond spurlos verschwand. Zehn Jahre später ist Dessie immer noch dort, als wieder ein junges Paar im unheimlichen Thistle Inn übernachtet und die Frau am nächsten Morgen allein aufwacht ...

ISBN: 9783844800104

AVERAGE ANGEL: Ein gewöhnliches Mädchen – mit dem Job eines Engels.

Die Urban-Fantasy-Reihe mit den Geschichten STERNSCHNUPPENWUNSCH, WEIHNACHTSWUNSCH und WUNSCHBRUNNEN ist als Taschenbuch-Gesamtausgabe erhältlich.

Stella Martens ist ein gefallener Engel. Nur wusste sie ganze 17 Jahre nichts davon – bis Zack, ein sexy Engel der Apokalypse, auftaucht und sie aufklärt.

Jetzt soll sie Wünsche erfüllen. Allerdings ganz ohne magische Engel-Superpower. Und wenn sie ihre Aufgaben nicht erfüllt, droht eine Katastrophe apokalyptischen Ausmaßes.

ISBN: 9783744836692

Mehr zu den Serien auf www.felicitygreen.com